TRAÇOS

UM ROMANCE

EDUARDO CILTO

TRAÇOS

UM ROMANCE

OUTRO Planeta

Preparação: Elisa Martins
Revisão: Ler & Escrever – Produções Editoriais e Elisa Nogueira
Diagramação: Vivian Oliveira
Capa: Vitor Gentil
Ilustração de capa: Adams Carvalho

CIP-BRASIL. CATALOGAÇÃO NA PUBLICAÇÃO
SINDICATO NACIONAL DOS EDITORES DE LIVROS, RJ

C513t
Cilto, Eduardo
Traços / Eduardo Cilto. - 1. ed. - São Paulo : Planeta, 2016.

ISBN 978-85-422-0747-7

1. Ficção brasileira. I. Título.

16-34155
CDD: 869.3
CDU: 821.134.3(81)-3

2016
Todos os direitos desta edição reservados à
EDITORA PLANETA DO BRASIL LTDA.
Rua Padre João Manuel, 100 – 21º andar
Ed. Horsa II – Cerqueira César
01411-000 – São Paulo-SP
www.planetadelivros.com.br
atendimento@editoraplaneta.com.br

Para todos que já se sentiram
excluídos ou simplesmente não
se encaixavam de alguma maneira.

"Fazer parte de algo especial,
te torna especial."

Glee

capítulo um

O pequeno e velho carro de minha mãe fez mais barulho do que deveria ao estacionar na entrada da escola naquela noite de sábado. O relógio marcava quase oito horas e era a primeira vez durante uma vida inteira que eu estava indo sozinho a uma festa que não era organizada por integrantes da minha família. Todo mundo sabia que eu não era o tipo de cara que gosta muito de sair, socializar e que tem uma lista imensa de contatos no celular.

— Matheus, tome cuidado! — minha mãe começou. — Não aceite bebidas de estranhos nem pense de maneira alguma em usar qualquer tipo de droga.

Outra coisa que não posso deixar de comentar é que minha mãe é uma senhora extremamente preocupada e enquanto eu procurava algum sinal dos meus amigos através da janela do carro, ela fazia um discurso sobre como as drogas conseguem parecer legais e descoladas, mas que no outro dia eu provavelmente acordaria sem ter a mínima ideia da minha localização e, no fim, acabaria descobrindo que estou grávida. *Mesmo eu sendo um garoto.* Não pude resistir e gargalhei com a piada.

Ouvir aquilo foi o que eu precisava para destravar o cinto, dar um beijo em seu rosto e desembarcar do carro.

— Mãe, pode ficar tranquila! — afirmei, transmitindo segurança na voz. — Não costumo sair muito, mas é por opção minha, não porque sou um abobado que mal sabe se virar sozinho — expliquei, fechando a porta e apoiando os braços sobre a janela.

Ela deu um sorriso amarelo e, mesmo com parte do rosto coberta pela escuridão, pude ver que seus olhos se encheram d'água.

— Eu sei, Matheus. — Fez uma pausa. — Eu sei. Divirta-se!

Acompanhei minha mãe lutando contra o volante para tirar o carro barulhento da vaga e se preparando para partir. Porém, antes de ir embora, ela abaixou a janela do passageiro e desatou a murmurar alto o suficiente para que eu fosse capaz de ouvir.

— Se acabar indo para a casa de alguma menina, faça questão de usar preservativos e de não voltar muito tarde para casa! — disse. — Sabe como eu e seu pai somos preocupados! — Depois disso, vi o carro desaparecer pela rua.

Dei meia-volta, olhando desesperadamente para os lados com medo de alguém ter ouvido a última parte da conversa com minha mãe e caminhei até a entrada da escola.

Respirei fundo e fechei os olhos.

Vai dar tudo certo, será uma noite legal!, me encorajei em pensamento antes de empurrar a porta principal e entrar.

Confesso que eu esperava que a escola fosse diferente durante a noite; não sei o motivo, mas achava que seria um lugar muito mais misterioso e que a luz do luar traria aos corredores um charme especial.

Nunca estive tão enganado!

Tudo parecia exatamente igual, inclusive as pessoas.

Meu colégio tinha essa mania de organizar festas no fim de cada semestre para tentar fazer com que os alunos relaxassem antes de começar a estudar de verdade para as provas do fim de semestre. Eu encarava a situação comparando a quando você quer dar banho no seu cachorro ou gato e o único jeito de pegar o animal é levando-o para passear, fingindo que tudo irá terminar bem, mas sabendo que no fim o bichinho sempre acaba ensopado debaixo do chuveiro. Conosco também era assim. Primeiro vinha a diversão, mas na outra semana, éramos desafiados com as provas mais difíceis da história das provas.

Durante os primeiros dois anos e meio cursando o ensino médio, eu nunca havia participado de nenhuma dessas comemorações por quatro motivos:

Motivo 1: Eu não suportava as pessoas da minha escola, então seria uma tortura ter que passar uma noite inteira fingindo socializar com elas só para me sentir incluído em algo.
Motivo 2: Todos os garotos sem muita massa cerebral davam um jeito de passar batido pela vistoria dos inspetores, entravam com bebidas alcoólicas e arrumavam briga com outros caras que não tinham feito nada além de, no máximo, terem acidentalmente trocado olhares com eles ou com suas namoradas.
Motivo 3: Os episódios inéditos da minha série favorita eram lançados aos sábados à noite, o que me fazia eliminar todo e qualquer plano de sair de casa nesse dia da semana.
Motivo 4 e o mais importante de todos: Beatriz nunca havia pedido para que eu fosse àquela festa.

Confesso que o motivo 4 foi o que realmente determinou a mudança de planos para aquela noite, pois havia sido algo totalmente novo o jeito como ela pediu para que eu a acompanhasse. Uma semana antes da festa, nós estávamos em meu quarto após eu tê-la ensinado a usar algumas fórmulas de matemática da sua última aula; ela ficou entediada e sugeri que assistíssemos a um episódio de *The 100* para relaxar, porque eu sabia que, assim como eu, Beatriz também acompanhava a série.

Foi durante o episódio que ela confessou que estava morrendo de vontade de ir à festa da escola, mas que não sabia se iria porque as amigas definitivamente a deixariam sozinha para ficar com os garotos com quem estavam saindo.

Brinquei afirmando que, se eu fosse uma das amigas, jamais furaria com ela. No exato momento em que as palavras saíram da minha boca, Beatriz arregalou os olhos e começou a praticamente implorar de joelhos, pedindo para que eu a acompanhasse.

— Somos melhores amigos desde sempre e nunca saímos juntos para fazer algo que fosse realmente divertido — disse ela. — Por favor, vamos!

Depois de ouvir todo o discurso de Beatriz várias e várias vezes, acabei cedendo.

Enquanto caminhava até os fundos da escola para chegar ao campo onde estava acontecendo a Festa da Fogueira, me dei conta de que havia esquecido que o tema daquele ano era festa junina e que todos deveriam ir vestidos a caráter. Porém, quanto mais eu me aproximava da fogueira, mais percebia que não havia sido o único a esquecer esse detalhe.

A maioria dos garotos usava apenas um chapéu de palha qualquer, provavelmente comprado de última hora em alguma lojinha de um real, enquanto cinquenta por cento das garotas trajavam minissaias minúsculas com camisas xadrez amarradas de um jeito que deixava o umbigo à mostra e as fazia parecer ter saído direto de uma versão pornô de um gibi sobre personagens que viviam na roça que eu lia quando era criança.

— Matheus, eu jamais imaginaria que você faz o tipo safado!

Virei a cabeça para ver quem chamava meu nome e me acusava de ser um daqueles tarados com fetiches estranhos por caipiras e me dei conta de que era apenas Ivo, um dos meus melhores amigos.

— Ah, totalmente! — exclamei. — Acho que sou o mais safado de todos! — ironizei enquanto o cumprimentava com um aperto de mão.

— Cara, nem acredito que você veio! — Ivo falou enquanto ajeitava o chapéu igual ao de todo mundo. — Espero que não comece a chover, porque senão o pessoal ao redor da fogueira vai ficar putíssimo com você! — brincou. — Você chegou faz tempo?

— Não — respondi. — Na verdade, acabei de chegar. — Sorri. — E você?

— A Fernanda e eu já estamos aqui há mais ou menos meia hora — disse ele, apontando para uma garota pálida no fim da fila da barraca de crepe.

Ivo havia mencionado algumas vezes em nossas conversas algo sobre Fernanda. Os dois se conheciam havia pouco mais de três meses, mas ele estava tão otimista quanto ao futuro amoroso do casal que já tinha até comprado uma aliança e planejava pedir a garota em namoro assim que tivesse chance. Se no passado alguém sugerisse para mim que os dois se tornariam um casal, eu mandaria a pessoa calar a boca e jamais acreditaria, porque eles eram o oposto um do outro; Ivo era um cara extrovertido, jogava futebol e amava assistir àquelas comédias pastelão enquanto Fernanda era uma pessoa totalmente evasiva, apesar de relativamente quieta. Não posso dizer que eu era o maior *hater* da garota, mas simplesmente não gostava do jeito como ela insistia em seguir modinhas e arrumar um estilo novo a cada mês. No dia da fogueira, por exemplo, ela era a "menina bruxa que veste preto e consegue te queimar vivo só com o olhar". Mas desde o primeiro ano, Fernanda já havia andado com calça colorida, vestido camiseta com estampa "Bazinga" e usado coroa de flores na cabeça.

Mas, enfim, é como diz aquele velho ditado: "Os opostos se atraem." Ninguém precisa tentar entender ou julgar o que acontece do lado esquerdo do peito de cada um. No fim, nada mais importa se o sentimento é verdadeiro, certo?!

Ivo disse que iria ajudar Fernanda a carregar os crepes que ela havia comprado até uma das mesas de madeira que estavam espalhadas por todo o campo e me convidou a me juntar a eles. Aceitei, mas disse que antes precisava ligar para Beatriz e confirmar se ela já havia entrado na festa. Então saquei meu celular do bolso, digitei o número do telefone e esperei que alguém atendesse.

— Alô, Matheus?! — perguntou Beatriz. Sua voz sempre ficava diferente quando nos falávamos por telefone.

— Sou eu! — confirmei. — Você já chegou à fogueira?

— Mais ou menos.

— Como assim "mais ou menos"? — indaguei, confuso. — Você por acaso caiu em algum lixo tóxico no caminho e ganhou o superpoder de estar em dois lugares ao mesmo tempo, é?!

Consegui ouvir a risada dela.

— Meu pai está estacionando o carro para me deixar na festa — respondeu ela. — Ele teve que passar no escritório para pegar alguns papéis importantes, por isso me atrasei — explicou a garota. — Mas fique tranquilo que eu o procuro no momento em que entrar!

— Beleza!

— Não se divirta sem mim — brincou. — Até já!

— Até!

Guardei o celular no bolso e vi Ivo e a namorada vindo em minha direção para que fôssemos nos sentar.

Cumprimentei Fernanda com um sorriso amarelo, tentando parecer o mais simpático possível, o que obviamente não funcionou muito bem, pois ela apenas balançou a cabeça e continuou andando. De relance, pude jurar que a vi revirando os olhos para mim.

Assim que sentamos, fiquei em silêncio enquanto tentava não encarar os dois comendo seus crepes. Assistir a outras pessoas fazendo suas refeições é uma coisa que costumo evitar, porque pode acabar sendo uma situação bem embaraçosa para os indivíduos envolvidos.

— Math, não vire agora pra não dar tanto na cara, mas acho que o seu par da quadrilha acabou de chegar — ironizou Ivo, quando terminou de mastigar o pedaço que colocara na boca.

Olhei para trás e entendi o motivo da piada. Beatriz caminhava em nossa direção e acenava animadamente com uma das mãos. Mesmo de longe, dava para perceber que seu cabelo estava penteado de um jeito diferente do que costumava usar. Os cachos que a garota tanto fazia questão de deixar à mostra estavam escondidos em delicadas tranças com pequenos laços vermelhos enfeitando as pontas.

— Oi, Math! — cumprimentou Beatriz, abaixando e me envolvendo em seus braços. — Oi, pessoal! — continuou, virando-se e dando um pequeno aceno para Ivo e Fernanda.

Os dois a cumprimentaram e ofereceram o que comiam, mas Beatriz rejeitou.

— Foi mal pelo atraso, viu?! — disse ela, se desculpando enquanto limpava o banco com uma das mãos para poder sentar.

— Relaxa! Encontrei o Ivo assim que cheguei — expliquei, direcionando o olhar para meu amigo.

— Então está dizendo que mal sentiu minha falta, é isso? — perguntou Beatriz, colocando a mão na testa dramaticamente como se estivesse magoada de verdade.

— É o que parece — ironizei.

— Olhe só, mal entrou na vida das festinhas e já virou um destruidor de corações! — respondeu a garota.

Rimos juntos por algum tempo, mas aos poucos nossas risadas foram diminuindo. Beatriz desviou o olhar para o centro da mesa, indicando que falaria algo que todos deveriam ouvir.

— Gente, é o seguinte, passei o dia todo preocupada com uns assuntos que não vem ao caso dizer agora, mas preciso beber qualquer coisa pra relaxar! — confessou, deitando os braços sobre a mesa. — Algum de vocês sabe quem ficou responsável por entrar com álcool?

— Pelos rumores que estavam rolando no grupo da festa no WhatsApp, o Pedro passou a semana toda tentando convencer alguma garota a entrar com uma garrafinha de vodca escondida entre os peitos pra que ninguém da diretoria desconfiasse — contou Ivo, fazendo gestos com as mãos tentando destacar a palavra "peitos".

— Ah, como não fui capaz de perceber isso antes?! — berrou Beatriz, levantando do banco em que havia acabado de sentar. — Agora pouco acabei esbarrando com a Carolina na entrada e de primeira percebi que os peitos dela pareciam muito mais separados do que geralmente são! — afirmou com deboche. — Está na cara que ela faria algo desse tipo; ela é caidinha pelo Pedro.

— Agora que você tocou no assunto, também reparei os peitos dela maiores quando fui cumprimentar a Carolina! — confessou Ivo, espantado.

Fernanda revirou os olhos e suspirou.

— Então quer dizer que você fica olhando para os peitos das outras garotas mesmo quando está saindo comigo?

— Não, gata, foi sem querer! — disse o garoto, tentando se justificar.

Eu não estava nem um pouco a fim de participar indiretamente de uma discussão de relacionamento, então fiquei feliz quando Beatriz sugeriu que fôssemos atrás de Carolina para ver se conseguíamos um pouco de bebida alcoólica para que ela pudesse se embebedar.

Enquanto procurávamos a garota, consegui parar para observar as pessoas que estavam curtindo a festa em volta da fogueira. Muitos dançavam e desciam até o chão com a música enquanto outros apenas olhavam de longe atentamente, desejando ter um pouco mais de coragem para fazer tais coisas e se divertir junto dos amigos.

Andamos por todo o campo e não conseguimos encontrar Carolina. Por outro lado, sem querer acabamos encontrando Pedro que, a julgar pelo modo como agia e falava, já havia encontrado a garota várias vezes.

— Camaradinha, o que você tá fazendo aqui? — gritou Pedro ao me ver, cambaleando e levantando as mãos para o alto.

Beatriz não me deu a chance de responder e já saiu cuspindo as palavras.

— Pedro, onde a Carol se enfiou?

Ele começou a rir.

— Os inspetores a pegaram!

— O quê? — perguntei confuso. — Como assim?

— Ora, você acha que ninguém iria perceber que ela estava com uma garrafa de bebida dentro do sutiã? — zombou Pedro. — No mundo dos quadrinhos em que você vive as garotas por acaso têm peitos cilíndricos?

Ignorei a tentativa de me ofender e forcei um sorriso.

— Ou será que você não gosta de pensar em garotas? — ele continuou, me provocando.

— Que droga! — exclamou Beatriz, claramente frustrada. — Estou morrendo de vontade de beber alguma coisa!

— Epa! Por que não disse antes?! — perguntou Pedro, enfiando a mão no bolso e tirando um pequeno frasco cheio de um líquido que julguei ser a tal bebida.

— Como você entrou com isso se pegaram a Carolina? — perguntei, tomando a garrafinha de suas mãos.

— Camaradinha, eu não tenho apenas uma garota pra fazer as coisas que peço!

Pedro deu uma piscadela e disse que ele tinha outros assuntos para resolver na festa. Beatriz e eu o observamos se afastar lentamente enquanto tentava se equilibrar para não ir de encontro ao chão.

— Idiota! — praguejou Beatriz, assistindo à cena. — Aposto dez reais que ele vai vomitar e passará o maior vexame antes mesmo de a festa terminar.

Sorri com a ideia.

— Math, querido, sabe o que vamos fazer agora?

— Você irá beber a sua tão esperada e preciosa dose de vodca? — respondi, esperando estar certo.

— NÓS iremos beber a NOSSA tão esperada e preciosa dose de vodca! — Ela me corrigiu de forma maliciosa e animada, levantando a pequena garrafa até a altura do meu rosto.

Revirei os olhos e coloquei a língua para fora, como se fosse vomitar com a ideia.

— Acho que a senhorita se esqueceu de um detalhe... — provoquei. — Eu não bebo!

A garota deu alguns passos e se aproximou mais do que era necessário para que eu fosse capaz de ouvir o que ela tinha a dizer.

— Pois bem, se prepare porque hoje vamos tirar a sua virgindade alcoólica!

E então agarrou minha mão e saiu correndo, me arrastando por entre os adolescentes que festejavam. Ouvi alguns xingamentos por conta dos empurrões que acidentalmente acabei dando enquanto tentava acompanhar o ritmo de Beatriz, mas felizmente não me meti em nenhuma confusão e cheguei inteiro até onde ela queria me levar.

Cansamos de correr e sentamos em um dos bancos que ficavam próximos da "parede da ralação", um lugar famoso da escola, que, apesar do nome estranho, era muito conhecido por ser onde os alunos geralmente iam quando queriam dar uns beijos. O espaço era totalmente estratégico, sem câmeras e sem inspetores, e quem olhava das janelas das salas de aula ou passava pelo campo não conseguia enxergar nada do que estava acontecendo lá embaixo.

Parei por um momento e fiquei pensando se existiria algum motivo especial para que Beatriz tivesse me levado exatamente àquele lugar. Será que ela queria dizer alguma coisa, não conseguia e achava que me levando lá eu finalmente entenderia o que ela estava querendo dizer? Observei o modo como ela me olhava, com certeza estava animada! Não parava de dizer que a noite seria inesquecível e que seria a festa de que mais nos lembraríamos quando fôssemos mais velhos. Mesmo longe da luz da fogueira, ainda era possível notar o bronzeado natural da pele de Beatriz que eu tanto gostava, e seus olhos cor de mel refletiam toda a excitação que ela demonstrava em seus gestos. Eu só não gostava de toda aquela maquiagem desnecessária que ela usava; já havia visto seu rosto ao natural algumas vezes e a achava mil vezes mais bonita sem toda aquela mistura de pó na cara.

— Acho que você deveria dar início à bebedeira! — disse Beatriz, tirando a tampa da garrafa que estava na minha mão.

— Bia, eu nunca bebi! — expliquei, apreensivo.

— Matheus, é só vodca! — exclamou, franzindo o cenho. — Não é como se estivéssemos planejando cometer um assassinato.

Pensei em tudo o que estava acontecendo naquela noite e decidi que deveria seguir os conselhos de Beatriz, afinal até aquele momento nada havia saído do controle. Levei a bebida até o nariz para sentir o cheiro. O líquido em si não tinha um aroma próprio e também não parecia ser tão forte. Virei o frasco na boca e deixei a bebida cair. Engoli rapidamente, como se estivesse bebendo um suco qualquer, porém na mesma hora senti minha garganta queimar. Entreguei a garrafinha para Beatriz, tossindo.

— Logo você se acostuma! — disse ela, aos risos. — Se bem que posso ajudar a fazer a tosse parar...

Beatriz levantou, posicionou o corpo à minha frente, colocou as duas mãos na minha cabeça e começou a chacoalhá-la.

— O que você tá fazendo? — gritei, assustado.

— Tô te ajudando a curtir a festa!

Quando ela finalmente parou de mexer os braços, o mundo todo estava rodando como se eu estivesse dentro de um gira-gira gigante. Olhei para o céu e depois para Beatriz.

— Meu Deus! — exclamei. — Meus pais vão me matar!

Beatriz sentou ao meu lado novamente e jogou a garrafa em uma lixeira perto de nós.

— Você não vai beber? — perguntei.

— Beber o quê? — respondeu ela, irônica. — Você parece ter gostado tanto que nem notou que acabou bebendo toda a vodca.

— Tá, pode me culpar — falei, sorrindo.

Eu a encarei. Apesar do fato de conseguir enxergar três versões do rosto de Beatriz na minha frente, tudo ainda parecia estar indo muito bem.

Um casal apareceu e assumi que eles estavam indo para a parede da ralação. Quando passaram por nós, cumprimentaram Beatriz, mas ela pareceu ignorá-los.

— Odeio ter que viver aqui com essas pessoas — confessou.

De início, eu não soube muito bem o que responder. A garota não era uma das mais populares, porém também não tinha tantos motivos para estar reclamando.

— Sei — falei, indicando que ela podia continuar a desabafar.

— Todo mundo nessa escola parece preso, como se tivesse saído da mesma forma de bolo! — explicou.

— Sei. — Eu não tinha ideia do que ela estava falando.

— É por isso que te chamei para me acompanhar esta noite! — confessou. — A verdade é que não cheguei a avisar nenhuma das minhas amigas que eu viria, porque queria que você me acompanhasse!

— Sei. — Eu continuava sem entender o que estava acontecendo.

— Matheus, eu estou falando sério!

Pisquei algumas vezes até conseguir juntar todas as palavras que saíam da boca dela e perceber que o momento que eu tanto havia esperado estava aparentemente acontecendo.

— Bia, você sabe que pode contar qualquer coisa pra mim, né?! — falei, abraçando-a.

— Sei — ela cochichou, ainda entrelaçada comigo.

— É sério! — afirmei. — Não estou dizendo isso só por estar começando a ficar bêbado!

Ela se soltou do abraço e segurou minhas mãos em seu colo.

— Você é muito especial pra mim, sabia? — Sorriu.

Eu mal podia acreditar que estávamos naquela situação, eu sonhava com aquilo desde a primeira vez que nos encontramos, e agora estava zonzo demais para sequer conseguir formular o que eu realmente queria dizer. Meu coração estava acelerado e eu tinha certeza de que estava transpirando mais do que normalmente transpiraria se estivesse sóbrio.

— Você é como um irmão pra mim! — Beatriz finalmente disse, me abraçando novamente.

Por dentro, eu estava gritando de frustração; depois de todo aquele discurso era *isso* o que ela tinha para me dizer? Como eu fui inocente! Não sei por que pensei que teria alguma chance com aquela garota. Ela não era considerada a garota mais bonita da escola e eu também não era o cara mais horrível, porém nós sempre fomos muito ligados e nossa relação infelizmente parecia mesmo de *irmãos*. Eu a ajudava com a lição de casa e tirava sarro dela quando tinha chance, tratando-a do mesmo jeito que eu tratava minha irmã mais nova.

— Math, tá tudo bem? — ela perguntou. — Você ficou estranho do nada. Tem algo errado?

— N-não! — menti. — A bebida só me deixou um pouco enjoado!

— Quer vomitar no banheiro?

— Estou bem, só um pouco tonto!

— Ok, então...

Levantei e disse que ia dar uma volta para ver se melhorava. Ela se ofereceu para ir junto, mas sugeri que fosse encontrar Ivo e Fernanda para ver se eles já tinham parado de discutir. Não esperei que ela concordasse e apenas saí andando sem olhar para trás.

Pensei em ir embora da festa, já que não via motivos para continuar ali depois daquela conversa, mas lembrei que eu estava totalmente bêbado e que, se voltasse para casa naquele estado, minha mãe com certeza perceberia e daria um jeito de culpar meu pai por tudo o que havia acontecido, talvez até metessem a morte do meu irmão mais velho no meio disso tudo. Eu não suportaria vê-los brigar, então apenas entrei no prédio da escola e me enfiei em uma das salas de aula vazias. Fiquei lá por cerca de meia hora tentando colocar meus pensamentos em ordem, até que ouvi algumas batidas na porta. Eu não estava a fim de ser incomodado, então me escondi debaixo da mesa do professor e esperei até que parassem de bater. Assim que isso aconteceu, a porta se abriu.

— Você não pode contar pra ninguém, senão eu te mato! — Ouvi uma pessoa dizer. Era a voz de um garoto.

A porta foi fechada.

— O que você vai fazer comigo? — perguntou uma segunda pessoa, também era uma voz masculina.

— Ah, camaradinha, você irá pagar por ter me provocado!

Camaradinha?, pensei. Já tinha ouvido Pedro usar essa palavra várias vezes. Será que ele era uma das pessoas que havia acabado de entrar?

A sala ficou em silêncio e por um minuto pensei que os dois tivessem saído, foi então que ouvi o barulho de uma das mesas de estudo caindo no chão.

Naquela hora, juntei todas as frases que havia ouvido e deduzi que talvez o garoto tivesse feito alguma coisa contra Pedro, talvez esbarrado, olhado feio ou até paquerado uma das namoradas dele e agora tivesse sido levado até aquela sala para que Pedro pudesse acabar com a raça do coitado. Sem nem pensar nas consequências, saltei de onde estava escondido e gritei:

— PEDRO, POR QUE VOCÊ NÃO BATE NO GAROTO NO MEIO DA FESTA, ONDE TODO MUNDO VAI VER QUÃO RIDÍCULO VOCÊ É?!

Mas, para minha surpresa, os dois não estavam brigando. Na verdade, Pedro e o outro garoto estavam encostados na parede do fundo da sala, aos beijos.

Os dois se assustaram ao ouvir meu grito e tentaram encobrir o que estavam fazendo para que eu não percebesse, mas era tarde demais.

— Não é nada disso que você está pensando! — falou Pedro, desesperado.

— Eu juro que não vi nada, já estava de saída — menti, caminhando em direção à porta.

Pedro saiu correndo e entrou na minha frente.

— *Ninguém* vai sair dessa sala! Agora você vai me explicar direitinho o que estava fazendo escondido debaixo daquela mesa! — ordenou.

Fui dando alguns passos para trás. Não queria arrumar confusão com o garoto, ainda mais no meu estado; eu continuava tonto o suficiente para não conseguir sair bem de uma luta.

— Calma! — pedi. — Não vou contar pra ninguém, beleza?!

Pedro pulou em cima de mim com um salto, me fazendo cair no chão e bater a cabeça.

— Se você tava querendo me espiar fazendo esse tipo de coisa, era só falar, camaradinha! Agora vai aprender a não se meter onde não é chamado — ele ameaçou, levantando um dos braços no ar e preparando-se para me bater.

Virei a cabeça para não sentir o golpe, mas percebi que o outro garoto havia se aproximado e segurado a mão de Pedro.

— Caíque, você tá louco?! — esbravejou Pedro. — Não vê que se eu não fizer o que é necessário ele vai sair por aí contando pra todo mundo que eu estava aqui escondido beijando uma *bichinha*?

A expressão no rosto do garoto mudou rapidamente de pavor para raiva após ouvir o que o outro dissera.

Sem pensar duas vezes, Caíque chutou a barriga do menino que me ameaçava, fazendo com que ele caísse longe de mim. Enquanto Pedro sentia a dor do golpe, corri para o outro lado da sala.

— Seu idiota, por que você fez isso? — urrou Pedro.

— *Isso* foi por você tentar bater em um garoto inocente e também por me chamar de *bichinha* como se fosse um tipo de xingamento.

Caíque veio até mim.

— Você tá bem?

— Estou, sim — respondi, meio sem jeito. — Desculpa por ter interrompido o que quer que vocês estivessem fazendo antes de toda essa confusão.

— Ah, foi melhor assim! Agora acho bom você sair daqui antes que ele queira arrumar outra briga — o garoto aconselhou.

— Você vai ficar aqui?

— Acho que sim, temos que conversar. Não acredito que ele seja assim de propósito. Alguém tem que tentar ajudá-lo a se aceitar, não é mesmo?! — respondeu, coçando a cabeça.

— Deve ser...

Me despedi e olhei uma última vez para Pedro, ainda caído no chão. Abri a porta e fui engolido pela música alta; quase me esqueci que a Festa da Fogueira ainda estava acontecendo.

Chegando ao campo, avistei todos os meus amigos dançando juntos em volta da fogueira, o que me fez rir. Ivo não tinha a menor ideia do que estava fazendo, mexia os braços e as pernas de um jeito que o fazia parecer um boneco de posto. Fernanda não parecia gostar muito da ideia de dançar; tenho certeza de que o namorado a havia convencido a se juntar a ele. Olhando de longe, eles pareciam bem felizes dançando juntos! Assistir àquela cena até me fez gostar um pouco mais da Fernanda.

Beatriz dançava no seu próprio ritmo, parecia conseguir ouvir uma música que tocava apenas para ela, com uma melodia diferente da que todos ali estavam escutando. Logo que os três me avistaram, me chamaram para dançar também. Corri até eles e passei a contribuir com meus próprios passos de dança para completar aquela coreografia ridícula para quem via de fora, mas que para nós fazia todo o sentido.

Quando o DJ parou de tocar e a chama da fogueira já estava quase sumindo, nós quatro nos sentamos na grama, tiramos fotos e ficamos conversando.

— Sabem o que eu mais queria nesse momento? — questionou Ivo, olhando para todos nós.

— Um beijo? — Fernanda arriscou.

— Não, outro crepe!

Percebi que enquanto eu ria da piada sem graça de Ivo Beatriz me encarava com uma expressão curiosa.

— O que foi?

— É que você sumiu por um tempão e até agora não me contou pra onde foi. Fiquei preocupada! — ela confessou.

— Eu estava em uma das salas dentro do prédio da escola e acabei caindo no sono sem querer — menti. — Acho que o álcool me deixou sonolento!

Eu não fazia a menor ideia se a mentira havia funcionado, mas, se ela percebeu que eu não falava a verdade, não demonstrou.

— Já repararam em como a lua parece maior hoje? — perguntou Fernanda, fazendo-nos olhar para o céu.

Nunca reparei na lua para saber exatamente o tamanho que ela costumava ter, então fiquei em silêncio.

— Sim, está linda! — Beatriz suspirou, admirada.

— Me sinto até mais poderosa — comentou Fernanda.

— Como assim? — perguntou Bia, confusa.

Foi a vez de Ivo revirar os olhos.

— Fernanda acredita que tem uma ligação especial com a lua por ser "bruxa" — ele disse, fazendo aspas com os dedos. — Nas noites em que a lua está maior, é quando a Fer consegue expandir mais suas "habilidades sobrenaturais".

Fernanda apenas sorriu e balançou a cabeça, concordando com o que o namorado havia dito. Será que a garota realmente tinha poderes como os heróis e vilões dos quadrinhos que eu tanto adorava?

— Que tipo de habilidades? — perguntei, agora interessado no assunto.

— Não é algo que eu tenha total controle, mas se me esforçar bastante consigo ter visões — explicou Fernanda.

— Doidera, né?! — exclamou Ivo.

Que tipo de poder era aquele? Eu ficaria bem frustrado se, de todos os poderes existentes no universo, acabasse conseguindo apenas ter algumas visõezinhas aqui e ali.

— Você consegue ler o futuro na minha mão ou algo assim? — Beatriz perguntou, parecendo realmente estar engolindo toda aquela ladainha sobrenatural.

— Não exatamente. Eu não possuo o dom de ler mãos, mas posso fazer um ritual para tentar ter acesso a sua linha do tempo, o que vai nos permitir quebrar a barreira entre passado, presente e futuro — respondeu. — Se você quiser, pode vir comigo e com o Ivo até minha casa para executarmos o ritual, não tenho nada de interessante pra fazer mesmo!

— Vamos! — Beatriz respondeu sem hesitar, batendo palmas com excitação.

Não gostei muito da ideia de deixar Beatriz enfrentar sozinha essa coisa toda de ritual para ver o futuro. Eu já havia assistido a filmes de terror o suficiente para saber que brincar com o desconhecido pode ser arriscado e acabar de um jeito não tão agradável, mas confesso que no fundo eu estava um pouco curioso para saber se realmente funcionaria e para descobrir se eu estaria presente no futuro dela.

capítulo dois

A caminhada até a casa de Fernanda foi tranquila. Admito que eu estava um pouco assustado porque já havia passado do horário em que costumava dormir e confesso também que posso ter dado alguns pulinhos quando via algum mendigo se aproximando de nós na escuridão. Mas Bia estava ali, e eu não podia demonstrar nenhum tipo de medo perto dela. Deveria parecer tão duro quanto uma muralha, um Clark Kent pronto para salvar Lois Lane a qualquer momento.

— Estamos perto da casa — anunciou Ivo, apontando para um sobrado com fachada vermelha no fim da rua. — É aquela!

Assenti, indicando que havia entendido, porque eu não sabia muito bem o que dizer. Ainda estava um pouco tonto por conta da vodca, portanto minha cabeça era um emaranhado de pensamentos confusos e sem sentido. Beatriz e Fernanda estavam um pouco à frente, e eu não conseguia entender sobre o que elas conversavam, mas percebia claramente o entusiasmo em suas vozes. Acho que nenhuma das duas esperava que, de alguma forma, no final da noite se tornariam amigas.

Fernanda entregou a chave da porta para Ivo e nós entramos na casa.

O lugar era como qualquer outro, comum. Eu jamais imaginaria que a "bruxa da escola" vivia numa casa tão... *normal*, de certa forma até parecida com a minha.

Fernanda pediu para que tirássemos os sapatos no corredor para não fazermos barulho ao subir a escada.

— Meus pais estão dormindo — explicou ela, meio sem jeito. — Os dois têm sono leve e despertam com qualquer barulhinho.

Percebi o sorriso malicioso na cara de Ivo. Aparentemente não fui o único que notou a expressão, pois Fernanda o encarou e franziu o cenho. Não entendi muito bem, mas provavelmente já tinham um histórico de problemas ocasionados por barulhos durante a madrugada.

Beatriz parecia apreensiva. Acho que ela não sabia muito bem o que esperar; não estava acostumada a se encontrar em uma situação em que não poderia estar no controle.

— Ei, calma! — cochichei ao me aproximar dela.

— Math, será que devo fazer isso mesmo? E se essa louca tiver realmente poderes de bruxa e eu sair daqui possuída?

— Foi por isso que você ficou pensativa assim? — indaguei. — Ela é só uma menina que assiste a *American Horror Story* e passa mais tempo do que deveria lendo blogs de bruxaria — brinquei.

— Acho que você tem razão... — Beatriz deu de ombros e pareceu afastar os pensamentos da mente.

Quando estávamos nos aproximando do topo da escada, um grito cortou o silêncio:

— FERNANDA, É VOCÊ, FILHA?!

Fernanda praguejou em silêncio e endireitou a postura.

— Sim, mãe, sou eu! — gritou em resposta. — Meus amigos irão dormir aqui, espero que você não se importe.

A senhora demorou alguns segundos para responder, o que me deixou um pouco tenso, mas todos estávamos apreensivos. Eu só me perguntava o que aconteceria se a mãe dela levantasse da cama para nos cumprimentar, percebesse que eu estava um pouco bêbado por conta da festa e acabasse ligando para meus pais. Eu estaria ferrado.

— Ah, tudo bem! — respondeu ela, com a voz sonolenta. — Só tome cuidado pra nenhum dos seus colegas vomitar no carpete como da última vez!

Suspirei aliviado. Beatriz me encarou, soltou uma risada e cobriu os lábios com a palma da mão.

— Estão avisados, pessoal! Se algum de vocês não tiver nada pra fazer e resolver vomitar, melhor correr pro banheiro! — brincou Fernanda, alto o suficiente para que a mãe pudesse ouvi-la em seu quarto.

Aparentemente, a brincadeira funcionou e ninguém mais chamou pela garota. Ivo fez sinal para que Beatriz e eu o seguíssemos até uma das portas do corredor, que ficava no meio de outros dois cômodos, provavelmente o quarto da namorada. Assim que ele girou a maçaneta e abriu a porta, pude sentir um aroma diferente no ar; não reconheci o cheiro, mas juro que conseguia sentir o gosto em minha boca. Era como se o ar doce e perfumado atravessasse meus pulmões e voltasse para dançar em minha língua.

— Entrem logo! — Fernanda ordenou, revirando os olhos.

No momento em que pisei no quarto e tive visão total do espaço, fui obrigado a parar e me questionar para ter certeza de que não havia atravessado algum tipo de portal mágico do inferno. O lugar era incrivelmente gótico, emo, satanista e tudo de mais obscuro que podia existir. Todas as paredes haviam sido pintadas de preto e eram usadas como quadro-negro, mas, em vez de desenhos de coraçõezinhos e unicórnios, as figuras feitas de giz que cobriam as paredes e nos encaravam de volta eram cobras, círculos com estrelas dentro, números estranhos e palavras em uma língua que não fazia sentido. Acima de nós, havia uma pintura que cobria todo o teto e simbolizava a lua. Fora o fato de o quarto não ter cama e aparentemente a garota dormir em um colchão dentro de um círculo de sal no chão, parecia um quarto normal. Tive calafrios.

— Ela é só uma viciada em blogs de bruxaria, não é mesmo?! — cochichou Beatriz em meu ouvido, caçoando.

Sou uma muralha, pensei.

Ouvi Ivo fechando a porta atrás de nós e Beatriz não hesitou em segurar minha mão. Será que ela entendia o quanto aquilo significava para mim? Demonstrar que me via como alguém com quem pode contar quando se sente ameaçada?

Minha pequena comemoração interior não durou muito, pois foi interrompida pela bruxa.

— Bom, imagino o que vocês devem estar pensando — Fernanda começou, usando um tom de voz que a fazia parecer superior a nós.

Eu a encarei em silêncio, achando que a garota já devia estar acostumada ao estranhamento alheio quando as pessoas visitavam seu espaço.

— É um quarto incrível, não é?! — ela disse, claramente entusiasmada. — Decorei tudo sozinha!

— Sério? Que surpresa! — ironizei. — Nem tinha pensado nessa possibilidade!

— O que você disse? — indagou a dona da casa.

— Ele não disse nada — Beatriz respondeu, apertando minha mão mais forte do que havia segurado antes; devia ser algum tipo de sinal para que eu parasse de falar. — Mas, me conta, esse cheiro maravilhoso é incenso?

Bia realmente sabia como contornar a situação para que nada saísse do controle. Fernanda a encarou por alguns segundos e desviou o olhar, parecendo esquecer o que eu havia dito e voltando a se concentrar em inflar seu ego.

— Sim! Eu ganhei naquela casa de aromas perto da escola, sabe?! A vendedora disse que era um incenso novo e que ninguém o comprava fazia meses, então me deu uma caixa inteira para se livrar. Maravilhoso, né?!

— Muuuito! — exclamou Beatriz, parecendo tão interessada no assunto quanto fingia estar quando eu tentava enfiar matemática em sua cabeça.

Ivo estava no outro lado do quarto, debruçado no beiral da janela, acariciando um pequeno gato preto. Já tinha ouvido falar desse animal; Ivo o havia mencionado várias vezes em nossas conversas, mas nunca tive a chance de conhecer o bichinho, só sabia que seu nome era Salém. Não posso negar que, ao contrário da decoração, Fernanda tinha acertado na hora de nomear o gato. Eu adorava aquele nome!

As garotas continuaram conversando sobre os incensos. Decidi que aquele era um assunto em que eu não tinha tanto interesse, então caminhei até onde meu amigo estava.

— E aí, cara, tá curtindo a sua primeira madrugada fora de casa? — perguntou Ivo, ainda passando os dedos nos pelos de Salém.

— É, tá sendo bem diferente do que eu imaginei que seria — respondi, coçando a cabeça e relembrando tudo o que havia acontecido naquela noite.

— Mudar nossos hábitos é difícil no começo, mas é o tipo de coisa que fazemos quando estamos gostando de alguém.

Fiquei em silêncio, fingindo que não havia entendido o que Ivo quis dizer com aquilo. Decidi disfarçar a vergonha brincando com o bichano que estava andando para lá e para cá na janela, mas ele mal me deixou encostar em seu pelo e pulou para o telhado do vizinho.

— Ah, ele é assim mesmo — explicou Ivo, apontando para o gato. — Mas logo volta para o quarto.

Assenti. Eu não sabia por que estava evitando conversar sobre Beatriz com Ivo. Tinha certeza de que ele não me julgaria nem contaria para mais ninguém. Mas nunca fui o tipo de pessoa que se expõe e se abre com os outros. A barreira que construí à minha volta era alta demais para que os outros fossem capazes de escalá-la.

— Por que você acha que eu estou gostando de alguém? — perguntei, olhando discretamente para trás, conferindo se Beatriz conseguia ouvir a conversa. Mas tudo parecia do mesmo jeito que estava um pouco antes de eu sair de perto das meninas.

— Ah, Math, deixa disso! Todo mundo na escola sabe que você morre de amores pela Bia desde o momento em que sua família se mudou para a cidade e vocês se conheceram na escola. E cara, sou seu amigo, lembra?! Não sei por que demorei tanto pra te mandar a real e falar que eu já tinha sacado essa sua paixãozinha.

Debrucei no beiral da janela, tentando absorver as palavras de Ivo.

— Ah, é complicado — admiti.

— Sei que é! Você acha que eu gosto dessas maluquices da Fer? — ele desabafou, diminuindo seu tom de voz e apontando para o cômodo com os olhos. — Eu tenho calafrios cada vez que piso nesse quarto.

— Então por que você vem aqui?

— Porque gosto dela! — Fez uma pausa. — De verdade! Quando você gosta de alguém, faz loucuras pela pessoa — explicou. — E é exatamente por isso que todos na escola sabem que você é e sempre foi apaixonado pela Bia.

— Mas eu nunca fiz nenhuma loucura por ela.

— Será que não mesmo?! — indagou ele, levantando uma das sobrancelhas e sorrindo de lado.

Aquela pergunta me fez pensar em todas as vezes que havia deixado de estudar as matérias que cairiam em minhas provas apenas para ensinar a Beatriz algumas fórmulas de Exatas que eu havia aprendido no ano anterior. Também lembrei de todas as horas que perdi ouvindo os problemas dela com os pais pelo telefone enquanto na realidade eu gostaria de estar lendo meus quadrinhos, desenhando ou assistindo a filmes e pensei nos intervalos que perdia almoçando com ela e as amigas todos os dias. Eu realmente me dedicava para que aquela amizade funcionasse.

— Você tem razão — resmunguei, quebrando alguns tijolos da barreira que construí.

— Eu disse, moleque, te conheço! — Ivo retrucou cheio de orgulho, dando um tapa em minha cabeça que doeu mais do que ele pretendia. — Agora vamos voltar para as nossas meninas antes que a Fer ensine os truques mágicos dela para a Beatriz e as duas nos transformem em sapos.

Quando voltamos para o meio do quarto, percebi que Fernanda já havia começado a preparar as coisas para o ritual. Ela colocara algumas velas no chão, em pontos do círculo que envolvia o local em que estavam sentadas. No lugar da jaqueta preta que vestiu para ir à festa, Fernanda agora usava algum tipo de manto negro que cobria todo seu corpo, deixando apenas a cabeça visível, o que me lembrou um pouco dos dementadores de *Harry Potter*. — Minha cabeça estava constantemente relacionando tudo com coisas da cultura *geek*. Não era algo que eu conseguia controlar.

— Math, quer fazer o ritual comigo? — Bia perguntou, me pegando de surpresa.

— Você quer que eu faça isso com você?

— Sim. A Fer estava me explicando que aprendeu em suas pesquisas que se fizermos o ritual com alguém com quem temos certo vínculo, as chances de dar certo são maiores.

Não consegui identificar se Beatriz estava sendo irônica ou se realmente acreditava naquela ladainha toda.

Olhei para trás e vi Ivo movimentando a cabeça, me encorajando a seguir em frente, algo como se dissesse "Vai lá, amigão, vai vender sua alma pra minha namorada possuída pelos deuses dos góticos!", mas que também poderia significar "Vá em frente, a garota de quem você gosta espera que você faça isso por ela!". Salém havia voltado para o quarto e seu olhar felino também me encorajava a fazer aquela loucura.

— Tudo bem — concordei, dando de ombros. — Mas então é só sentar dentro do círculo de sal, esperar os demônios aparecerem e perguntar o que vai acontecer conosco no futuro? Igual eu faço pra saber o que a minha mãe vai fazer no almoço? — ironizei, tentando fingir que não estava nervoso.

Fernanda pareceu analisar a frase e demorou um pouco para responder. Acho que ela não era uma grande fã de pessoas bem-humoradas.

— Na verdade, não é tão simples assim — disse ela.

Naquele momento, juro que pude ver algo brilhando no fundo de seus olhos. Novamente, tive calafrios.

Acompanhei com o olhar enquanto a garota pegava um pequeno caldeirão preto, que até aquele momento eu não tinha reparado que estava ao seu lado e o colocava entre ela e Beatriz. Fiquei me perguntando se as bruxas realmente usavam caldeirões em rituais, pois sempre pensei que fosse apenas algum tipo de estereótipo bobo que as pessoas criaram para definir personagens em desenhos animados e filmes de terror. Na verdade, nunca cheguei a acreditar na existência de tais criaturas. Claro que já havia ouvido rumores de pessoas que diziam manipular elementos da natureza, mas fazer coisas bizarras como prever o futuro ou conversar com animais? Isso já é exigir demais da minha ingenuidade!

Fernanda percebeu minha curiosidade e desatou a falar.

— Sei que parece clichê essa coisa toda de caldeirão de bruxa, mas é necessário para o que vamos fazer!

— Como assim, necessário? — questionou Beatriz. — Vamos ter que colocar pernas de sapo e sangue de bode e passar a noite misturando a poção com um cajado? Ninguém me falou disso antes — zombou.

Não consegui segurar a risada. A Beatriz debochada que eu conhecia estava de volta.

A bruxa revirou os olhos.

— Fofa, o que vamos fazer aqui não tem relação com nada do que você já viu na televisão. — Ela fez uma pausa. — Precisamos desse caldeirão para fazer fogo!

Eu estava ficando cansado desse mistério todo que Fernanda havia criado em torno da situação. Qual é, garota? Vamos parar com essa encenação e ir direto ao que realmente interessa?

Fernanda retirou uma caixa de fósforos de dentro do bolso do manto que vestia, pegou um dos palitos, o riscou na lateral da caixa e o jogou dentro do caldeirão. Aos poucos, o fogo se tornou uma pequena chama dentro do recipiente. Beatriz voltou a segurar minha mão.

O ritual havia começado.

— Nesta noite, vamos dançar com a serpente! — anunciou Fernanda. — Ivo, ligue a música!

O garoto se apressou em fazer o que a namorada pedia, sacou seu iPod do bolso e o conectou à caixa de som que estava em cima de uma pilha de livros no chão. Aparentemente Fernanda não era uma pessoa muito organizada e seus pertences ficavam espalhados pelo chão do quarto. Ivo certamente estivera ali muitas vezes, pois já sabia onde cada coisa se encontrava.

Uma melodia suave aos poucos preencheu o espaço. Não consegui reconhecer a canção, não havia voz nem qualquer tipo de canto, mas ela me parecia resultado da mistura de uma das músicas da banda Fleetwood Mac com aquelas flautas peruanas que sempre ouvimos quando vamos ao centro de cidades turísticas praianas e vemos pessoas querendo vender suas artes. Estranhei de início, pois esperava algo mais assustador e com tom mais obscuro; tinha certeza de que começaria a tocar alguma música satânica e de que Fernanda desataria a fazer movimentos estranhos como se estivesse com o próprio bicho ruim no corpo. Mas em vez de dançar ou expressar qualquer tipo de emoção, a garota apenas se aproximou do caldeirão e manteve seus olhos fixos na chama que tremeluzia ao fundo.

— Escura noite e brilhante lua, receba com alegria os filhos que precisam de vossa companhia! — Fernanda declamou. — Estamos aqui pois queremos sua visão. Afirmo que dentro de nossos corações existe apenas luz e boa vontade. Com a abertura, peço permissão e dou início à consagração.

Todos os pelos do meu braço se arrepiaram após aquela sentença; se Beatriz havia sentido algo parecido, não demonstrou. Naquele momento, ela provavelmente estava apenas deixando a situação seguir seu rumo e não se preocupando com o que era verdade ou não.

Procurei Ivo pelo quarto e o encontrei ainda encostado na janela, então voltei minha atenção ao ritual. Apesar de não acreditar totalmente no que estávamos fazendo, eu tremia. Puxei todo o ar que podia para meus pulmões e respirei fundo para tentar controlar meu corpo, pois não queria transparecer o que estava sentindo. Tentei convencer a mim mesmo de que tudo aquilo não passava de uma brincadeira que adolescentes levemente bêbados estavam fazendo para matar o tédio.

Fernanda entregou a caixa de fósforos para Beatriz e ordenou que ela acendesse as velas espalhadas pelo chão conforme fosse conduzindo o ritual.

— Invoco o poder dos quatro elementos: ar, fogo, terra e água — Fernanda recitou e esperou que Beatriz fizesse o que havia pedido.

Todas as velas à nossa volta estavam acesas, uma para cada elemento.

A bruxa colocou-se de pé e o fogo que vinha do caldeirão cresceu conforme ela se levantou. Fiquei me perguntando se os pais de Fernanda estariam ouvindo aquilo ou sentindo o forte cheiro de fumaça e incenso que vinha do quarto da filha. A julgar pela facilidade com que a garota coordenava toda a situação, aquilo devia ser algo que estava acostumada a fazer e, consequentemente, seus pais já nem ligavam mais para nada de estranho que viesse daquele cômodo. Mesmo que a menina estivesse invocando o próprio demônio para conversar com ela às quatro da manhã, ninguém apareceria na porta para reclamar do barulho.

— O portal está aberto! — Fernanda exclamou, anunciando o que havia feito. — Falem com o universo.

Olhei para Beatriz e ela estava tão confusa quanto eu. Deveríamos falar algo? Decidi ficar quieto e deixar a garota falar, afinal era ela quem queria saber o que aconteceria em seu futuro.

— B-bom, grande deus do universo! — Beatriz balbuciou, ainda sem saber muito bem o que estava fazendo. — Estou aqui pois existe algo que me incomoda e acho que só você pode dar a resposta.

Apesar de nervoso, me segurei para não rir.

— Ah, qual é?! — Fernanda interrompeu. — Não é assim que se fala com o universo! Você vai estragar meu ritual falando desse jeito.

— Agora tem jeito certo de conversar com o universo, é?! — Beatriz retrucou, dando de ombros.

— Ai, já vi que vou ter que fazer tudo mesmo — murmurou Fernanda, novamente usando seu tom esnobe. — Levanta essa bunda preguiçosa do chão!

Beatriz estranhou, mas fez o que lhe foi pedido.

— Você também, Matheus! — Fernanda exigiu.

Hesitei por uns segundos, mas levantei.

A bruxa agarrou nossas mãos e nos arrastou para tão perto do caldeirão que pude sentir o calor do fogo em meu corpo. Virei um pouco o rosto para que as chamas não fizessem meus olhos arderem.

— Você quer saber se o seu futuro já foi traçado, não é?! — a bruxa perguntou.

Beatriz assentiu.

Naquele momento, nós três formávamos uma pequena roda, unidos por nossas mãos. Fernanda respirou fundo antes de começar a discursar novamente.

— Estamos aqui e somos o equilíbrio entre a luz e a escuridão! — Fez uma pausa. Era incrível a sua capacidade de alternar entre voz normal e "voz de discurso para o universo". — Gaia, mostre-me o futuro da garota!

Ficamos em silêncio. Beatriz e eu trocávamos olhares, envergonhados pela situação. Esperamos alguns minutos e nada aconteceu.

Minhas pálpebras ficavam cada vez mais pesadas; eu estava com sono e cansado de tudo aquilo.

— Bom, acho que não vai rolar mais nada então, né?! — comentei, quebrando a corrente e soltando as mãos das garotas.

— Matheus, o que você tá fazendo? — Beatriz perguntou, irritada. — Precisamos ir até o fim e descobrir o que quero saber! — completou. — Volte aqui!

— Oras, mas já acabou, não percebeu?! — exclamei. — Nada aconteceu.

Beatriz soltou a mão de Fernanda, que ainda estava de cabeça baixa e veio até mim.

— Achei que você se importasse comigo.

— Eu me importo! — respondi. — Mas você não concorda que já está tarde e que deveríamos desistir de tudo isso, voltar para nossas casas e dormir?

— Me diz qual o motivo de você ser assim tão complexado? — ela perguntou. — Estamos só curtindo a noite, deixa de paranoia! — disse, caminhando de volta para perto de Fernanda, para continuar o ritual.

Eu não tinha a menor ideia do que fazer. Havia cansado de fingir que estava curtindo toda aquela besteira de festas e, pela primeira vez no dia, só queria ir embora e dar a noite como encerrada. Mas, aparentemente, ela ainda estava longe de acabar.

Desviei minha atenção de Beatriz e pude ver que algo estranho estava acontecendo com Fernanda: seu corpo todo tremia e ela mordia os lábios com tanta força que estavam ficando machucados. Parecia que aquilo já estava acontecendo enquanto Beatriz e eu tínhamos nossa pequena discussão.

— Ivo! — gritei. — Tem algo errado com a Fernanda.

Ivo logo percebeu sobre o que eu estava falando e correu de onde estava para ajudar a namorada. Em um instante, a situação toda havia mudado.

— Fer, você está bem? — Ivo perguntou, mas não obteve resposta. Fernanda mantinha a cabeça abaixada, como se não houvesse ninguém à sua volta.

Ivo chamou a garota mais algumas vezes e a tomou em seus braços para tentar impedir que a tremedeira continuasse, porém em vão. Eu não sabia como agir diante da situação.

Enquanto tentavam fazer a garota voltar, apaguei rapidamente todas as velas e desliguei a música.

— Será que deveríamos chamar os pais dela? — Beatriz indagou, confusa.

— Sim, com certeza! — respondi, ainda em choque com o que estava acontecendo.

Estávamos saindo do quarto para procurar ajuda quando um grito rompeu o silêncio.

Olhamos para trás e, para nosso espanto, percebemos que o grito saíra da boca de Fernanda. A bruxa tremia nos braços de Ivo e parecia murmurar algo que eu não conseguia entender.

— Uma mensagem? — questionou Ivo, repetindo o que saíra dos lábios da namorada.

— O quê?

— Ela está dizendo que tem uma mensagem para você! — ele explicou assustado, apontando para Beatriz.

É o seguinte: se uma garota bruxa em meio a tremeliques diz que tem uma mensagem para você tarde da madrugada após realizar um ritual duvidoso, o que você faria? A resposta é meio óbvia: sairia correndo como qualquer pessoa normal. Não é?! Mas não foi isso o que Beatriz fez. Ela estava tão obcecada com a ideia de saber qual era seu destino que, assim que Ivo contou que Fernanda tinha uma mensagem para ela, a garota se aproximou para que a mensagem fosse entregue.

Fernanda ergueu a mão para que Beatriz a segurasse. Assim que a garota a pegou, toda a tremedeira se foi.

— Eu vejo seu futuro — Fernanda sussurrou. — Claro como a luz.

Mirei os olhos de Beatriz e seu fascínio era fácil de ser percebido, aquela era a resposta que procurava com tanto anseio.

— Então me diga! — pediu. — Me conte o que vai acontecer!

— Está procurando a resposta de maneira errada — Fernanda balbuciou, tomando o controle de seu corpo e saindo dos braços do namorado para se aproximar de Beatriz. — Está longe, muito longe de encontrar o que quer. — Ela fez uma pausa. — Existe uma estrada a seguir, um coração a afundar e um destino a cumprir! Afaste-se e veja a verdade. Trace seu caminho!

Assim que Fernanda terminou de falar, sua cabeça tombou para trás e logo seu corpo fez o mesmo. Ela havia desmaiado. Por sorte, Ivo ainda estava por perto para segurá-la antes que atingisse o chão.

O silêncio novamente tomou conta do quarto.

Eu me perguntava o que de fato havia acontecido momentos antes; seria Fernanda realmente capaz de realizar as coisas sobrenaturais que havia dito e tinha previsto o futuro de Beatriz, ou aquele momento não havia passado de um grande ato teatral estrelado por uma adolescente com problemas sociais?

Eu não sabia dizer!

Meus olhos pesavam e eu podia sentir cada batida do meu coração como se fosse um grande tambor tocando dentro de mim. Caminhei até Beatriz e perguntei se a garota estava bem. Ela assentiu.

— Está bem mesmo? — insisti.

— Acho que sim — afirmou. — Agora tudo faz sentido, sabe?! — ela disse, mais para si mesma do que para mim.

— O que faz sentido?

Percebi que Beatriz pensou em me explicar, mas logo desviou seu olhar para onde estavam as outras duas pessoas presentes no quarto.

— Ainda acho que deveríamos chamar os pais dela — falou, de maneira firme.

Ivo apenas a encarou.

— O que estão esperando?

Beatriz e eu batemos na porta do quarto dos pais de Fernanda e, após alguns segundos, ficamos cara a cara com a mãe da garota, que era uma senhora de cabelos grisalhos aparentemente perto de seus quarenta anos e que naquele momento trajava apenas roupas íntimas. Quando percebeu que dois adolescentes desconhecidos e assustados estavam olhando para o seu corpo praticamente nu, ficou totalmente sem jeito, fechou a porta novamente e, quando abriu, vestia uma camisola com estampa floral. Após pedirmos desculpas por acordá-la, explicamos a situação (exceto a coisa toda do ritual; achei melhor dizer que Fernanda desmaiou após ter exagerado na dose de álcool), e, meia hora depois, me encontrava sentado junto a Beatriz na calçada da casa de Fernanda, pois todos, inclusive Ivo, haviam saído para levar a garota ao hospital.

Sabe quando você tem aquela falsa impressão de que o pior já passou e de repente acontece algo inesperado que te apunhala pelas costas? Então, foi exatamente o que eu senti quando avistei ao longe aquele pequeno e velho carro vermelho descendo a rua e fazendo mais barulho do que deveria fazer. Maldita cidadezinha de interior onde todos sabem tão rápido tudo o que acontece!

Eu estava totalmente *fodido*!

Papai mal esperou que minha mãe encostasse o carro. Apenas saiu do automóvel, abriu a porta traseira e ordenou que Beatriz e eu entrássemos. Fizemos o que ele pediu, fechei a porta e partimos.

Meu pai estava mais preocupado do que furioso e perguntou se estávamos bem e se havíamos tomado algo que não tomaríamos na presença dele. Menti. Confesso que todo esse lance de "pai preocupado e não furioso" me surpreendeu um pouco, mas logo lembrei que Beatriz estava presente e que provavelmente todo o drama seria guardado para quando minha amiga não estivesse por perto. Minha mãe se manteve inexpressiva o tempo todo enquanto dirigia e apenas quis saber exatamente o que eu estava fazendo na casa de alguém "desconhecido" em plena madrugada. Não respondi, com medo de que a resposta piorasse a situação.

Me despedi de Beatriz e destravei a porta para que ela pudesse descer. Todas as luzes da casa dela estavam apagadas e aparentemente seus pais ainda não haviam descoberto sobre a noite de traquinagens da filha, o que significava que a garota teria uma noite de sono muito mais tranquila que a minha. Confesso que isso me deixou um pouco menos apreensivo.

Antes de sair do carro, Beatriz direcionou seu olhar para mim e movimentou seus lábios para que eu lesse seu pedido de desculpas. Eu apenas sorri tranquilamente, como se estivesse lhe pedindo para relaxar.

O caminho até minha casa foi bem intenso. Como eu já havia previsto, aquele ar de preocupação era apenas encenação devido à presença de Beatriz. Enquanto meus pais faziam discursos e brigavam por tudo o que tinha acontecido, apenas abaixei minha cabeça e fechei os olhos, afinal eu estava errado.

Desci do carro, passei pela garagem, caminhei pela sala, fui direto para meu quarto e tranquei a porta. Nada fora daquele cômodo importava mais. Eu estava finalmente sozinho com os meus pensamentos e me joguei na cama.

Se eu tivesse ficado aqui o dia todo, as coisas estariam bem, pensei. Liguei a TV e acabei pegando no sono.

Naquela noite, sonhei que estava de volta ao quarto de Fernanda e que ela dizia repetidamente, com os olhos revirados e os lábios machucados, que meu pesadelo tinha apenas começado.

capítulo três

Acordei com o barulho do carro dos meus pais saindo da garagem, provavelmente estavam indo à igreja. Peguei meu celular que estava jogado ao lado da cama e conferi as horas: mas ainda era cedo. Ninguém acorda cedo no domingo.

Rolei o corpo de volta para o meio da cama e encostei novamente minha cabeça no travesseiro. É incrível a capacidade que esse objeto tem de nos fazer refletir sobre as coisas. Lembrei de tudo o que tinha acontecido na noite anterior e pensei em ligar para Ivo para saber se Fernanda havia melhorado, mas desisti. Eles deviam estar dormindo.

Devo ter ficado me aninhando entre os cobertores durante uma meia hora até que decidi levantar e aproveitar que não havia ninguém em casa para conseguir sair um pouco do quarto.

Levantei, abri as janelas e a forte luz do sol me cegou por uns segundos. Apertei os olhos para acostumar com a claridade e saí do cômodo. Depois que enfrentei a claridade, percebi que minha cabeça doía um pouco. Estranhei de início, mas me lembrei do álcool que havia bebido.

Que bacana! Além de lidar com os problemas que arrumei em casa, também tenho que me virar com essa semirressaca!

Caminhei até o quarto de minha irmã para ver se havia algum sinal dela, mas tudo o que encontrei foi uma cama vazia e bagunçada.

Provavelmente meus pais a haviam levado à igreja com eles, uma decisão curiosa, uma vez que a garotinha sempre ficava aos meus cuidados quando eles iam para esse tipo de lugar, devido ao fato de ela nunca permanecer em silêncio por mais de dez minutos. Felícia nasceu alguns anos depois que mudamos para o interior e, naquela época, me custou muito entender que eu havia passado de "filho mais novo" a "filho mais velho". Lembro que meus pais evitavam falar sobre o assunto, mas precisei de várias consultas com o psicólogo até me conformar com a situação em que me encontrava.

Fui até o banheiro, abri o armário e procurei a caixa de remédios em busca de um analgésico que fizesse com que a enxaqueca parasse. Encontrei algumas aspirinas, destaquei apenas uma delas da cartela, coloquei na boca e engoli, nem mesmo me preocupei em beber água.

Aos poucos, tirei a roupa que havia usado na noite anterior e, quando fechei o armário, olhei para o espelho, encarando a figura nua e magricela que curiosamente me fitava de volta. Senti aquela pontada comum de insegurança que estava acostumado a sentir toda vez que via meu reflexo. Não que eu me considerasse um garoto feio ou tivesse problema por não seguir um determinado padrão de beleza imposto pela sociedade, porém algumas coisas não me agradavam muito, como, por exemplo, não possuir um corpo totalmente em forma e ter um sério problema de acne em alguns lugares, incluindo o rosto.

Desviei o olhar e entrei no chuveiro. Devo ter perdido alguns bons minutos enquanto a água caía de minha cabeça aos meus pés e me ajudava a acordar, mandando embora todo o sono que ainda restava. Desliguei o chuveiro, me enxuguei, coloquei uma roupa e voltei para o quarto.

Decidi ligar o computador e ver se havia alguma atualização nas minhas redes sociais. Loguei no Facebook, desci pelo *feed* de notícias e depois de algum tempo percebi que nada havia mudado desde a última vez que tinha acessado o site. Tudo parecia a mesma coisa. Esse é o problema das redes sociais: as pessoas estão acostumadas a passar a maior parte do seu tempo conectadas, achando que nunca estiveram mais próximas umas das outras, quando, na verdade, estão apenas se iludindo enquanto se isolam postando coisas que ninguém realmente tem interesse em saber. A internet virou um grande espaço onde qualquer um consegue postar o que quer e se autopromover para aqueles que conhece, sempre com o mesmo conteúdo repetitivo, as mesmas reclamações, as mesmas coisas de sempre: "Vejam as fotos das minhas férias", "Curtam as fotos dos meus presentes de aniversário", "Comentem sobre o quanto estou bonita nessa foto". É uma luta de egos que parece não ter fim.

Sempre achei arriscado compartilhar coisas pessoais na internet, pois nunca se sabe quem terá acesso às suas informações do outro lado da tela.

Não sou o tipo de pessoa que compartilha qualquer coisa na rede, nem mesmo uma foto de perfil eu colocava. Cliquei no espaço onde deveria aparecer uma foto do meu rosto e um desenho do Super-Homem pulou na tela. Escolhi a imagem daquele super-herói pois, na época em que criei meu perfil, achei que seria engraçado me esconder atrás do personagem do mesmo modo que o próprio Clark Kent costumava fazer para preservar sua identidade secreta.

Claro que nem todas as pessoas entenderam a analogia e logo no começo tive que bloquear alguns comentários de pessoas do meu colégio que, no geral, diziam que eu já estava grande demais para gostar de coisas tão infantis. Alguns anos depois, Hollywood voltou a produzir adaptações de histórias de super-heróis com orçamentos gigantescos e efeitos caríssimos e todos resolveram voltar atrás. Do dia para a noite, os garotos que caçoavam de mim ficaram aficionados pelos filmes e passaram até a ir à escola usando camisetas e outros produtos com estampas de quadrinhos. Para mim, acompanhar isso tudo de perto foi até pior do que aguentar os xingamentos nas redes sociais, pois aquilo que eu mais gostava fora reduzido a algo extremamente comercial e a um modismo passageiro. Na época, desejei estar morto! Quero dizer, não que eu realmente quisesse morrer levando um tiro na cabeça, sendo atropelado por um ônibus ou algo assim, é só uma expressão que eu geralmente usava quando estava cansado de tudo sobre determinada situação. Fechei a foto do super-herói e voltei para a tela inicial.

Entrei nas páginas de cada um de meus amigos para ver se havia algum indício do ocorrido da noite passada, mas suas últimas postagens tinham sido feitas algumas horas antes da festa.

Cliquei no nome de Beatriz e sua página apareceu; ela estava tão bonita na foto que escolhera para usar como perfil! Eu havia tirado aquela foto. Lembro que estávamos sozinhos na escola porque ela disse que precisava de ajuda para estudar e, como sempre, resolvi ensiná-la. Ficamos algumas horas trancafiados dentro da biblioteca e depois sentamos na calçada para tomar um ar antes de ir embora.

Aproveitei um momento em que Beatriz estava distraída e saquei o celular do bolso para tentar tirar uma foto dela sem que ela percebesse, mas assim que apertei o botão lembrei que o flash estava ativado. Beatriz notou o que estava acontecendo e sorriu para a câmera. Olhei para o celular e vi sua imagem congelada na tela, tão bonita e espontânea.

— Você acha que isso tudo realmente vale a pena? — ela perguntou, pegando-me de surpresa.

— O quê? Esta foto?

— Não! — respondeu, torcendo os lábios. — Isto! — disse, apontando para os cadernos que tinha em seu colo. — Estudar, decorar milhares de fórmulas, coisas desnecessárias sobre pessoas que já morreram e cidades que talvez nunca tenhamos a chance de visitar.

Cerrei os olhos, confuso.

— Acho que sim... — respondi. — Só desse jeito teremos certeza de que vamos ter sucesso na vida adulta.

— Isso é história que contam pra boi dormir — resmungou, dando de ombros.

— Isso é realidade! — falei em tom sério.

Beatriz me encarou por alguns segundos, levantou do lugar onde estava sentada e se posicionou na minha frente.

— Ai, Math, às vezes acho que todo mundo se preocupa demais com essa coisa de sucesso.

— Como assim?

— Sabe, a maioria dos adultos que conheço passou a vida toda estudando e trabalhando para ter as coisas que tem atualmente, mas... — Fez uma pausa. — Mas, na realidade, eles ainda não têm tudo o que querem ter — comentou, dando voltinhas pela calçada.

Decidi não dizer nada; apenas acompanhei-a com os olhos esperando que ela continuasse seu raciocínio.

— Eu, por exemplo, não tenho a mínima vontade de vir para a escola e ficar ouvindo aqueles velhos falando coisas avulsas e dando bronca em nós todas as manhãs, mas venho — desabafou. — Sabe por quê? Porque todos esperam que eu venha, estude e seja alguém na vida. Mas de que adianta "ser alguém na vida" se não vou ser feliz fazendo o que esperam que eu faça?

Foi nesse momento que entendi onde Beatriz queria chegar com aquilo tudo. O problema não estava no modo de viver das pessoas; na verdade, ela estava procurando um meio de desabafar sobre a situação que vivia todos os dias em sua casa.

Pelo que havia me contado, os pais eram advogados conhecidos na cidade e sempre foram extremamente rígidos nos cuidados com os estudos e com a vida profissional de sua única filha. Eles a pressionavam e, como consequência, Beatriz tinha adquirido um bloqueio que a impedia de se empenhar totalmente naquilo em que os pais queriam que ela se empenhasse. Esse era um dos motivos pelos quais eu a ajudava a estudar, para tentar diminuir essa pressão e fazê-la enxergar que obter conhecimento não era tão ruim quanto ela achava que era por culpa dos pais.

Depois que passei a conhecê-la melhor, percebi que a garota era como aquela última peça de uma só cor do quebra-cabeça, que ninguém consegue colocar no lugar exato antes que esteja tudo montado e haja espaço somente para que ela seja colocada lá.

Fechei sua foto de perfil e fui descendo a página para que pudesse ler as postagens; na maior parte eram apenas compartilhamentos de frases de outras pessoas e imagens de cidades de outros países, mas, enquanto inspecionava o perfil, encontrei algo que chamou minha atenção.

A legenda da postagem era: "Queria que alguém que eu conheço me compreendesse como você me compreende, @GarotoDiferente".

O usuário do chamado "Garoto Diferente" estava anexado a uma página totalmente nova da rede social, cliquei e esperei que a página carregasse. Nesse meio-tempo, fui até a cozinha e peguei um copo de água; minha garganta estava um pouco irritada por ter engolido o remédio sem líquido algum.

Quando voltei para o quarto, a tela do computador havia carregado. Cliquei rapidamente em todas as informações possíveis e finalmente descobri que o Garoto Diferente se tratava de uma pessoa pública. Aparentemente era alguém que postava vídeos na internet falando sobre assuntos que achava necessários e tinha conquistado milhares de fãs em poucos meses. Revirei os olhos.

Sério mesmo que a Beatriz curte essa coisa toda de vlog? Logo ela que é tão diferente de todos..., pensei.

Resolvi dar uma olhada nos vídeos do garoto para tentar entender o que ele tinha de tão incrível para conseguir tanto destaque. Escolhi um vídeo chamado "VOCÊ É ESPECIAL!!!" e apertei *play*.

Uma melodia agradável tomou conta do quarto quando a tela ainda estava escura. A imagem mudou e consegui ver claramente um garoto sentado de costas para uma parede vermelha e, em frente à câmera. Seus grandes olhos azuis me encaravam enquanto ele se apresentava e dizia qual seria o tema daquele vídeo.

"Fala, bonitas, como estão vocês?", começou. "Hoje o tema é simples, maneiro e pode ser resumido em uma só frase: Você é especial!", disse, apontando para a tela e piscando com um só olho.

Os três minutos seguintes se resumiram ao garoto dando conselhos e dizendo para seu público que as pessoas deveriam se valorizar, ter orgulho de quem eram, pois eram especiais à sua própria maneira e que isso faria uma diferença imensa no mundo em que vivemos atualmente.

Assim que o vídeo terminou, procurei mais conteúdo e percebi que todos os vídeos do Garoto Diferente eram feitos com o intuito de ajudar as pessoas que lhe assistiam. O que de fato era uma atitude bem legal, uma vez que a maior parte das pessoas que fazem vídeos para a internet, na minha opinião, não liga para nada além de si mesma, mas esse vlogueiro de fato parecia ser um Garoto Diferente. Me inscrevi no canal para assistir o resto das postagens quando tivesse tempo.

Meu celular, que estava jogado perto da beirada da cama, vibrou, fazendo muito barulho, o que me assustou um pouco. Apanhei o aparelho e vi que um alerta informava a chegada de uma mensagem de Beatriz. Deslizei o dedo para descobrir qual era o conteúdo.

@Beatriz diz:
Oi, Math, está se sentindo um pouco mais adulto durante a sua primeira ressaca?

Era típico de Beatriz começar uma conversa ignorando os acontecimentos sérios da noite anterior.

Eu (Matheus):
Você está realmente me perguntando isso?!

@Beatriz diz:
Óbvio!!!
Preciso ter certeza de que tudo o que fizemos ontem valeu a pena. Digo, vamos lá, eu venho planejando isso há meses!

Eu não soube identificar se ela estava realmente falando a verdade. Esse é um dos pontos que me faz odiar conversar por mensagem de texto, já que nunca sei diferenciar e entender exatamente o modo como a pessoa está querendo se expressar.

Mesmo correndo o risco de estar interpretando a situação toda de maneira errada, resolvi entrar na brincadeira.

Eu (Matheus):
Então quer dizer que era tudo parte do seu plano friamente calculado pra me fazer sofrer a maior ressaca do universo?

@Beatriz diz:
Exatamente.
E o senhor caiu como um patinho!!!

Eu (Matheus):
Para seu enorme desgosto e frustração, está sendo a ressaca mais fraca que alguém já teve na história das ressacas! Tive um pouco de dor de cabeça, mas nada que um comprimido não tenha conseguido resolver!

@Beatriz diz:
hahahahaha ☺☺☺

Eu (Matheus):
☺

A frase "Beatriz está digitando" permaneceu piscando na tela por alguns minutos até sumir completamente, como se a garota tivesse apagado tudo o que havia escrito e desistido de dizer o que queria.

Porém não era necessário que me contasse, eu já desconfiava do conteúdo da mensagem não enviada.

Eu (Matheus):
Bia, sobre o que aconteceu ontem de madrugada...

Dessa vez, a resposta veio de forma rápida e direta.

@Beatriz diz:
Prefiro não falar disso.

Eu (Matheus):
Você está bem?

@Beatriz diz:
Sim. Só não estou pronta!

Eu (Matheus):
Entendo.

@Beatriz diz:
Tenho que sair...

Eu (Matheus):
Já? Mas nem conversamos direito!

@Beatriz diz:
Beijos. Até amanhã!

Deitei na cama e encarei o celular por algum tempo, preso na ilusão de que Beatriz mudaria de ideia e voltaria a falar comigo, mas nada aconteceu. Teria mesmo que esperar até estar em aula para conseguir conversar seriamente com ela e descobrir o que realmente tinha acontecido no quarto de Fernanda naquela madrugada.

Meus pais chegaram algumas horas depois, quando eu estava na sala assistindo a um reality show qualquer sobre celebridades mostrando suas mansões milionárias. Não que eu tivesse o costume de assistir a esse tipo de programa, mas todos sabem que não passa nada de qualidade na televisão durante o domingo.

Felícia foi a primeira a entrar na casa e veio direto em minha direção, pulando e me agarrando, como sempre fazia.

— Math, você não sabe o que mamãe e papai me deram hoje por eu ter ficado em silêncio enquanto eles rezavam! É tão legal!!! — minha irmã exclamou. Percebi que ela estava escondendo o presente nos bolsos de seu moletom rosa de um dos personagens dos desenhos infantis a que assistia.

— O que eles deram pra você? — perguntei, pegando a menina e colocando-a apoiada em uma de minhas pernas.

Felícia tirou as mãos fechadas dos bolsos do moletom, colocou-as bem em frente à minha cara e abriu-as.

— OLHA QUE LEGAL O QUE GANHEI! OLHA QUE LEGAL!!!

Em suas mãos, Felícia tinha um pequeno cachorrinho de brinquedo que lembrava muito o nosso animal de estimação.

— Caramba! — falei, fingindo animação para não desapontá-la. — É o Sherlock!!!

— UM SHERLOCK SÓ PRA MIM! — disse ela, abraçando a miniatura.

— O que acha de mostrarmos o Mini-Sherlock para o Sherlock original e ver o que ele vai achar?

—VAMOS, VAMOS, VAMOS! — cantarolou.

Tirei minha irmã do colo e coloquei-a de volta no chão.

Felícia pegou minha mão e me arrastou para o quintal, onde meus pais estavam, pois ainda não tinham entrado na casa. Minha mãe sorriu para mim quando passei por ela, e meu pai apenas me cumprimentou com um aceno de cabeça.

Encontramos o cachorro dormindo no gramado florido que tínhamos em nosso quintal. Sherlock era um *bloodhound* orelhudo, marrom, idoso e bem gordo, que um dia já fora um cão muito bagunceiro. Mas seus dias de juventude tinham chegado ao fim e, desde então, ele passava a maior parte do tempo tirando uma soneca ao sol.

Eu adorava aquele cachorro. Meus pais o encontraram ainda filhote, abandonado em uma caixa, quando morávamos em São Paulo e o levaram para casa.

Na mesma noite, Guilherme, meu irmão mais velho, ficou muito animado com o novo membro da família e sugeriu que o chamássemos de Sherlock, pois ele parecia um daqueles cachorros que usavam chapéu de Sherlock Holmes e fumavam cachimbo nos comerciais de ração que víamos na televisão.

Sherlock acabou ficando muito apegado ao meu irmão; ele o seguia por todos os cômodos da casa durante o dia inteiro e choramingava quando Guilherme saía ou deixava a porta trancada durante a noite, impossibilitando o cachorro de entrar em seu quarto e dormir junto a ele.

Quando Guilherme faleceu e nos mudamos para o interior, Sherlock estranhou muito a situação e passou a se isolar. Tempos mais tarde, nós o levamos para uma consulta no veterinário. O médico nos contou que o cão sofria da chamada "depressão canina" e que setenta por cento dos casos da doença se deviam à separação do animal de alguém que costumava ser muito próximo a ele.

Para melhorar, Sherlock tomou alguns medicamentos dados pelo veterinário e eu passei a levar o pobre bichinho para passear no parque todo final de tarde para que ele pudesse correr e brincar com outros animais. Era uma tarefa bem legal de se fazer, e eu conseguia notar claramente a diferença no humor de Sherlock toda vez que voltávamos para casa depois de um passeio. Isso me deixava muito feliz. Tinha certeza de que era o que Guilherme gostaria que eu fizesse.

— MATH, O SHERLOCK TÁ COMENDO O MINI--SHERLOCK!!! — Felícia gritou quando o cachorro mordeu o brinquedo e tirou-o de sua mão após ela ficar alguns minutos esfregando-o na cara dele. — Cachorro mau, muito mau! — gritava para o bicho.

Estendi a mão, aproximei-a da boca do cão e pedi para que ele me entregasse. Sherlock relutou por um tempo, mas logo veio até mim e soltou o brinquedo totalmente babado. Limpei--o com a beirada da camiseta e o entreguei à minha irmã.

— Parece que ele não gostou muito da ideia de termos dois cachorros aqui em casa! — falei para Felícia enquanto acariciava a cabeça do cão.

— Não mesmo! — ela respondeu, triste.

Felícia decidiu ficar no quintal, brincando com Sherlock e voltei para dentro de casa. Assim que passei pela cozinha, ouvi minha mãe chamando meu nome. Fui até lá e encontrei-a diante do fogão, preparando o almoço.

— Precisamos ter uma conversinha — ela começou.

— Já sei o que você vai falar — retruquei. — Vai dizer que o que fiz ontem é totalmente fora do que costumo fazer, que jamais esperou que eu fosse fazer algo assim e que está extremamente desapontada comigo. — Sentei à mesa e fiquei esperando o que ela tinha para falar.

— Ainda bem que o senhor sabe! — afirmou, com a mão na cintura. — Só faltou a parte em que eu falo que você está de castigo pelo resto da vida e não poderá sair de casa com seus amigos nunca mais.

Revirei os olhos.

— Mãe, primeiro que eu não vou sair de casa justamente porque nunca saio de casa — brinquei. — Foi algo que aconteceu e nunca mais vai se repetir.

— É bom mesmo que não se repita! — falou seriamente. — Tem ideia de quão desesperados seu pai e eu ficamos quando passou da meia-noite e você ainda não havia chegado em casa?

— Eu sei. Peço desculpas por ter feito isso.

— Graças a Deus não aconteceu nada de ruim com você! Imagine o tanto de desgraça que poderia ter acontecido.

— Mas calma, tá?! Estou aqui agora e superbem.

Ela parecia ter realmente sofrido com o que acontecera.

— A noite passada me lembrou daquele dia que tento esquecer todas as manhãs — confessou, levando a mão ao rosto para esconder os olhos que começavam a lacrimejar. — Todo o medo e desespero novamente...

— Prometo que a senhora nunca mais vai se sentir desse jeito. — Levantei da cadeira e abracei-a. — Prometo a você!

— Eu te amo, filho!

— Eu também.

Minha mãe se soltou do abraço, disse que tinha que terminar de preparar o almoço e pediu para que eu a ajudasse a arrumar a mesa.

O restante do dia se resumiu à família inteira sentada no sofá assistindo a filmes e agindo normalmente. Tentei passar o maior tempo possível junto a eles para compensar o que eu os fiz passar na noite anterior. As únicas vezes que fui ao meu quarto foi para conferir se Beatriz, Ivo ou Fernanda haviam dado algum sinal de vida, mas, como já era esperado, nenhum dos três retornou minhas ligações. Apesar de bancar o filho perfeito e fingir que tudo estava bem, algo me incomodava por agir daquela maneira.

Voltar à escola depois daquele fim de semana foi extremamente estranho. Apesar de os outros alunos e os professores continuarem suas vidas como nos demais dias, havia um clima estranho se esgueirando sorrateiramente pelos corredores.

Logo que cheguei, avistei Ivo sentado em um dos bancos perto da parede da ralação. O garoto mantinha os olhos fixos em um livro que fingia estar lendo. Digo "fingia" pois eu o conhecia bem o suficiente para saber que não gostava de ler, o que fazia sua tentativa de passar despercebido ser totalmente falha. Quando me aproximei, percebi que seu uniforme estava muito amassado e que ele tinha olheiras tão profundas que o faziam parecer um dos zumbis de *The Walking Dead.* Inspecionei o lugar, procurando algum sinal de Fernanda, mas ela não estava por lá. Caminhei até Ivo para conseguir algumas respostas.

— E aí, como você está? — perguntei, tentando soar o mais amigável possível.

Ivo desviou a atenção do livro e me encarou.

— Como pareço estar? — ironizou, apontando para si.

— Parece estar precisando de um ferro de passar roupa.

Ele riu, fechou seu livro e me convidou para sentar ao seu lado.

— Então, o que está lendo?

— Na realidade, eu não sei — contou, rindo. — Peguei o primeiro livro que vi na estante da minha irmã e o carreguei comigo durante todo o percurso da minha casa até aqui para evitar conversar com meu pai ou qualquer outra pessoa.

Peguei o livro de sua mão e virei a capa para ler o título. Era um daqueles livros sobre uma garota extremamente inocente que do dia para a noite conhece um cara rico, se apaixona e, no final, descobre que, na verdade, seu príncipe encantado milionário gosta de fazer coisas diferentes e picantes entre quatro paredes.

Comecei a rir.

— Ivo, você realmente andou com esse livro aberto o caminho todo até aqui?

— Sim, por quê? — perguntou ele, preocupado. — Por que você está rindo?

— Porque, até onde sei, esse livro é sobre uma garota virgem que namora um cara rico e eles fazem um monte de sacanagem — expliquei aos risos. — Minha mãe ganhou toda a coleção de presente do meu pai no Natal.

— Você só pode estar brincando comigo, não acredito! — exclamou, pegando o livro de volta da minha mão e lendo a sinopse no verso. — Todo mundo deve estar pensando que gosto desse tipo de leitura.

— Na verdade, acho que não. A maioria das pessoas que te conhece sabe que você jamais leria um livro por tanto tempo e que só pegou esse aí para evitar contato.

Ivo ficou em silêncio, provavelmente porque percebeu que eu havia jogado uma indireta para começar a conversar sobre a noite de sábado.

— Como a Fernanda está? — perguntei. — Ela virá à aula hoje?

— Agora ela deve estar bem — contou, cabisbaixo. — Mas ainda não está pronta para voltar à escola.

— O que aconteceu depois que vocês saíram da casa dela para ir ao hospital?

— Foi horrível, um dos momentos mais assustadores da minha vida — confessou, agora olhando no fundo dos meus olhos. — Os pais dela estavam desesperados, eu estava com medo, ninguém sabia o que fazer ou dizer. O silêncio dentro daquele carro fez a situação parecer mil vezes pior do que era!

Balancei a cabeça, fazendo sinal para que ele continuasse falando.

— Sabe, não sei se serei capaz de esquecer a cena da Fer quase inconsciente deitada em meu colo daquele jeito. Assim que chegamos ao hospital, os médicos a atenderam e os pais dela pediram para que eu ficasse na sala de espera enquanto eles checavam o que estava acontecendo com a filha.

"Já era domingo de manhã quando meu pai chegou ao lugar e expliquei para ele o que havia acontecido. Durante a tarde, a mãe dela apareceu e me disse que a Fer tinha melhorado e que estava pedindo para falar comigo.

"Quando entrei no quarto, ela estava deitada em uma das camas, recebendo oxigênio por meio de aparelhos de inalação. — Ele fez uma pausa. — Ela me contou que os médicos disseram que fora um caso normal de epilepsia, o que é estranho, pois ela nunca havia demonstrado nenhum tipo de tendência pra algo assim. A Fer também falou que não se lembrava de nada do que aconteceu depois que começamos o ritual. Mas sabe como é... Desconfio de que ela só falou isso pra dar um drama à coisa toda — contou, tentando colocar um tom mais bem-humorado na última parte para disfarçar a preocupação.

Por isso ele está com olheiras e com a roupa toda amassada. Passou o dia anterior no hospital e mal teve tempo de parar em casa para descansar, concluí.

— Mas então já está tudo bem com ela? — perguntei, para mostrar que eu estava realmente preocupado com o estado da garota.

— Sim, está.

— Poxa, foi um fim de semana e tanto para nós dois, então!

— Nem me fale! — Ivo suspirou. — Ainda bem que a próxima festa do colégio é só no final do ano, porque até lá vou ter conseguido recuperar todo o sono perdido dormindo o suficiente para estar bem outra vez.

— Só você mesmo para dizer algo assim! — declarei, rindo.

— Pois é! Eu sou o cara que lê livros eróticos em público, esqueceu?!

— Sabe, ela é uma garota e tanto... — afirmei. — A Fernanda.

Ivo balançou a cabeça concordando com o que eu havia dito.

— Vocês dois têm sorte de terem um ao outro!

Ivo estava preparado para dizer algo, mas foi interrompido pelo sinal que anunciava o início das aulas.

Levantei do banco e disse que era melhor irmos andando senão ficaríamos para fora da sala de aula como acontecera algumas outras vezes. Ivo concordou, guardou o livro da irmã na mochila e seguimos juntos para a aula.

Márcia já estava à nossa espera quando passamos pela porta. Ela era a única professora que nos dava aulas desde o início do ensino médio e também a única que nos adorava. Enquanto os outros professores tratavam os alunos como criaturas inferiores, Márcia transformava suas aulas em momentos totalmente descontraídos.

Ela era uma mulher que havia acabado de entrar no que os adultos chamam de "meia-idade", um modo gentil de dizer que já não podiam mais se considerar jovens, mas, ao mesmo tempo, ainda não estavam com o pé na cova.

A professora vestia seu jaleco habitual, que tinha a figura de um gato estampada em um dos bolsos. Sim, Márcia era uma daquelas pessoas totalmente apaixonadas por gatos! Como morava sozinha, ela dizia ter quatro desses animais como companhia. Se alguma pessoa desse liberdade, a mulher conseguiria ficar horas e horas a fio contando os detalhes da vida de seus bichos de estimação. Talvez fosse por isso que Márcia era extremamente simpática e brincalhona, pelo simples motivo de não ter ninguém presente em sua vida além dos gatos para conversar e ter algum tipo de vida social.

— Nossa, Fernandes! Quais foram os seus três pedidos? — Márcia perguntou a Ivo enquanto fechava a porta. Ela sempre chamava seus alunos pelo sobrenome.

— Como assim três pedidos, professora? — ele questionou, confuso.

— Você aparentemente teve uma ótima noite espremido dentro da lâmpada do gênio! — explicou, apontando para a camiseta de Ivo.

O garoto revirou os olhos, mas deu um sorriso.

— Nossa, que piada ruim! — zombou. — Parece que nessa escola todos têm o maior tempo do universo para passar roupa, não é?!

Ivo caminhou até sua carteira e eu fiz o mesmo.

— Bom dia pra você também, Medeiros — Márcia resmungou para mim antes de se virar para a lousa e começar a escrever.

— Bom dia, professora — respondi.

Percebi que, assim que sentei, recebi olhares estranhos de alguns colegas de classe. Tentei cutucar Ivo para perguntar se ele também havia percebido, mas fui interrompido. No exato momento em que toquei nele, ouvimos três batidas na porta da sala.

A professora caminhou até a entrada para ver quem estava querendo entrar atrasado em sua aula e, logo depois, alguns jovens de outras turmas apareceram. Para a minha surpresa, uma garota de olhos cor de mel e pele bronzeada surgiu junto a eles. Os alunos se desculparam pelo atraso e adentraram o ambiente.

— Turma, o pessoal do segundo ano está sem professor na primeira aula e sugeri para a diretora que eles assistissem à minha aula com vocês — explicou a professora. — Tem alguns lugares vagos ali naquele canto. Vocês podem se sentar lá. Além de não cumprimentarem a professora, também se esqueceram de programar o despertador para acordar no horário certo, não é?! — Márcia ironizou. — Parece que todo mundo aproveitou bastante a f esta da escola no fim de semana.

Beatriz caminhou até uma carteira vazia, desviou seu olhar da professora e o direcionou a mim.

— Você nem imagina, professora — murmurei. — Nem imagina...

Márcia deu de ombros e começou a aula, desatando a falar sobre as leis de Newton. Confesso que não aprendi nada. Estava distraído imaginando o que se passava pela cabeça de Beatriz.

capítulo quatro

Assim que o sinal que anunciava o fim daquela aula tocou, guardei meus cadernos e caminhei até onde Beatriz estava sentada. Como de costume, a garota conversava com Larissa e Carolina. Se ignorássemos o fato de uma ser loira enquanto a outra era ruiva, as duas amigas poderiam facilmente se passar por irmãs gêmeas. Ambas tinham o mesmo tom extremamente branco de pele e olhos azuis e vestiam o mesmo tipo de roupa. Naquele dia usavam vestidinhos com estampa de animais que eu consideraria infantis e inadequados para alguém da idade delas, mas, olha só, eu não podia julgá-las; afinal, eu era o cara que ainda colecionava revistas em quadrinhos, não era?! Porém, a semelhança que mais me impressionava era a capacidade que as duas tinham de agir do mesmo modo, gesticulando, fazendo expressões e usando palavras iguais; elas pareciam ter saído do mesmo molde criado por uma fábrica de bonecas. A maioria dos meninos as achava maravilhosas. No entanto, eu as considerava assustadoras.

— Bia, precisamos conversar — afirmei, interrompendo a conversa das três.

As amigas de Beatriz deram pulinhos de susto com a abordagem, mas logo perceberam que se tratava apenas de mim e se acalmaram.

— Nossa, Matheus, o que deu em você? — Larissa perguntou, confusa. — Acho que nunca te vi tão desesperado.

Beatriz balançou a cabeça, provavelmente sinalizando para eu não contar o que quer que havia acontecido conosco.

— Nada de mais — menti.

Larissa cerrou os olhos com desconfiança, mas deu de ombros e resolveu terminar o assunto.

— B, você não imagina o que a Carol e eu descobrimos sábado à noite...

— O que foi dessa vez? — Beatriz perguntou, sem parecer interessada no que as amigas tinham para contar.

— Ora, então agora vai bancar a santinha que não quer saber das fofocas? — a garota ironizou. — Tudo bem, então, não conto mais.

— Tá bom, agora você me deixou curiosa. — Beatriz revirou os olhos e deu uma risadinha. — Conta, vai!

— Agora também não quero mais!

As garotas a encararam com um olhar malicioso.

— Tá bom, é óbvio que eu quero! — Larissa confessou. — O babado é que...

Carolina e Larissa trocaram olhares como se tivessem ensaiado aquela conversa e disseram pausadamente ao mesmo tempo:

— O... Pedro... é... gay.

Um arrepio subiu por minha espinha e me fez congelar. Será que, de algum jeito, eu tinha sido responsável por tirar Pedro do armário à força? Se isso realmente tinha acontecido, como será que ele estaria lidando com toda a exposição?

— É sério mesmo ou vocês estão brincando comigo? — Beatriz perguntou, chocada.

— É totalmente real! — Carolina respondeu, tirando uma lixa da bolsa e começando a passar pelas unhas. — Você acha que vou sair espalhando fofoca *fake* por aí, querida? É ruim, hein?! — brincou, assoprando entre as pontas dos dedos.

— Como vocês descobriram? — perguntei, aflito.

— É como as pessoas sempre dizem... — Larissa fez uma pausa. — A bebida entra e a verdade sai!

— Alguém mais sabe disso? — continuei, tentando tirar informações das meninas.

— Não, Math, só nós — Carolina respondeu. — Se você estiver interessado, te conto a história toda a caminho da cantina, porque estou morrendo de fome e não consigo pensar direito assim. — Ela deu de ombros. — Desculpa, é *meu jeitinho*.

As meninas se levantaram e saíram. Pensei em chamar Ivo para nos acompanhar, mas então lembrei que ele havia saído logo depois de o sinal tocar e que provavelmente iria preferir ficar sozinho do que ter que aguentar aquela história toda que as amigas de Beatriz tinham para contar.

Quando pisei do lado fora, percebi que o clima não tinha mudado e continuava do mesmo jeito que estivera três horas antes de começar a aula. Uma densa camada de neblina cobria o céu e causava a sensação de que já estávamos no fim do dia quando na verdade estávamos apenas no começo.

Naquela manhã, eu estava dormindo em pé e vesti a primeira coisa que vi na minha frente, que, para minha sorte, foi uma jaqueta jeans preta e muito quente, que eu sempre usava nos dias de inverno. Dei graças a Deus por estar frio; se estivesse quente eu estaria mais assado do que um peru de Natal.

O intervalo escolar tinha duração de meia hora, mas nunca parecia ser o suficiente para fazer tudo o que precisávamos. Um adolescente normal precisa de mais do que trinta minutos para enfrentar a fila da cantina, comer, ir ao banheiro e conseguir ter uma conversa de verdade com os amigos. Aposto que até numa prisão o tempo de lazer deve ser maior do que o intervalo que temos na escola.

Pensei em dizer isso em voz alta, mas achei que, se quisesse ouvir a história toda de como as garotas descobriram sobre a sexualidade de Pedro, teria que reservar nossos vinte e nove minutos restantes para falar sobre aquilo.

— Então, Carol, como você descobriu sobre o Pedro? — perguntei, tentando trazer o assunto de volta.

Larissa me encarou com curiosidade.

— Nossa, Math, parece que de repente você ficou curioso sobre o assunto. Está querendo algo com ele, é? — caçoou ela. — Fofo, nós temos o número dele salvo no celular, caso você esteja pensando em investir.

Fiquei em silêncio e abaixei a cabeça; não gostava quando faziam esse tipo de brincadeira comigo. Beatriz percebeu que fiquei incomodado e saiu em minha defesa.

— Lari, eu te adoro — começou. — Mas você sabe que às vezes é uma vaca, né?!

— O que foi? — Larissa perguntou, levantando as mãos. — Céus, eu só estava brincando.

Carolina limpou a garganta, anunciando que tinha algo para falar.

— Então, Math, vou te contar o que aconteceu!

A garota saiu do lado de Beatriz e veio até mim, pegando meu braço e entrelaçando-o com o dela. Esse gesto e todo o enredo da conversa me fizeram sentir como se eu fosse uma daquelas patricinhas adolescentes de filmes dos anos 1990.

— Tudo começou logo depois que você, a Bia, o Ivo e a namorada vampira dele saíram da festa para fazer sei lá o quê juntos — explicou, fazendo uma espécie de careta quando pronunciou "namorada vampira". — Eu tinha conseguido enganar uma das inspetoras que me flagrou com a garrafa de vodca e saído correndo para aproveitar a festa. Chegando lá, percebi que a maior parte das pessoas legais já tinha ido embora, inclusive vocês — contou, apontando para Beatriz e eu. — Foi então que decidi procurar o Pedro para culpá-lo e dizer que o fato de eu ter passado uma das melhores festas do ano praticamente dançando quadrilha com as inspetoras era culpa dele. Mas, para minha surpresa, quando o encontrei em uma das salas de aula, ele não estava sozinho, e sim abraçado com outro garoto! — Carolina fez uma pausa dramática nesse momento, e eu a encorajei, balançando a cabeça, para que terminasse de contar. — No começo, achei que o Pedro havia bebido mais do que o normal e que o menino apenas o ajudava a permanecer em pé, pois até então o Pedro estava com os olhos marejados e o amigo ficava repetindo que tudo ficaria bem. Mas, de uma hora para outra, lá estavam os dois garotos meio que se abocanhando e começando a se beijar.

— Aí, a Carol, toda chocada, decidiu que essa fofoca era tão boa que foi interromper a minha dança com o gato do André só pra me atualizar nesse drama adolescente. — Larissa interrompeu a amiga e continuou a história. — E como assim a senhora ainda tem a audácia de dizer que não tinha ninguém legal na festa depois que eles foram embora? Fofa, eu estava lá!

Carolina pareceu ignorar os comentários da amiga e sorriu para mim.

— Entendeu agora, querido?

— Sim — respondi meio sem jeito.

A garota soltou o meu braço e voltou a se posicionar como antes. Caminhamos até a cantina. Enquanto esperávamos na fila para comprar nossos lanches, tudo em que eu conseguia pensar era que, por mais impossível que aquilo podia parecer, eu estava com pena de Pedro. Afinal, depois de tudo o que eu vi acontecer naquela noite, sabia que ele não estava pronto para se assumir nem para ser alvo de comentários como aqueles de Carolina. O mundo pode ser extremamente assustador e hostil quando você é forçado a encará-lo sem estar preparado. Mas é assim que as coisas sempre acontecem.

Quando chegou minha vez, pedi apenas um suco de laranja. Não estava com vontade de comer nada, tudo o que conseguia sentir era meu estômago revirando de ansiedade. Eu precisava conversar com Beatriz e tinha que dar um jeito de ficar sozinho com ela para fazer isso.

As garotas demoraram para comer, mas, quando finalmente terminaram, disseram que queriam voltar para a sala de aula. Avisei que eu ia apenas jogar na lixeira o copo em que havia bebido o suco e logo as acompanharia, mas que poderiam ir na frente se quisessem. Obviamente foi o que elas preferiram fazer.

— Bia, vem comigo para que eu não tenha que entrar na sala sozinho depois? — pedi, torcendo para que ela não percebesse minhas segundas intenções.

—Tudo bem — Beatriz respondeu.

Carolina e Larissa se afastaram, e Beatriz e eu caminhamos até a lixeira mais próxima.

— Você está com medo de entrar na sala depois de todo mundo? Essa foi boa! — Beatriz zombou. — Eu sei sobre o que você quer conversar.

— Eu tinha que dar um jeito de ficar sozinho com você, né?! — confessei. — E você sabe o quanto suas amigas conseguem ser... grudentas.

— Math, o que aconteceu na casa da Fer...

— Não precisa ter medo de dizer, Bia. Eu estava lá com você!

— A realidade é que depois que cheguei em casa naquela noite me joguei na cama e fiquei pensando sobre o que a Fernanda havia me dito.

— E conseguiu chegar a alguma conclusão?

— Sim — afirmou, tirando o copo de plástico da minha mão e jogando-o na cesta de lixo. — Percebi que tudo o que ela me disse, na realidade, faz muito sentido.

— Como assim "faz muito sentido"? — perguntei, chocado. — O Ivo disse que ela teve uma espécie de ataque de epilepsia, sabia? Nada do que ela falou era pra ter sentido.

Beatriz suspirou.

— Mas pra mim fez, Matheus — A menina levantou uma das mãos e cobriu o rosto. — Não me importo realmente se aquela coisa toda de ritual deu certo ou não. Mas sei que a Fernanda me disse justamente o que eu precisava ouvir.

Eu não sabia o que dizer, então apenas fiquei quieto e esperei que ela me explicasse o modo como tinha interpretado as palavras insanas que saíram da boca de Fernanda.

— Está tudo conectado com o que te falei horas antes naquela noite, sobre ninguém nessa cidade me entender, sobre eu me sentir uma intrusa nessa vida — explicou. — Você não entendeu o peso das palavras que a Fernanda disse?

Balancei a cabeça negativamente para mostrar que não me lembrava de nenhuma das palavras que a garota havia dito naquela noite, provavelmente devido ao meu nervosismo.

— Ela disse que meu destino está longe — declarou Beatriz, agora mirando meus olhos. — Que existe uma estrada para seguir... — Fez uma pausa. — Passei o fim de semana inteiro confusa sobre como eu iria lidar com o que aconteceu e acabei percebendo que preciso da sua ajuda, Math!

Eu não conseguia acreditar em nada do que saía da boca de minha amiga. Beatriz parecia estar tentando manipular as palavras que ouviu para formar algo que não era real, algo que só existia na mente dela.

— Preciso que você me ajude a fugir para São Paulo.

Tentei argumentar, mas o sinal que indicava o fim do intervalo tocou.

— Não precisa responder agora. Só diga que vai pensar nisso por mim, tudo bem? — ela pediu.

— Tá bom. — Foi tudo o que consegui responder.

Voltamos para a sala de aula e demos de cara com Antônio, o professor de português mais insuportável que existia na Terra. Não que eu conheça todos os professores de português que vivem ou viveram na Terra; é só um modo de expressar quão chato aquele homem era. Ele já nos esperava na porta com seu olhar ameaçador e um livro nas mãos.

— Vamos, entrem logo. Estão atrasando minha aula! — resmungou.

— Mas o sinal acabou de tocar, professor — retruquei. — Calma!

Antônio pareceu ignorar o que eu havia dito e apenas nos empurrou para dentro do recinto.

Beatriz voltou a sentar perto das amigas e eu caminhei até a carteira em que sempre sentava, perto de Ivo.

O professor colocou o livro em cima de sua mesa e deduzi que aquela seria a obra que teríamos que ler para fazer a prova do semestre. Levantei a cabeça para espiar a capa; seu título era *Crime e castigo*. Fiquei alguns segundos tentando desvendar o nome do autor, uma mistura de letras impossível de ler, e no final acabei desistindo.

O restante da aula foi extremamente chato e improdutivo. Não fizemos nada a não ser ficar esperando em silêncio que Antônio entregasse as notas de nossas atividades e anunciasse oficialmente o livro que deveríamos ler. A única coisa bacana foi que ele pronunciou o nome do autor e finalmente eu consegui entender o que aquela junção de letras significava. Bem... mais ou menos! A obra era de um tal Fiódor

Dostoiévski. Quando o professor se deu por satisfeito e terminou de falar, disse que podíamos arrumar nossas coisas e voltar para casa. Guardei os cadernos na mochila e coloquei-a nas costas, e então percebi com o canto dos olhos que Ivo estava esperando para falar comigo.

— Ei, Math — começou ele, coçando a cabeça. — Eu estava aqui pensando se você não gostaria de ir comigo fazer uma visita pra Fer.

— Hoje?

— Agora!

— Não sei, cara — respondi, inseguro. Depois de tudo o que havia acontecido, não sabia se conseguiria encarar a namorada de Ivo tão cedo. Já ficara satisfeito apenas por saber que ela estava bem e isso parecia ser o suficiente. — Tenho que fazer umas coisas depois da escola.

Percebi certo desapontamento no olhar de Ivo.

— Por que não chama algum de seus outros amigos para ir vê-la? — perguntei, apontando para os garotos com quem Ivo costumava jogar futebol.

— Ah, deixa pra lá! — ele disse, dando as costas para mim e caminhando em direção à porta. — Achei que você entenderia.

— Entenderia o quê?

Ivo parou, mas continuou virado de costas para mim.

— Que eu não sei se consigo encarar sozinho os pais dela de novo, depois dos momentos de desespero que passamos no carro.

Fui até ele e coloquei a mão em seu ombro.

— Ivo, mas você não tem que temer ninguém! — contestei. — Você acompanhou sua namorada nos piores momentos e ainda passou o fim de semana inteiro no hospital apenas esperando notícias dela. — Meu amigo virou o rosto e contraiu os lábios em sinal de que estava entendendo o que eu queria dizer. — Então agora vai lá e diga para a Fernanda que eu mandei lembranças.

Minutos depois de Ivo me agradecer e sair andando, procurei algum sinal de Beatriz na sala de aula, mas foi em vão, pois ela não estava mais lá. Devia ter aproveitado para sair enquanto eu conversava com meu amigo.

Decidi que não iria voltar para casa tão cedo para não ter que lidar com meus pais agindo de maneira estranha como haviam feito durante o domingo, então mandei uma mensagem para minha mãe dizendo que chegaria depois do almoço. Como resultado, recebi um telefonema.

— Filho, aconteceu algo com você? — perguntou minha mãe, desesperada, assim que atendi o celular.

— Não, mãe, estou bem! — respondi para tranquilizá-la. — Só vou ficar aqui mais um pouco pois tenho que pegar um livro na biblioteca. — O que não era totalmente mentira, porque tinha realmente que ir até lá para alugar *Crime e castigo,* que Antônio havia nos obrigado a ler.

Minha mãe se despediu dizendo que era para ligar para ela caso acontecesse algum imprevisto no caminho e que eu deveria voltar para casa assim que deixasse a escola, pois estava de castigo. Revirei os olhos ao ouvir a última parte. Desliguei o celular e coloquei-o de volta no bolso.

O período de aula havia acabado, porém a escola não estava vazia; alguns alunos sempre passavam a tarde ali para terminar seus deveres, estudar ou, assim como eu estava fazendo naquele exato momento, continuar lá apenas para evitar ter que voltar para casa.

Eu estava caminhando pelos corredores em direção à biblioteca quando tive a impressão de estar sendo seguido. Olhei para trás e não vi nada; tirando algumas funcionárias que trabalhavam na limpeza, o lugar estava vazio. Provavelmente fora apenas minha cabeça me pregando uma peça.

Entrei na biblioteca e fui engolido por milhares de livros; aquele lugar guardava obras de todas as cores, gêneros e autores. Alguns anos antes, certos alunos venceram um concurso de redação organizado pela prefeitura e, como prêmio, a escola havia ganhado uma quantia em dinheiro para reformar o local, o que, se pararmos para analisar, foi um ato injusto com os vencedores, porque, uma vez que venceram a parada, o prêmio deveria ser exclusivamente para eles, e não dado para uma instituição que já teria que receber tal dinheiro todo ano da prefeitura.

Mas, enfim, a biblioteca ficou um tempo em reforma, e quando voltou a funcionar estava exatamente do mesmo jeito, apenas com milhares de livros novos. O que fizeram com o restante do dinheiro destinado à reforma? Ninguém sabe! Mas dizem que naquele mesmo ano a diretora levou seus filhos para uma viagem maravilhosa para a Disney. Apesar de tudo, eu não podia negar que, mesmo tendo uma estrutura antiga, o lugar era um verdadeiro paraíso para os alunos que gostavam de ler. O que não era bem o meu caso.

Não que eu fosse o tipo de pessoa que odeia ficar mais de dez minutos com um livro enfiado na cara, mas simplesmente não consigo me concentrar o suficiente para ter uma experiência prazerosa de leitura. Prefiro os quadrinhos, porque quando me perco na narrativa sempre tem uma ilustração para me guiar e me mostrar o que está acontecendo.

— O que vai querer ler? — perguntou a senhora que estava sentada do outro lado da sala, provavelmente a bibliotecária (que eu nunca havia visto na vida, pois não frequentava o lugar). Ela tinha cabelo cacheado e pintado de um vermelho muito forte; isso fora um erro, pois criava certa semelhança com um palito de fósforo. Semelhança que era mais gritante ainda, uma vez que ela havia decidido vestir um casaco marrom por baixo do avental que usava.

— Quero pegar emprestado um livro de um autor chamado Fedor Dosto-alguma coisa — expliquei, tendo dificuldade para lembrar e pronunciar o nome.

— Você quer o *Crime e castigo* para a aula do Antônio, não é? — perguntou ela, já fuçando em uma das prateleiras. — Já é o quarto aluno desleixado que vem aqui sem nem saber pronunciar o nome do autor — explicou com desdém.

— Esse mesmo! — afirmei, meio sem jeito, me aproximando de onde ela estava. Reparei que estava escrito "Gertrudes"; devia ser seu nome.

Gertrudes procurou entre alguns livros, mudou de lado, pegou um banco que estava ali por perto, subiu, desceu, foi até a sua mesa, se serviu um pouco de café e voltou para a prateleira anterior até que finalmente encontrou o que estava procurando.

— Aqui está seu livro — anunciou, estendendo o objeto em minha direção.

Quando fui tirá-lo de sua mão, ela recuou.

— Antes precisa me dizer seu nome — repreendeu. — Não que eu ache que alguém vá alugar um de meus livros e nunca mais trazê-lo de volta. Mas vai que acontece, não é?!

— Nunca se sabe — falei, sorrindo, e então percebi o que ela estava insinuando. — Mas eu jamais faria isso com a senhora! — consertei o erro. — A propósito, meu nome é Matheus Medeiros.

— Matheus Medeiros, entendi — ela disse enquanto anotava meu nome em seu caderno de empréstimos. Assim que terminou, entregou-me o livro.

— Cuide bem dele. Você tem até sexta-feira para devolver.

Agradeci, guardei cuidadosamente o *Crime e castigo* na mochila e saí rapidamente da biblioteca. Gertrudes tinha uma personalidade engraçada pensei até em perguntar a ela sobre algumas histórias bizarras de empréstimos de livros que nunca voltaram quando eu fosse devolver o que tinha pego. Assim que virei no primeiro corredor, fui puxado violentamente para dentro de uma das salas de aula. A princípio não entendi o que estava acontecendo, pois ser agarrado pela mochila daquele jeito havia sido uma surpresa. Uma vez na sala, tentei me equilibrar, mas acabei caindo no chão e derrubando algumas cadeiras junto com meus óculos. Nesse exato momento, a pessoa que me puxou bateu a porta para disfarçar o barulho.

Tateei o chão à procura dos óculos enquanto a figura se aproximava de mim. Quando finalmente os encontrei, coloquei no rosto e pude ver quem era minha companhia.

— Juro que se você contar para alguém que me viu beijando aquele menino, eu te mato! — Pedro ameaçou, me segurando pela gola da camiseta que eu estava usando por baixo da jaqueta. Naquela situação, confesso que me arrependi de ter sentido pena dele algumas horas antes.

— Calma, Pedro! Não vou contar a ninguém, tá legal?! — falei, tentando fazer com que ele soltasse a minha camiseta, mas isso não aconteceu.

— Então me diz por qual motivo você estava escondido debaixo da mesa no meio de uma festa?

— Não te interessa! — retruquei. Aquele babaca não merecia saber o que acontecia na minha vida. — Não era nada relacionado a você.

Pedro apertou minha roupa com as mãos e me empurrou contra a parede; aquilo doeu, mas não havia nada que eu pudesse fazer para evitar, então apenas permaneci com as costas contra o cimento gelado, respirando fundo enquanto desejava que a dor fosse embora.

— Juro, eu não estava lá por causa de vocês! — esclareci, reunindo todo o fôlego que ainda me restava para pronunciar aquelas palavras. — Eu não estava curtindo a festa, bebi demais e fui parar lá, só isso.

Pedro ficou me encarando, parecia avaliar se o que eu estava contando era realmente a verdade ou se ele teria que me prensar contra a parede novamente para que eu contasse o real motivo de tê-lo flagrado aos beijos com outro homem.

O garoto fechou o punho e levantou-o. Fechei os olhos esperando a pancada, mas, para minha surpresa, ela não veio. Pedro meteu a mão no chão.

— Mas o que... — balbuciei enquanto ele massageava a mão machucada e se ajeitava para sentar do meu lado.

Ficamos assim por alguns minutos até que finalmente tive coragem de dizer algo.

— Por que você não me bateu? — perguntei, mesmo sendo uma pergunta extremamente idiota a se fazer para alguém que acabou de te agredir. — Não que eu faça questão de apanhar de novo, obviamente não é o caso.

Pedro me fitou e depois abaixou a cabeça.

— Porque não vale a pena, camaradinha — murmurou. — Bater em você não vai mudar quem sou, não vai me fazer ser do jeito que meus pais querem que eu seja.

— Ah, entendo.

Eu não queria entrar naquele jogo de emoções, pois não saberia o que dizer para Pedro. Eu não era a pessoa certa para ajudá-lo a enfrentar aquilo porque mal compreendia o que ele estava passando. Porém mesmo assim tentei acalmar o garoto.

— Tá tudo bem, beleza?! — comecei. — Seu segredo está seguro comigo. Posso não entender como é ser *gay*, mas sei como é se sentir diferente, por isso não vou sair por aí espalhando rumores.

— Obrigado — ele agradeceu, sem jeito.

— Mas devo alertar que você não foi nada cuidadoso e que a Carolina veio me dizer na primeira aula que o viu aos beijos com outro menino — falei, cautelosamente.

Caso eu não o alertasse sobre Carolina, e ela contasse para a escola toda, Pedro poderia pensar que eu havia sido a fonte das fofocas.

Pedro socou novamente o chão e soltou alguns palavrões.

— Isso deve doer — comentei, mas ele aparentou ignorar.

— Parece que nunca vai acabar, sabe?! — ele começou a desabafar.

— O quê? A dor de bater a mão no chão? — perguntei, confuso.

— Não — respondeu ele. — Você não prestou atenção ao que eu estava dizendo antes?

— Quando fico nervoso não consigo avaliar as situações muito bem e tendo a fazer perguntas estúpidas.

— Ah, sim — respondeu, sem ânimo. — O que eu quero dizer é que essa humilhação parece que nunca vai acabar. — Ele suspirou. — Sempre tentei parecer o cara mais forte, descolado e popular. Para quê? Olhe só, agora vou ser reduzido a assunto de fofoquinhas e piadinhas de adolescentes.

— Não acho que você tentava parecer forte, você é realmente forte! — afirmei. — Se você manteve essa imagem de durão por todos esses anos para se defender dos julgamentos dos outros, também é capaz de assumir a mesma posição de durão e levantar a cabeça quando tiver que passar por problemas — continuei. — O que quero dizer é que até o Super-Homem, que é o cara mais forte do mundo, fica fraco quando encontra uma pedrinha de kryptonita de vez em quando. Você vai ficar bem, vai dar tudo certo!

Pedro deu de ombros.

— Até que você é bom nessa coisa de conselhos — falou enquanto se levantava.

— Eu sou?

— Não muito, mas é! — Pedro sorriu e estendeu a mão para me ajudar a levantar. Eu a segurei e fiquei em pé.

— Obrigado.

— Me desculpa por ter batido em você. Eu estava com raiva — ele disse, envergonhado.

— Ah, relaxa! — respondi, tentando deixar claro que não havia ressentimentos. — Não foi nada — menti.

— Então nos vemos por aí, camaradinha!

— Acho que sim — murmurei quando ele passou pela porta e saiu, já longe demais para ouvir qualquer som que saísse da minha boca.

Respirei fundo, arrumei a camiseta que ficara torta, levantei as cadeiras que eu havia derrubado no chão junto com a minha dignidade e resolvi que iria para casa.

O ônibus demorou cerca de meia hora até parar em frente ao ponto. Embarquei, entreguei o dinheiro ao cobrador e percebi que o transporte estava lotado.

Que dia maravilhoso, só que não!, pensei.

Permaneci em pé durante todo o percurso da escola até minha casa.

Quando cheguei, minha mãe estava retirando a mesa do almoço; de algum jeito, ela parecia dez anos mais jovem do que era. Seus cabelos negros, porém com alguns fios brancos, pareciam cuidadosamente penteados e pude jurar que eu estava vendo certa coloração de batom em seus lábios. Ela também vestia uma saia preta e uma blusa branca em que estava escrito "I AM A STAR!", provavelmente uma peça de roupa que ela havia comprado em lojas de departamento em que os fabricantes nunca escreviam nada em português nas roupas, sabendo que suas frases eram péssimas e que, caso fossem traduzidas, ninguém as compraria. Duvidei que minha mãe soubesse o que a blusa dizia; eu conseguia até imaginá-la no shopping: "Oh, que blusa linda! Não faço ideia do que está escrito, mas vou comprar!"

— Filho, que bom que você chegou! — ela disse, segurando alguns pratos e colocando-os na pia. — Estava ficando preocupada.

— Não há motivos para se preocupar!

— Guardei um prato de comida para você — ela informou. — Está no micro-ondas.

Tirei a mochila dos ombros e a apoiei-a em uma das cadeiras. Fui até o micro-ondas e, ao abrir, encontrei uma mistura de arroz, feijão, salada e alguns pedaços de carne. Coloquei o prato na mesa, peguei talheres e comecei a comer. Não tinha percebido que estava com tanta fome até me lembrar de que não havia comido nada o dia todo, apenas tomado aquele suco na hora do intervalo. Estava tão faminto que comi todos os pedaços de carne, mesmo não gostando tanto desse tipo de comida; sempre que mastigo alimentos desse tipo, imagino uma fila imensa de animais me observando enquanto eu engulo seus familiares. Juro que um dia ainda virarei vegetariano.

Terminei meu almoço em poucos minutos, agradeci a minha mãe, lavei a louça que tinha usado para comer, peguei a mochila e fui para o quarto.

A primeira coisa que fiz ao entrar foi me jogar na cama. Fiquei apenas sentindo meu corpo entrando em contato com o colchão; depois de um dia como aquele, nada mais justo do que alguns minutos de descanso antes de voltar à rotina e ser obrigado a fazer as tarefas da aula.

Encarei o teto e comecei a pensar nas coisas que tinham acontecido.

Lembrei-me de como Ivo estava estranho no começo do dia por conta de Fernanda e me bateu uma pontada de arrependimento por não ter ido visitar a garota quando meu amigo pediu. Eu tinha que ligar para ele mais tarde e me desculpar.

Pensei em como Carolina e Larissa reagiram quando descobriram que Pedro é gay. Será que elas faziam ideia de como aquela informação era algo pessoal e que poderia causar confusão caso fosse parar nos ouvidos errados? Não que eu aprovasse o Pedro fingir ser hétero para a escola, mas contar ou não para todos era uma escolha dele, e não de duas garotas patricinhas que buscavam fofocas para discutir enquanto faziam as unhas umas das outras. Também pensei em como ele parecia temer a opinião e o julgamento dos pais. Eu meio que sentia uma certa empatia pelo garoto, apesar de ter sido prensado contra a parede por ele.

E, além disso tudo, ainda tinha a situação extremamente louca em que Beatriz havia se enfiado. Fugir para São Paulo? O que aquela garota tinha na cabeça? Ela disse que precisava da minha ajuda, mas para quê? Para acenar e chorar enquanto ela se afastava e dava tchau dramaticamente na janela do ônibus? Aposto que sim.

Tirei meu celular do bolso e digitei uma mensagem para Beatriz.

Eu (Matheus):
Bia, o que você está pensando em fazer?

Alguns minutos depois, recebi minha resposta.

@Beatriz diz:
Me encontre em frente à igreja do bairro à meia-noite para que eu possa explicar o plano.

Apertei o botão de desligar.

Poxa, Matheus, não tinha uma garota menos complicada para você se relacionar?

capítulo cinco

Enquanto fingia que estava dormindo, esperei meus pais colocarem Felícia em seu quarto e apagarem todas as luzes da casa para finalmente conseguir dar início à minha primeira fuga. Depois daquela última mensagem na qual Beatriz me pedia para encontrá-la em frente à igreja, passei algumas horas tentando convencer a garota a deixar de enrolação e me contar qual era o plano que tinha arquitetado para sair da nossa cidade e ir até São Paulo, mas Beatriz não era fácil de persuadir. Depois de um tempo, inclusive, ela se negou a responder qualquer coisa que eu enviava até que concordasse exatamente com o que ela queria.

Tirei os cobertores de cima da cabeça, e o ar de fora congelou meu rosto; geralmente eu não gostava dessa sensação, mas depois de passar quarenta minutos enfiado entre os cobertores, sem poder fazer nada a não ser respirar o ar quente que estava lá dentro, aquilo foi como se os deuses estivessem soprando ar direto nas minhas narinas. Peguei meus óculos, que estavam no criado-mudo, e cuidadosamente coloquei os pés no chão, ainda vestindo as meias do Batman que eu usava para dormir. Tateei o carpete com os dedos a procura do par de sapatos que havia deixado ao lado da cama quando cheguei da escola, mas não o encontrei lá. Minha mente começou a calcular qual era a probabilidade de Felícia ter deixado Sherlock entrar no meu quarto enquanto eu fingia dormir e de o cachorro ter abocanhado os calçados com sua boca gigante e os levado para fora — já acontecera algumas vezes e poderia muito bem ter ocorrido novamente. Decidi que iria procurar melhor no quintal quando estivesse lá fora; por enquanto calçaria os chinelos com monstrinhos amarelos que tinha ganhado de presente dos meus avós no Natal do ano anterior. Minha mãe havia contado para meus avós que eu gostava de quadrinhos, e então eles me deram a primeira coisa ilustrada em que esbarraram no shopping. Não posso afirmar que gostei do mimo, porém sabia que a intenção fora pura e era o que valia no final das contas, então apenas sorri e falei que tinha sido uma das melhores coisas que eu já tinha ganhado.

Fui até a escrivaninha e desconectei o celular do carregador. Ao tentar entrar no aplicativo de mensagens, sem querer apertei o atalho errado, que levava para a câmera frontal, e em questão de segundos estava encarando meu próprio reflexo na tela do aparelho, e, sinceramente, eu parecia cansado! Meus olhos mal conseguiam ficar totalmente abertos, e a parte branca já estava começando a ficar avermelhada. Se eu não soubesse que minha íris é castanha, eu poderia facilmente dizer que era totalmente preta. Fechei o programa, fui até as mensagens, digitei que estava terminando de me vestir para tentar sair e enviei a mensagem para Beatriz. Antes de guardar o celular no bolso, lembrei-me de colocá-lo no modo silencioso; afinal, se ele fizesse qualquer tipo de barulho enquanto eu cruzava os corredores, o plano todo iria por água abaixo.

Abri o guarda-roupa e cacei entre os cabides até encontrar o moletom que estava procurando. Ele era totalmente preto e tinha uma touca perfeita para camuflagem. Vesti o agasalho e coloquei a única calça jeans que se encontrava jogada no chão. Tirei algumas roupas da gaveta, reuni-as em cima da cama e joguei os cobertores por cima. Dei alguns passos para tomar distância e observar o que havia feito. Na minha mente, aquela gambiarra serviria para que, caso alguém entrasse no meu quarto, não se deparasse direto com uma cama vazia e achasse que eu estava dormindo. Mas a realidade era bem diferente do plano e nenhum ser humano em sã consciência seria capaz de confundir um garoto de dezessete anos com um amontoado de camisetas; porém, como eu não tinha outras alternativas além daquela, teria que servir.

A partir daquele momento, a etapa difícil realmente começaria. O esquema era caminhar pelos corredores, passar pelo quarto dos meus pais e ir até a sala para enfim sair pela entrada principal que dava acesso à rua. Agarrei delicadamente a maçaneta e girei-a com calma; felizmente, ela não fez nenhum ruído. A luz do corredor penetrou o quarto quando coloquei parte da cabeça para fora com o intuito de verificar se o corredor estava livre, o que obviamente estava, pois meus pais costumavam dormir assim que terminava a novela a que assistiam, então logo eu estava com o corpo todo do lado de fora, deixando a porta do mesmo modo que se encontrava antes.

Enquanto andava na ponta dos pés, percebi que meus chinelos de borracha faziam um barulho parecido com aquele som que acontece quando apertamos um frasco de xampu vazio na esperança de que ainda saia alguma coisa. Por sorte, consegui chegar ao fim do corredor sem que ninguém despertasse. Conforme fui me aproximando, percebi que a porta do quarto de meus pais estava escancarada, então parei por um instante e prendi a respiração. No silêncio total, consegui ouvir o ronco de meu pai; nunca na vida pensei que escutar aquilo me deixaria tão tranquilo. Reparei que a luz do cômodo estava apagada, outro sinal de que provavelmente não veriam seu filho mais velho tentando se esgueirar para fora de casa no meio da noite.

Passei rapidamente em frente ao quarto e tive um breve vislumbre de meus pais dormindo abraçados; eu poderia até considerar como um momento bonitinho e raro no relacionamento dos dois, mas estava tenso demais para pensar em qualquer coisa que não fosse dar o fora dali o quanto antes.

Assim que atravessei a sala de estar e me preparei para pegar a chave que abriria a porta, ouvi passos leves atrás de mim.

— Matheus, onde você está indo?

Virei, assustado, e dei de cara com Felícia em seu pijama e arrastando um pequeno urso de pelúcia no piso sujo. Fiz sinal para que ela ficasse quieta.

— Fê, volte a dormir! — cochichei. — Mas não faça barulho.

— Por quê? — retrucou ela, em voz alta.

Coloquei novamente o dedo na frente dos lábios e olhei assustado em direção ao corredor, com medo de que aquela conversa tivesse despertado meus pais, mas aparentemente eles mal ouviram. Para que Felícia fizesse o que eu pedia, teria que ser criativo.

— Porque senão os monstros vão nos achar — sussurrei, fingindo entusiasmo e espanto ao mesmo tempo.

— Monstros? — indagou Felícia, falando o mais baixo que conseguia. — Que tipo de monstros?

— Do tipo grande e gosmento! — respondi. — Você não quer isso, quer?! — perguntei, tirando o urso das mãos da garotinha e o ajeitando em seus braços para que não se sujasse mais.

— Claro que não, Math — ela disse, arregalando os pequenos olhos. — Não gosto de monstros! — explicou, apertando os lábios e se aproximando de mim, assustada. — Gosto ainda menos se eles forem grandes e gosmentos!

Eu não queria amedrontar minha irmãzinha, apenas fazê-la querer voltar para seu quarto, onde tecnicamente os monstros não poderiam encontrá-la.

— O problema é que acabei de flagrar um monstro indo embora pelo quintal com uma de suas bonecas — menti. — E eu estava saindo de casa para buscá-la de volta para você!

— Qual delas? — indagou a menina, cobrindo a boca com as mãos.

— Hum... Aquela de vestido e cabelo loiro — inventei. Não fazia ideia de quais brinquedos ela tinha, mas praticamente todas as bonecas que eu via em vitrines de lojas seguiam aquele padrão, então Felícia provavelmente tinha dezenas delas.

Se minha irmã percebeu que eu estava mentindo, não demonstrou.

— Maninho, salva a minha boneca dos monstros? Por favorzinho? — ela pediu.

— Salvo! — afirmei. — Mas apenas se você prometer que vai voltar pro quarto e dormir para que fique segura.

— Tá bom — ela concordou. — Mas toma cuidado, tá?! — Felícia fez um gesto com as mãos para que eu me abaixasse, juntou os lábios e me deu um beijo na bochecha. — Pra dar sorte!

— Muito obrigado — agradeci, sorrindo. — Agora, não acha que já passou da hora de você e seu ursinho voltarem para a cama? — perguntei, empurrando a menininha em direção ao seu quarto.

— Já estamos indo! — anunciou, virando-se e caminhando de volta. — E o nome dele é Ursolino! — cochichou, antes de desaparecer no corredor.

Pude ouvir Felícia entrando no quarto e deitando em sua cama. Esperei algum tempo até ter certeza de que tudo estava quieto novamente para enfiar a chave na fechadura e finalmente sair.

Pisei no quintal e resolvi que não iria trancar a porta, pois isso me pouparia de fazer barulho quando voltasse e de ser pego tentando entrar em casa. Para minha surpresa, meus pais haviam apagado todas as luzes do quintal. Xinguei mentalmente. Como conseguiria achar meus sapatos em meio àquela escuridão? Seria totalmente impossível! Só me restava torcer para que Beatriz não olhasse para meus pés em momento nenhum durante a noite.

Não avistei Sherlock e imaginei que, assim como todos naquela pequena cidade, com exceção de Beatriz e eu, o cão estivesse dormindo.

Ainda um pouco tenso, caminhei pela grama e agarrei as barras de metal do portão para que conseguisse pular e chegar ao outro lado, mas esqueci completamente que, temendo ser vítima de assalto, meu pai havia instalado lanças pontudas e afiadas no topo do portão. Lá no alto, senti uma fisgada na panturrilha e, assim que desci, ergui a barra da calça até o joelho. Mesmo no escuro, pude enxergar o pequeno corte vermelho na pele; para minha sorte, não era nada grave, mas, a julgar pela profundidade do machucado, provavelmente demoraria para cicatrizar.

Ajeitei a calça e fui andando em direção ao lugar que Beatriz tinha definido como ponto de encontro. Minhas mãos tremiam, e eu virava a cabeça tentando observar a rua toda vez que ouvia qualquer barulho atrás de mim, o que na maioria das vezes não era nada. Minha mente adorava fazer esses joguinhos comigo, eu era meu maior sabotador!

É interessante como as ruas se tornam um grande mistério depois que a lua decide passear pelo céu, como se ambos fossem algum tipo de selva onde, durante o dia, animais inofensivos passeiam pelos riachos e vivem pacificamente enquanto à noite os predadores saem à espreita, esperando apenas por um passo em falso para poder atacar.

Fazer o percurso naquele horário me fez lembrar de quando eu era apenas uma criança e demorava horas até conseguir cair no sono, temendo estar cercado de monstros que se escondiam nos lugares que a luz do meu abajur não era capaz de iluminar.

— A noite nada mais é do que o próprio dia, porém escuro — dizia meu pai, tentando, da melhor maneira, me acalmar para que ele pudesse voltar a dormir, mas nunca conseguia.

Depois que cresci, o medo amadureceu, tomou forma e não ficou apenas na escuridão. Para mim, o pior tipo de situação é aquela em que você não tem ideia do que está acontecendo e nem sequer consegue enxergar ao redor. O desconhecido me assusta.

Avistei ao longe a pequena capela que ficava no fim da rua. Fazia anos desde a última vez que havia sido utilizada pelos fiéis, e por esse motivo encontrava-se em um estado lastimável, praticamente abandonada. Meus vizinhos contaram que a igrejinha do bairro sofrera um tipo de atentado anos atrás, dizendo que alguns mendigos frequentavam escondidos a propriedade durante a madrugada e acabaram incendiando o lugar. Quando os bombeiros chegaram, apagaram o fogo, mas os marginais já tinham escapado. Desde o acidente, ninguém nunca mais tentou reformar o lugar, então as paredes ainda tinham marcas do incêndio e havia grandes rachaduras no teto.

Quanto mais me aproximava, mais o temor crescia dentro de mim. *E se fosse tudo uma pegadinha?*, me perguntava. *Será que Beatriz seria capaz de fazer isso comigo?*

Olhei para os lados, checando se havia alguém por perto, e comecei a subir as escadas que levavam até a entrada. Cheguei ao topo e observei a grande porta de madeira diante de mim. Estendi a mão, segurei a maçaneta e girei-a, mas nada aconteceu. Provavelmente estava trancada por dentro! Desejei ter visão de raios X para conseguir ver através das paredes e verificar se Beatriz estava lá.

Resolvi dar uma volta no prédio e procurar por algum vitral quebrado ou algo do tipo para que eu pudesse entrar. Caminhei para os fundos do terreno. O brilho dos postes de luz desvanecia conforme eu adentrava no escuro. Pude ouvir as árvores da praça balançando e o vento assobiando; o barulho, apesar de comum, era alto e intimidador. Saquei o celular do bolso, digitei rapidamente uma mensagem e enviei.

Eu (Matheus):
Estou no ponto de encontro!!

Os minutos se passaram e não encontrei nenhum jeito de entrar na igreja. Apesar de queimadas, as paredes ainda continuavam altas o suficiente para que me impedissem de alcançar suas janelas e não encontrei uma entrada nos fundos. Estava quase voltando para casa quando comecei a ouvir passos; de início, pensei que fosse apenas o vento tentando me assustar novamente, mas então percebi que o ruído estava cada vez mais próximo. Fechei o zíper do moletom até um pouco abaixo da garganta e ajeitei a touca em minha cabeça, na esperança de que aquilo me fizesse passar despercebido ou amedrontasse quem quer que estivesse se aproximando.

Corri para trás de alguns arbustos, tentando me esconder, e esperei para ver o que acontecia. O sujeito tomou forma alguns segundos depois, trajando roupas escuras e carregando uma lanterna acesa que me impedia de ver seu rosto com clareza. Eu estava tenso, mas mesmo assim conseguia controlar a respiração para que não saísse alta demais e acabasse denunciando minha presença, porém algo não saiu como eu esperava. Uma baratinha correu de dentro dos arbustos e acompanhei-a silenciosamente com os olhos enquanto ela caminhava diretamente ao meu encontro. Caso não me livrasse do inseto, ele acabaria entrando na barra da minha calça. Com muito nojo, dei um peteleco no bicho e o fiz voar para longe, mas, para minha infelicidade, aquilo atraiu a atenção do indivíduo que estava parado a alguns metros dali. O facho de luz que vinha da lanterna me cegou.

— Quem está aí? — perguntou a pessoa.

Eu não tinha ideia de como agir. Deveria me revelar e correr o risco de ser pego por algum desconhecido?

— Vamos, levante! — ordenou a voz. — Já vi que tem alguém atrás do arbusto.

Com calma, fui levantando aos poucos, tentando fazer com que meus olhos se acostumassem com a claridade. Minhas pálpebras tremiam.

Assim que fiquei em pé, houve um clique e a luz foi apagada. Novamente no escuro, consegui ver quem estava ali comigo.

Beatriz.

— Matheus, é você? — ela perguntou, guardando a lanterna no bolso. — Por que tá usando essa touca horrível de ladrão?

Suspirei.

— Poxa, é tão difícil assim avisar por mensagem que estava chegando?! — retruquei, irritado, ignorando as perguntas de minha amiga.

— Foi mal! — Ela deu de ombros. — Deixei meu celular em casa — explicou, aproximando-se de mim e tirando a touca de minha cabeça. — Bem melhor agora!

Sorriu.

Desviei o olhar. Eu estava realmente irritado por Beatriz estar lidando com aquilo como se marcar um encontro no meio de uma igreja abandonada fosse a coisa mais normal do universo. Ela era assim, sempre com aquela expressão irreverente estampada no rosto.

— Na real, não sei nem por que vim até aqui — confessei, intrigado com a situação.

— Porque eu preciso da sua ajuda — Beatriz afirmou.

— Precisa? — perguntei. — Pra ir para São Paulo?

— Exatamente!

— O que você quer fazer lá? — indaguei, confuso. — Sei que tem umas paradas legais, mas por que não pode simplesmente esperar até a próxima vez que seus pais forem passar as férias lá por perto?

Beatriz ficou quieta, provavelmente estava pensando no que diria, mas não respondeu.

— Vamos entrar na igreja. Estamos congelando aqui fora — disparou, passando as mãos nos braços e indicando que estava com frio.

— Não tem jeito de entrar, a porta está trancada! — contestei. — Verifiquei logo que cheguei.

Beatriz direcionou seu olhar a mim e levantou uma sobrancelha com ironia.

— O fato de estar trancada não nos impede de entrar.

A garota fez sinal para que eu a acompanhasse de volta até a entrada da igreja e pediu que eu a alertasse caso alguém aparecesse na rua. Fiz o que ela mandou e fiquei vigiando o espaço com precaução.

Observei Beatriz tirando grampos do cabelo e os entortando com as mãos. Ri com a ideia de que ela estava pensando que conseguiria destravar a porta apenas com grampos de cabelo, porque essas coisas só dão certo em filmes.

— Consegui!

Beatriz agarrou a maçaneta e girou-a. A porta abriu com um estrondo, e a menina adentrou a escuridão. Eu a acompanhei.

— Como você fez isso? — perguntei, perplexo.

— Não foi nada de mais! — respondeu ela enquanto encostava a porta. — É bem fácil na verdade. Aprendi em um tutorial na internet.

Sorri, impressionado.

Se por fora a igreja estava acabada, por dentro estava totalmente detonada! A estrutura continuava intacta, porém algumas partes do telhado pareciam estar prestes a cair a qualquer momento. Percebi, por baixo da poeira, que algum dia o teto fora coberto por uma réplica daquela famosa pintura de Michelangelo na qual um homem nu está sentado estendendo a mão esquerda para uma figura barbada que parece simbolizar Deus sendo carregado por crianças. Mas, após o incêndio, algumas partes do teto ficaram danificadas, o que deformou de forma significativa a pintura, fazendo com que Deus ganhasse dois furos em sua túnica e parecesse um adepto da moda da camiseta furada lançada por Regina George no filme *Meninas Malvadas*.

Alguns bancos de madeira haviam resistido ao acidente. Beatriz foi até um deles, passou a palma das mãos para limpar a sujeira em sua superfície e sentou. Fiz o mesmo.

— Bizarro, né? — ela disse.

— Muito! O que será que fizeram com Jesus? — perguntei ironicamente, apontando para a cruz onde a figura de Jesus deveria estar fixada, mas que se encontrava vazia.

— Provavelmente algum fanático invadiu o lugar antes de nós e roubou-o pra tentar tirar uma grana.

Balancei a cabeça, concordando.

— Math, te trouxe aqui nesse horário porque é o único lugar que conheço onde podemos conversar sozinhos sem sermos interrompidos — disparou. — Agora, pensando bem, esse lugar é bem esquisito.

— Coloca esquisito nisso! — acrescentei, tentando quebrar o gelo. — Então você quer ir para São Paulo porque...

— Porque quero me encontrar com meu destino — Beatriz disse, com os olhos brilhando.

— Defina "destino" — eu pedi.

Beatriz bufou.

— Me empresta seu celular!

Tirei o aparelho do bolso e entreguei-o. A garota foi direto no aplicativo de vídeos.

— Não ativa a internet, pois meus créditos estão acabando.

— Ops! — ela disse. — Tarde demais. — Seus dedos deslizaram pela tela e, segundos depois, ela virou o celular para mim. No centro do aparelho pude ver aquele carinha dos vídeos, o tal Garoto Diferente.

— Bia, não vai me dizer que você quer fugir de casa para conhecer um ídolo! — exclamei, incrédulo.

— Não exatamente, mas sim — confessou. — Estou disposta a ir para São Pa...

— Isso é loucura! — interrompi, pegando de volta o celular e desativando a internet. — Além de ser totalmente clichê — concluí.

— Me deixe terminar! — esbravejou, colocando-se de pé.

— Vá em frente.

— Estou disposta a ir para São Paulo e me encontrar com ele porque acho que só assim vou conseguir as respostas que procuro.

— Novamente: isso é loucura — falei, levantando-me. — Você não tem motivos concretos para fazer isso. É apenas algo que brotou na sua cabeça maluca e você acha que está fazendo a coisa certa! — Eu sabia que aquilo soaria mil vezes pior do que eu havia imaginado em minha cabeça, mas era algo que tinha que ser dito.

Beatriz permaneceu em silêncio e abaixou a cabeça. Será que eu havia magoado a garota? Eu não podia simplesmente deixar que ela fizesse aquilo, pois estaria colocando em jogo não somente sua relação com os pais e sua situação na escola, mas também sua vida.

— Não marquei esse encontro para pedir sua permissão — Beatriz murmurou, ainda de cabeça baixa. — Está decidido. Irei de qualquer forma.

— Então por que raios você me chamou aqui? — perguntei, ficando ainda mais irritado com a resposta.

— Porque você é meu melhor amigo. — Fez uma pausa. — E significaria muito se fosse comigo.

Continuei encarando Beatriz sem dizer uma palavra. Mesmo depois de ela ter terminado de falar, desviei o olhar e escolhi concentrar meus olhos nos restos da pintura acima de nós. Percebi que começava a ficar enjoado, mas não tinha certeza de que estava naquele estado por conta do que Beatriz havia dito ou se tinha alguma relação com o cheiro de bolor e sujeira extremamente forte que cercava a antiga igreja. Levei uma das mãos ao rosto e pude sentir o peso do olhar de Beatriz sobre mim. O que ela esperava que eu falasse diante de tudo aquilo?

Claro que eu topo fugir, Bia!, pensei. *Vamos roubar o carro dos seus pais e dirigir ilegalmente durante treze horas, mesmo que nenhum de nós saiba dirigir.*

O que ela queria fazer não era nada sensato e basear suas ações e escolhas em algumas frases "proféticas" que uma garota bêbada dissera era totalmente insano! Não podia ser somente aquilo; deviam existir outros motivos por trás daquela fuga. Eu sempre soube o quanto Beatriz era inconsequente, mas nunca imaginei que chegaria àquele ponto.

Minha amiga respirou fundo, aproximou-se e calmamente segurou a minha mão. Mesmo perdido nos meus pensamentos e olhando para cima, meu corpo acordou e todos os pelos do meu braço se arrepiaram.

— Você sabe mais do que ninguém que eu nunca me senti totalmente confortável nessa cidade — começou. — O Garoto Diferente tem me ajudado bastante a enfrentar tudo o que vem acontecendo, sabe?!

Aos poucos fui virando o pescoço e encarei-a. Seus olhos transmitiam sinceridade.

— No início, eu achava que o que sentia era apenas admiração de fã, mas então a coisa foi ficando cada vez mais forte — Beatriz confessou. — Seus conselhos funcionavam tanto em minha vida que pareciam ter sido feitos por alguém que estava comigo todos os dias. — Fez uma pausa. — Ele me ajudou como ninguém mais me ajudou.

Essa última parte criou uma pequena rachadura no meu coração; a pessoa que estava sempre ali para Beatriz não era aquele tal Garoto Diferente, era eu. Era eu quem mentia para os pais dela, dizendo que ela estava comigo no meio do dia, quando, na verdade, eu não fazia ideia de onde a garota estava. Era eu quem havia passado o fim de semana todo ouvindo a porra de um discurso sobre como eu tinha agido de forma errada. Era eu quem deveria merecer toda aquela admiração, não ele.

Às vezes, as pessoas se deixam cegar pelo número infinito de expectativas que as cerca e acabam não percebendo que o que elas mais querem está na frente do próprio nariz, não exatamente como imaginam, mas muitas vezes de um jeito até melhor do que o esperado.

— É por isso que quero ir para São Paulo! — Beatriz continuou. — Não acho que somente por acaso a vida me colocaria de frente para alguém que, sem nem me conhecer, sabe tanto sobre mim — desabafou, soltando minha mão e passando uma das mãos pelos cabelos. — Não é algo definitivo, sabe?! Não vou fugir pra sempre.

— Não mesmo? — perguntei, desconfiado.

— Não! Só preciso que o Garoto Diferente saiba que eu existo.

— E a escola? — indaguei. — O que seus pais vão pensar de tudo isso?

Beatriz franziu o cenho e arregalou os olhos.

— Estou cansada de tentar agradar pessoas que não estão satisfeitas com quem eu sou — respondeu, dando de ombros. — Além do mais, acho que meus pais não ligariam muito nem se eu acabasse morta.

Senti uma pontada de tristeza.

— Nunca diga isso!

— Isso o quê? — perguntou Beatriz, confusa.

— Essa coisa de que não ligariam se você estivesse morta — murmurei, sem jeito. — Você não tem ideia de quão triste é quando alguém que você ama e com quem se importa vai embora dessa vida.

A expressão de Beatriz se desfez e ela pareceu confusa.

— Esquece — retruquei.

Tentei disfarçar o que estava sentindo, mas aparentemente não consegui. Beatriz continuava com aquele olhar misto de pena e arrependimento.

— Vou partir amanhã cedo — ela anunciou, respirando fundo e reunindo coragem para falar. — Comprei duas passagens com um dinheiro que achei escondido nas gavetas do escritório dos meus pais — explicou, tirando dois pedaços de papel do bolso. — Guardei o dinheiro que ganhei no meu aniversário e acho que tenho o suficiente para nos manter seguros por alguns dias em São Paulo.

— Bia, não posso...

— Eu sei, só estou dizendo — interrompeu. — Significaria muito se você fosse comigo.

Minha amiga começou a andar, refazendo o caminho por onde tínhamos entrado. Ela estava claramente desapontada com o rumo que as coisas tinham tomado. Eu, de certa forma, me sentia mal por não ser capaz de responder às expectativas dela, mas, pelo menos dessa vez, colocaria minhas necessidades em primeiro plano.

— E só mais uma coisa antes que me esqueça... — Beatriz falou quando chegou à porta. — Adorei a meia do Batman e o chinelo de desenho animado!

E, então, desapareceu na escuridão da rua.

Sorri, praguejando por ela ter reparado nas minhas meias, e pela segunda vez naquela noite me vi sozinho, porém dessa vez não estava com medo. Sentei no banco empoeirado e fiquei pensando na discussão que tinha acabado de ter. Quando olhei para o relógio, percebi que já passavam das duas da manhã e que, se quisesse ir para o colégio, teria que dormir algumas horas. Saí da igreja e tentei deixar a porta do mesmo jeito que havia encontrado quando cheguei, mas era impossível. Eu não tinha a menor capacidade de trancar a fechadura sem ter a chave, então apenas a deixei encostada. Torci para que ninguém percebesse.

O caminho de volta para casa foi tranquilo, admirando as estrelas e ouvindo o canto dos grilos. O tempo continuava frio, mas eu já não me incomodava tanto.

Pulei o portão, dessa vez tomando cuidado para não causar nenhum ferimento no meu corpo e, silenciosamente, atravessei o quintal. Agarrei a maçaneta e empurrei a porta, esperando que ela abrisse, mas, para minha surpresa, ela não abriu. Estava trancada!

— Matheus, é você?

Ouvi uma voz banhada de sono vindo do lado de dentro. Era uma voz masculina, provavelmente a de meu pai. As luzes da casa se acenderam e ouvi alguém se levantando do sofá, pegando o molho de chaves e destrancando a fechadura. Assim que a porta se abriu, meu corpo todo tremeu. Meu pai estava parado na entrada, vestindo uma camiseta velha qualquer e uma bermuda de dormir. Sua expressão demonstrava uma mistura de decepção e raiva.

— Onde diabos você estava? — esbravejou, puxando-me pela gola do moletom e arrastando-me para dentro.

Antes que eu pudesse responder, avistei minha mãe sentada no outro lado da sala, carregando Felícia adormecida em seus braços. Seus olhos estavam cheios de lágrimas e seus lábios tremiam.

— Ouvi um barulho no quintal quando estava dormindo e fui apenas verificar o que estava acontecendo — menti, tentando manter a calma e soar o mais verdadeiro possível.

— Por duas horas?! — gritou meu pai. — Não adianta mentir, não somos idiotas!

Olhei para a minha mãe, esperando que me ajudasse a controlar a situação, mas ela desviou o olhar assim que percebeu que eu pedia ajuda.

Resolvi contar a verdade.

— Eu estava com a Beatriz — murmurei entredentes.

— De novo essa menina? — indagou minha mãe, incrédula. — N-não tenho nada contra ela, mas você não consegue enxergar que a Beatriz só te mete em confusão?

— Não, dessa vez foi diferente, eu...

— CALA A BOCA, MOLEQUE! — interrompeu meu pai, jogando-me no sofá. O empurrão não machucou fisicamente, mas aquilo me deixou chocado. Ele nunca havia falado comigo daquele jeito. — Olha o estado da sua mãe! — disse ele, apontando para ela.

Felícia acordou com os gritos e desatou a chorar. Minha mãe parecia sem reação.

— Me desculpem, não foi minha intenção — falei, desesperado, sem saber o que fazer.

Eu estava hiperventilando e minhas mãos tremiam como se eu tivesse tomado dez litros de café. Fui perceber que estava chorando apenas quando senti o gosto salgado das lágrimas tocando meus lábios. Meu pai estava furioso; ele mantinha os punhos fechados e eu já não sabia o que esperar dele. O homem nunca havia me batido, mas eu tinha certeza de que ele era capaz.

— Cecília, leve a Felícia pro quarto e a acalme — ordenou ele. — Quanto a você... — disse, olhando fixamente para mim. — Suma da minha frente! Olhar para você me dá desgosto.

Tudo caiu sobre mim, como se não fosse uma questão de peso, e sim de por quanto tempo conseguiria aguentar.

Corri para meu quarto e não olhei para trás. Antes de fechar a porta, pude ouvir meu pai dizendo ironicamente para minha mãe:

— Pelo menos ele estava com uma garota.

Joguei-me na cama e deixei os sentimentos sangrarem por toda minha mente. A dor abrira um grande buraco no meu peito e, assim como o ferimento em minha perna, ele demoraria para cicatrizar. Pensei em como aquela semana estava sendo turbulenta para mim. Tudo havia mudado drasticamente do dia para a noite como se tivessem lançado uma maldição em minha vida.

Chorei por tempo suficiente para ganhar uma dor de cabeça e, quando parei, passei a encarar o teto. O relógio do computador mostrava que em algumas horas minha amiga partiria sozinha para São Paulo e me deixaria para trás. Eu não podia deixar isso acontecer!

Imaginei Beatriz desembarcando em uma cidade totalmente nova para ela, com pessoas desconhecidas a encarando com desconfiança e malícia, e esse pensamento me deu calafrios. Era perigoso demais uma pessoa de dezesseis anos sair para o mundo desacompanhada. Não que eu achasse que Beatriz não seria capaz de lidar com as coisas por ser uma "dama indefesa", porque obviamente ela não era. Mas eu tinha a clara noção de que a sociedade machista em que vivíamos ainda não tratava as mulheres da maneira como deveriam ser tratadas e de que elas acabavam correndo perigo em determinadas situações. Mal posso imaginar como deve ser para elas ter que tomar tanto cuidado com o que vestem ou como agem apenas porque certos homens não foram ensinados a valorizar e respeitar uma mulher. Um raio de incertezas e possibilidades me atingiu com força total. A discussão recente com meu pai havia me afetado de tal maneira que me fez não conseguir raciocinar direito. Eu estava em choque, amedrontado e com a cabeça acelerada.

Eu me sentia inconsequente.

Tirei o celular do bolso e digitei o número de Beatriz. Caiu na caixa postal. Liguei inúmeras vezes até ela atender.

— Matheus, por que está me ligando? — perguntou ela quando atendeu, confusa.

— Que horas embarcamos no ônibus para São Paulo? — perguntei, sussurrando.

Mesmo sem vê-la, consegui perceber seu sorriso no outro lado da linha.

capítulo seis

Enquanto caminhava sozinho até a rodoviária, repassava silenciosamente o plano de Beatriz várias e várias vezes em minha cabeça. Horas antes, a garota havia explicado por telefone que tinha comprado as duas passagens com um documento falso que Larissa havia conseguido para comprar bebidas alcoólicas meses antes e que não deveríamos nos preocupar com a questão de sermos barrados, pois, aparentemente, os funcionários da rodoviária de nossa cidade eram todos pessoas idosas que já não enxergam mais que um palmo à frente de suas mãos.

— Mas e quanto aos seus pais? Não irão notar a fuga? — perguntei, com o telefone preso entre o ombro e a orelha enquanto enfiava algumas roupas dentro da mochila, ainda em meu quarto.

— Meus pais saem para trabalhar muito cedo e só vão perceber minha ausência no final do dia — explicou. — Além do mais, eu disse para eles que iria dormir na casa da Carol esta noite. Assim, quando eles descobrirem o que fiz, vou estar bem longe! — disse. — Você pode dizer aos seus pais que prefere ir andando sozinho para escola e então me encontrar na rodoviária.

Foi exatamente o que eu fiz.

A tensão ainda estava presente quando o dia amanheceu. Meus pais mal olharam para mim quando anunciei que não precisariam me levar para o colégio. Antes de sair, fui até o quarto de minha irmã e encontrei-a dormindo abraçada com o mesmo urso de pelúcia da noite passada. Dei um beijo de despedida em sua bochecha e parti. Eu usava uma camiseta vermelha com o símbolo do super-herói Flash; enquanto me vestia, pensei que seria o uniforme apropriado para correr de tudo aquilo que me cercava. Em minhas costas, carregava a mesma mochila que levava todos os dias para o colégio, mas, no lugar de livros, dentro dela estava meia dúzia de camisetas e cuecas, sem contar mais algumas coisas que fui enfiando aleatoriamente nos compartimentos porque julguei que seriam necessárias.

Apesar de tenso, estava corajoso e decidido! Eu me sentia assim desde o momento em que havia telefonado para Beatriz. No início, temi que aquele surto de coragem fosse passageiro e que, no final, eu tivesse que encerrar a ligação pedindo desculpas para a garota e dizendo que não conseguiria realmente fazer o que havíamos combinado. Felizmente, isso não aconteceu, e, algum tempo depois, eu estava na rodoviária da cidade, observando Beatriz de longe. Como a rodoviária não era muito grande, foi bem fácil encontrá-la. Ela estava sentada em um dos bancos que ficavam no centro, segurava o celular em uma das mãos e mal notou quando me aproximei lentamente.

— Desculpe interromper, mas você não é a garota que invadiu a igreja nesta madrugada? — perguntei, brincando e pegando-a de surpresa.

Beatriz virou o rosto, assustada, mas sua expressão se suavizou quando percebeu do que se tratava.

— Seu idiota! — exclamou, mostrando a língua e dando um tapinha em minha perna. — Você me assustou.

— Esse era o objetivo. — Dei de ombros, convencido.

Ao contrário do que eu imaginava, Beatriz não parecia nada diferente do que aparentava na maioria dos dias. Quando pensava na garota fugindo, eu a imaginava com um ar totalmente misterioso à sua volta, maquiagem carregada nos olhos e usando roupas que ela nunca usaria apenas para completar seu disfarce. Mas, na realidade, Beatriz estava usando um vestidinho azul e calçando sandálias pretas que eu já a vira usar várias vezes na escola durante os meses de verão.

— Ainda bem que você chegou — ela disse. — Já estava achando que tinha desistido!

— Claro que não! — retruquei. — Vou para São Paulo com você.

Beatriz deu um leve sorriso e abriu os braços.

— Math, você é o melhor amigo do mundo! — declarou enquanto eu a envolvia em um abraço.

— Eu sei que sou.

Com o canto do olho, observei um ônibus de viagem estacionar a alguns metros de nós. Era todo azul, e no painel que ficava de frente para o para-brisa havia um letreiro onde consegui ler o nome de nossa cidade, classificada como "cidade origem", e o nome de São Paulo como "cidade destino".

Cidade destino, pensei. Que ironia.

— Acho que nosso ônibus chegou — anunciei.

Beatriz confirmou e bateu palmas em êxtase.

— Vamos embarcar logo. É melhor não ficar aqui abusando da sorte e batendo papo onde qualquer um pode nos reconhecer.

Assenti com a cabeça e ajudei-a a carregar sua mochila.

Assim que nos aproximamos do veículo, as portas se abriram e um homem de meia-idade nos recebeu. Ele era careca, tinha um bigode estranho e estava de mau humor.

— Não havia outro horário mais tarde pra pegar o meu ônibus, não?! — reclamou o homem, encarando-nos.

Beatriz e eu nos entreolhamos sem saber o que responder.

O velho pareceu ignorar nosso estranhamento.

— Deixem-me conferir as passagens e os documentos — pediu.

Estremeci. Se eu desse os documentos para o homem, meu nome ficaria na lista de passageiros e seríamos facilmente localizados. A fuga estaria arruinada. Beatriz, ao contrário de mim, parecia calma, quase serena, e até chegou a sorrir enquanto tirava alguma coisa dos bolsos.

— Aqui está! — ela disse com firmeza, entregando alguns papéis para o homem, que pegou os documentos e estreitou os olhos para verificar se eram mesmo verdadeiros. O velho, então, encarou-me com atenção e depois voltou-se para Beatriz, provavelmente comparando as fotos para saber se eram reais.

— O governo deveria mandar aumentar os detalhes desses documentos de hoje em dia — resmungou. — Mal consigo enxergar direito!

Direcionei meu olhar para Beatriz. Ela balançou a cabeça para o lado e moveu os lábios sem produzir som nenhum: "Eu te disse!".

— Podem embarcar! — o homem anunciou depois de passar mais alguns segundos avaliando o que estava em suas mãos e devolvendo os documentos para Beatriz. — Miguel e Lupita, desejo a vocês uma boa viagem.

Agradecemos e embarcamos. Percebi que alguns passageiros já ocupavam seus assentos; provavelmente o ônibus tinha parado em algumas outras cidades antes da nossa. Colocamos as mochilas no bagageiro e finalmente nos sentamos. Beatriz começou a rir.

— Que nomes eram aqueles? — perguntei, confuso.

A garota jogou os papéis em meu colo e entendi o motivo dos risos. Os documentos tinham os nomes de personagens de uma novela mexicana que fez sucesso quando éramos crianças.

— Cara, como ele conseguiu ser enganado com isso? — sussurrei, surpreso.

Beatriz deu de ombros.

— Olha essa coisa! — eu disse, apontando para a foto do personagem no documento. — Nem sequer me pareço com esse ator.

— Math, imagina que você é um motorista de meia-idade, calvo, míope, cansado e que passou a noite toda dirigindo — Beatriz falou, ajeitando-se no assento. — A última coisa que você quer é barrar adolescentes e ter que passar várias horas interrogando os dois à procura de respostas que nem está interessado em saber.

— Será que ele sacou que estávamos mentindo? — perguntei, tenso.

— Talvez — respondeu ela, parecendo não se importar. — O importante é que estamos dentro!

Ficamos em silêncio por alguns minutos até que a porta do ônibus foi fechada e o motorista deu a partida no motor. Assim que deixamos a rodoviária, tive uma crise de risos diante de toda a situação. Beatriz ficou apenas me observando, sorrindo e parecendo mais feliz do que nunca.

A primeira hora da viagem pareceu durar semanas! Cada parada que o ônibus fazia, mesmo que fosse para aguardar um semáfaro, eu conseguia imaginar com clareza meu pai embarcando furioso e me arrastando para fora pelas orelhas. Só fui realmente relaxar quando o ônibus entrou na rodovia principal e pude ver nossa pequena cidade ficando cada vez mais longe. Beatriz havia colocado seus fones no ouvido e ficara apenas escutando música enquanto observava os borrões da paisagem se movendo pela janela. No começo, ela tentou me tranquilizar dizendo que tudo ficaria bem conosco e que nada daria errado, porém cansou de repetir a mesma coisa várias vezes e apenas decidiu que era melhor deixar que eu me acalmasse sozinho. Não a culpo; quando entro em pânico, a última coisa que irá me acalmar será alguém pedindo para que eu me acalme!

O ônibus chacoalhava, e eu tentava manter a mente distraída; olhava para cada passageiro à minha volta com atenção e inventava algum motivo maluco e diferente que os levava para São Paulo. A jovem sentada à minha esquerda, por exemplo, julguei que estava indo para a cidade com o sonho de ser modelo. Cheguei a esse pensamento pois ela tinha olhos e cabelos claros, vestia jeans com rasgos nos joelhos e usava um casaco surrado que ficaria estranho em qualquer outra pessoa, mas, no caso da garota, fazia com que parecesse ter saído diretamente de um editorial de moda inspirado no estilo *normcore* e que seria reblogado milhares de vezes no Tumblr. Ao lado da jovem, dormia uma freira. Criei uma história em que, na verdade, aquela senhora, quando mais nova, foi uma grande dançarina que conquistava o coração de vários homens, até que um dia acabou se apaixonando! Então foi obrigada a abandonar a carreira, foi feliz por alguns anos e, quando o marido bateu as botas, acabou entrando para a vida religiosa.

Minha diversão foi interrompida quando a jovem percebeu que eu olhava com atenção para a freira sentada ao seu lado e pareceu estranhar a situação. Desviei o olhar e fingi que não era comigo.

Cutuquei Beatriz.

— Acha que alguém já percebeu que não estamos onde deveríamos estar? — perguntei a ela, olhando para o corredor com o canto dos olhos para ver se a garota ainda estava me encarando.

Beatriz tirou um dos fones do ouvido, franziu o cenho e disse que não tinha escutado o que eu havia dito. Repeti.

— Acho que não — afirmou. — Ainda é muito cedo para saber! — Beatriz desconectou os fios do fone do celular. — Você contou para alguém sobre o que estamos fazendo?

— Não.

Para quem eu iria contar além da própria Beatriz? A única pessoa em quem eu confiaria para comentar tal coisa seria Ivo, mas, devido à correria dos últimos dias, não fui capaz nem de ligar para ele a fim de me desculpar por não o ter acompanhado na visita à Fernanda. Pensar naquilo me incomodou.

— Entendi — ela disse. — Então, o que fez você mudar de ideia e vir comigo?

Fitei a garota e comecei a me perguntar se deveria contar o que havia acontecido naquela madrugada, explicar a situação toda com meus pais e revelar os motivos pelos quais eles agiam daquele jeito. Mas era complicado! Quanto mais eu falasse, mais coisas iriam surgir para explicar, e só a ideia de conversar sobre aquilo abertamente, mesmo que com a minha melhor amiga, ainda parecia dolorosa demais para mim.

— Ah, só fiquei com medo de deixar você fugir sozinha — menti.

Beatriz me olhou com desconfiança.

— Além de que sinto saudades de morar na cidade grande — continuei, ainda manipulando as palavras para fazê-las soar como se fossem verdadeiras.

A realidade era bem diferente. Eu não sentia um pingo de saudade de morar em São Paulo e só de pensar naqueles prédios gigantes e na barulheira já me dava uma pontinha de medo.

— Onde ficaremos quando chegarmos lá? — perguntei, tentando desviar o rumo da conversa.

— Seus avós moram na cidade, não moram?! — Beatriz indagou, maliciosamente, insinuando que ficaríamos na casa deles.

— Não podemos ficar lá de jeito nenhum! — afirmei, cortando qualquer possibilidade que passava pela cabeça da garota. — Eles nos denunciariam assim que pisássemos na porta de entrada, e nossos pais já estariam lá na manhã seguinte.

Beatriz passou uma das mãos pelos cabelos e fechou os olhos, pensativa.

— Não tem como ficarmos em algum hotel? — perguntei.

— Acho que, dependendo do preço, conseguimos nos hospedar por uma noite. Quanto você trouxe?

— Cinquenta reais — respondi, com vergonha.

Mesmo sabendo que Beatriz conhecia a situação financeira da minha família, dizer o valor em voz alta me incomodou um pouco. Os pais de Beatriz, além de terem uma profissão mais valorizada que a dos meus, também tinham apenas uma filha para mimar. Minha mãe era professora, mas estava desempregada, enquanto meu pai fazia alguns bicos como motorista pela cidade. Era óbvio que os pais de Beatriz tinham uma renda maior que a nossa.

— Consegui pegar "emprestado" duzentos reais com meus pais e juntei algumas notas e moedas que estavam guardadas no meu cofrinho — ela disse. — Juntos temos...

Beatriz pegou o celular, clicou no aplicativo da calculadora e somou os valores.

— Uns duzentos e setenta reais — disse, desanimada. — Que droga!

Eu me senti confortável com a forma como ela lidou com a situação, apesar de eu ter contribuído com menos dinheiro.

Beatriz pareceu ignorar isso e tratou aquele valor como totalmente nosso. Achei que era a coisa certa a se fazer, afinal o plano de fuga era dela.

— Até que não é tão pouco assim — comentei. — Vamos ficar menos de uma semana, não é?!

— Sim — ela disse, com um sorriso amarelo. — Acho que dá pro gasto!

O balanço do ônibus fazia meu estômago girar. Droga, como se já não bastasse o nervosismo eu agora também teria que lidar com o enjoo?!

— Acho que vou ao banheiro — falei, desafivelando o cinto de segurança e levantando do assento. — Não estou me sentindo bem!

Beatriz apenas comprimiu os lábios e concordou com um movimento de cabeça.

Cambaleei pelo corredor, apoiando-me nas bordas do maleiro para não cair. Caminhar em um veículo em movimento é mais difícil do que parece! Abri a porta do banheiro com dificuldade e entrei. O lugar era extremamente pequeno e apertado. Encostei em uma das paredes e localizei a pia. Apertei um dos botões, e a água começou a jorrar pela torneira; assim que tocou minhas mãos, percebi que o líquido estava quente. Provavelmente a água ficava perto do motor.

Ainda encostado, abaixei a cabeça e lavei o rosto. Ergui a face e encarei meu reflexo em um espelho esquisito que haviam colocado lá; era estranho porque não era feito de vidro, o que fazia com que o reflexo ficasse totalmente alterado e nada parecido com a realidade. Porém, naquele momento, após brigar com meus pais e fugir de casa, não existia reflexo que me definisse melhor!

Quando voltei para meu assento, percebi que Beatriz havia adormecido, então me sentei cuidadosamente para não a acordar. Eu nunca a tinha visto dormindo. Aquele era um ângulo novo para mim, e observar a garota em seu estado mais frágil fez com que eu me sentisse mais próximo dela. Sorri. Como ainda estava enjoado e entediado, decidi que a melhor opção que tinha era tentar dormir e torcer para que o tempo passasse cada vez mais rápido. Fechei os olhos, me aconcheguei no assento e deixei que meu corpo repousasse. Fui desligando aos poucos.

Aquele cochilo me rendeu um sonho esquisito.

Sonhei que estava de volta à antiga igreja do bairro, mas, de certa forma, o lugar estava totalmente diferente, restaurado, como se fosse novo. Do interior da igreja, emanava uma luz muito forte que clareava meus olhos e me deixava encantado. Perdi completamente os sentidos enquanto admirava aquela paisagem. Algum tempo depois, comecei a ouvir gritos de desespero e pude identificar vozes masculinas e femininas urrando dentro da casa de Deus. A princípio, presumi que fossem apenas os fiéis fazendo suas preces, porém, depois de um tempo, percebi que a luz que me encantara momentos antes vinha, na verdade, de grandes labaredas de fogo e as chamas consumiam cada vez mais o lugar. Parecia não haver mais oxigênio, apenas fogo e fumaça. Aquilo entrava pelas narinas das pessoas que permaneciam presas na igreja e queimava seus pulmões.

Testemunhei, imóvel e em silêncio, a desgraça do povo, sem saber o que fazer. Caso tentasse ajudar, provavelmente acabaria morrendo também. Dei as costas e corri, mas então parei. Meu corpo estremeceu quando ouvi alguém chamar meu nome. Olhei para trás e avistei Beatriz saindo em chamas da entrada da igreja. Eu podia ver o desespero e a dor no olhar de minha amiga, que queimava e chamava meu nome, clamando por ajuda. Para minha surpresa, eu não a ajudei, apenas direcionei meu olhar para a frente e voltei a correr. Não a socorri pois sabia que não havia nada que eu poderia fazer. A garota estava condenada.

Acordei encharcado de suor e com Beatriz me encarando, assustada.

— Você está bem? — ela perguntou, colocando uma das mãos em minha testa e conferindo se eu me encontrava em estado febril.

— Acho que sim — respondi, respirando fundo e enxugando o suor com as mangas da camiseta. — Foi apenas um pesadelo.

Jamais contaria o que tinha sonhado para Beatriz; a simples lembrança da garota queimando enquanto eu a assistia morrer me deu arrepios.

— O ar-condicionado está desligado? — indaguei, sentindo que o lugar estava muito mais abafado do que antes. O vidro da janela de Beatriz havia embaçado.

Ela assentiu.

Olhei para os lados e percebi que éramos os únicos dentro do ônibus. Alguma coisa estava errada.

— Cadê todo mundo? — perguntei, assustado.

Beatriz respirou fundo antes de responder.

— Parece que o ônibus teve um problema com o motor e não vai conseguir enfrentar o restante da viagem — informou. — Acordei um pouco antes de pararmos em um posto de gasolina. A maioria dos passageiros desceu para comer e reclamar dentro da loja de conveniência.

— Por que não me acordou?

— Você parecia tão tranquilo enquanto dormia que resolvi não o acordar. — comentou. — Só começou a transpirar e respirar irregularmente pouco antes de despertar.

Desviei o olhar, lembrando-me do que tinha sonhado.

— Estamos a três horas de distância de casa, e o motorista nos deu duas opções — Beatriz explicou, enquanto desafivelava o cinto e se colocava em pé. — Podemos nos hospedar em um hotel capenga perto da estrada e esperar para pegar o único ônibus da empresa que passará por aqui amanhã. — Fez uma pausa. — Ou podemos voltar para a nossa cidade nesse mesmo ônibus quebrado e desistir da viagem.

— E agora? — perguntei, aturdido. — Qual das duas opções vamos escolher?

— Nenhuma! — ela respondeu, sem enrolar, sorrindo e passando as pernas por cima dos meus joelhos, indo em direção ao corredor. — Vamos vazar antes que alguém perceba que estamos mentindo sobre nossas identidades e dar um jeito de continuar a viagem! — Beatriz tirou sua mochila do bagageiro e colocou-a nas costas com facilidade.

Assumi que eu deveria fazer o mesmo, então, ainda meio sonolento, levantei e também peguei minha mochila. Com cuidado, observando se havia alguém na cabine do motorista, descemos do ônibus e corremos para trás do posto, afastando-nos das pessoas.

— Deveríamos comprar alguma coisa pra comer — falei.

Eu não havia comido nada desde que saí de casa, nervoso demais para conseguir enfiar qualquer coisa na boca.

— Não, é besteira — retrucou a garota. — Todos os passageiros estão na loja de conveniência, com certeza vão nos pegar!

— É a coisa mais sensata a se fazer — afirmei, seguro do que estava dizendo. — Não sabemos por quanto tempo ficaremos sozinhos no meio da estrada.

Beatriz bufou, percebendo que eu tinha razão.

— Você pode ficar escondida aqui, se quiser — informei.

— De jeito nenhum! — gritou. — Vou com você.

Caminhamos em direção à loja e empurramos a porta. O sino que alertava a entrada de clientes soou. Ninguém pareceu notar.

O estabelecimento estava lotado de passageiros do nosso ônibus; a freira estava sentada a uma das mesas, comendo pastéis sozinha, enquanto a garota loira de olhos claros estava encostada numa parede, mexendo em seu celular. Ela não tinha uma expressão muito amigável, e, como já havia me encarado com desconfiança antes, evitei manter os olhos em cima dela por muito tempo.

— O que quer comer? — Beatriz perguntou.

Apenas pelo tom de voz, pude perceber que, naquele momento, ela estava mais nervosa do que aparentava. Acho que não havia passado pela cabeça dela que poderíamos ter imprevistos durante a viagem e aquilo só a distanciaria ainda mais de seu objetivo.

— Acho que vou pegar algumas barras de cereal — falei enquanto procurava entre as prateleiras.

Acabei escolhendo a barra de cereal sabor banana mais barata que tinha, pois não podia me dar ao luxo de gastar muito dinheiro com comida. Para minha surpresa, Beatriz pareceu não compartilhar o mesmo pensamento e pegou o pacote de salgadinhos mais caro e uma lata de refrigerante.

Resolvi não a questionar, pois era ela quem tinha trazido a maior quantidade de dinheiro. Ela devia saber o que estava fazendo.

Eu estava caminhando em direção ao caixa para pagar quando Beatriz me cutucou com um cotovelo.

— Coloque o que você pegou no bolso — sussurrou.

No início, não entendi muito bem o que ela estava querendo que eu fizesse, mas então a vi se escondendo atrás de uma prateleira e colocando disfarçadamente o salgadinho e o refrigerante dentro da mochila.

Ela queria que nós roubássemos o que tínhamos escolhido.

— Isso é crime! — sussurrei de volta, assustado, alertando-a. — Não vou fazer isso!

Beatriz revirou os olhos, tirou as barras de cereal das minhas mãos e enfiou-as dentro de um bolso da minha própria calça. Confesso que ter as mãos dela tão próximas à minha perna fez meus pelos se arrepiarem, mas ignorei a sensação, já que coisas mais importantes estavam acontecendo.

— Vamos sair daqui! — ela completou.

Beatriz resolveu que iria na frente e ordenou que eu saísse um pouco depois para não ficar muito óbvio que estávamos roubando. A garota deu meia-volta e saiu da loja com a mesma facilidade e nervosismo com que entrou. Contei até cinquenta e fiz o mesmo.

Estava quase fora do lugar quando avistei o segurança da loja caminhando em minha direção.

— Ei, garoto! — ele berrou. Todos direcionaram seus olhares para mim. — As câmeras flagraram o que você e sua amiga fizeram.

Meu coração disparou e minhas pernas começaram a tremer. Olhei para o lado de fora e pude ver Beatriz ao longe, confusa e esperando que eu fosse ao seu encontro. Não pensei duas vezes antes de sair correndo e deixar tudo para trás. Ouvi o segurança ordenando que eu parasse de correr e depois dizendo algo em seu rádio, mas eu já estava distante o suficiente para não conseguir entender qualquer coisa que ele dissesse.

Enquanto corria para perto de Beatriz, pude ver claramente a expressão de seu rosto mudar. No início, ela não entendeu o que estava acontecendo e levantou as mãos perguntando o que havia de errado, então, no momento em que avistou os seguranças atrás de mim, percebeu a confusão que tinha causado, arregalou os olhos e começou a gritar para que eu corresse mais rápido.

Assim que a alcancei, passamos a correr juntos.

— *Puta que pariu*, que droga! — Beatriz xingou enquanto o vento movimentava seu cabelo.

Corremos até nossas pernas cederem e já não ser possível enxergar o ônibus nem o posto de gasolina.

— Acha que ainda estão atrás de nós? — Beatriz perguntou. Ela estava com as mãos apoiadas nos joelhos e respirava com dificuldade.

Assenti, respirando com dificuldade.

Olhei ao nosso redor, procurando meios de escapar, e reparei que, além da estrada, havia colinas.

— Vamos para as montanhas! — falei, com pressa. — Teremos que nos esconder até que eles se cansem de procurar.

Com dificuldade, atravessamos o caminho e nos refugiamos no matagal.

— Desculpa! — Beatriz soltou assim que sentamos. — Eu não queria te fazer passar por isso.

Apesar de não concordar com o que havíamos acabado de fazer, eu não me importei com o pedido de desculpas. Erramos, mas tínhamos conseguido escapar.

— Acho que o importante agora é que conseguimos fugir — falei.

Beatriz ficou meio desconfortável.

— Pensei que fosse o correto a se fazer — confessou ela. — Você estava certo sobre ficarmos com fome, e eu fui idiota por não querer gastar dinheiro.

Balancei a cabeça, concordando.

Esperamos ali por alguns minutos e nenhum segurança apareceu. Então meu estômago começou a roncar, e Beatriz retirou o pacote de salgadinhos da mochila e o abriu. Começamos a comer e, de vez em quando, soltávamos algumas risadinhas lembrando-nos do que havíamos feito. Nenhum dos dois estava orgulhoso daquilo, mas o nervosismo não nos deixava raciocinar com clareza. Então só ríamos.

Quando terminamos de comer, olhei para a tela principal do celular e vi que já passava de uma hora da tarde, o horário em que eu deveria estar voltando para casa depois da aula. Afastei esse pensamento e desliguei o celular. Se quiséssemos manter o que tínhamos planejado desde o início, teríamos que continuar andando e dar um jeito de voltar para a estrada.

— Ainda estamos muito longe de São Paulo... Já pensou em alguma forma de chegarmos lá? — perguntei, bebendo um gole do refrigerante.

— Não consegui planejar mais nada — admitiu Beatriz.

Olhei para cima e encarei o céu. O tempo já havia começado a melhorar e o sol brilhava acima de nós, dançando com as nuvens.

— Acha que seria arriscado pedir carona pra estranhos?

Minha amiga ficou em silêncio por alguns segundos, provavelmente processando o que eu havia dito.

— Talvez seja nossa única alternativa — afirmou, finalmente. — Será que vamos achar alguém que esteja indo para São Paulo?

— Difícil — falei sério. — Mas não impossível! — Sorri. — Podemos ir pegando várias caronas de cidade em cidade.

Fui surpreendido por um abraço. Beatriz me segurava e mantinha os olhos fechados.

— Obrigada por estar aqui comigo!

Apesar do medo, confesso que toda a ideia da fuga estava começando a me animar.

Nós estávamos à beira da estrada, uma adolescente bonita e um garoto magricelo com os polegares esticados tentando não perder a esperança cada vez que os carros passavam e nos ignoravam.

A adrenalina do roubo tinha ficado no passado e o cansaço tomara conta; tudo o que eu mais queria era que alguma boa alma parasse e nos convidasse para entrar em seu veículo. A ideia que antes parecia perigosa e impossível, se tornou nossa única e melhor alternativa.

Um carro foi diminuindo a velocidade e vindo em nossa direção. Quando se aproximou e o vidro automático foi abaixado, pudemos enxergar lá dentro um homem barrigudo, que também nos observava.

— Tão indo pra onde? — ele perguntou. Tinha voz rouca, parecida com o timbre daquelas pessoas que costumam fumar vários cigarros por dia.

— São Paulo! — Beatriz respondeu, esperançosa.

O homem a olhou dos pés a cabeça de modo estranho.

— Estou indo para Campinas, um pouco longe de onde querem ir, mas é melhor do que ficarem vagando sozinhos pela estrada. Posso deixar vocês na rodoviária para que sigam direto para São Paulo.

Beatriz me olhou, esperando que eu dissesse algo. Dei de ombros. Aquele homem fora o único que havia parado e oferecido ajuda e estava indo na direção do lugar onde precisávamos chegar. Não podíamos nos dar ao luxo de escolher muito.

— Vamos entrar! — Beatriz afirmou, abrindo a porta do passageiro e tirando a mochila das costas.

— Coloquem as malas no banco de trás — ordenou o homem. — O garoto pode ir lá também! — comentou, ajeitando o retrovisor do carro. — A menina senta ao meu lado.

— Acho melhor que eu sente no banco da frente — retruquei, desconfiado.

Beatriz me olhou com o canto dos olhos.

— Não precisa.

Resolvi ignorar a minha intuição, ergui o banco e entrei no carro. Beatriz veio logo depois, entregou-me sua mochila e sentou na frente, ao lado do homem.

— Meu nome é Rubens — disse ele, estendendo a mão para minha amiga e depois para mim. — Muito prazer!

— Eu me chamo Camila! — Beatriz respondeu. — E meu irmão, Felipe — disparou ela antes que eu pudesse dizer qualquer coisa.

— Nomes legais — disse Rubens, como se não soubesse o que dizer.

O carro disparou de volta à estrada, e o homem ligou o rádio; uma música sertaneja começou a sair dos alto-falantes do automóvel. Rubens passou a assoviar a melodia como se fosse sua música favorita.

— Então, por que estavam sozinhos na estrada? — ele perguntou quando a música acabou e os locutores passaram a fazer anúncios.

— Nosso ônibus quebrou — respondi antes que Beatriz pudesse inventar alguma mentira que nos colocasse em perigo.

— Poxa, que má sorte! — Rubens exclamou. — Vocês se importam se eu fumar?

— Não — Beatriz respondeu.

O homem pediu que ela abrisse o porta-luvas e procurasse o maço de cigarro que deveria estar em algum lugar do compartimento. Ela fez o que lhe foi pedido, Rubens agradeceu e acendeu o cigarro com um isqueiro que guardava em um dos bolsos.

O cheiro da fumaça tomou conta do carro, e eu sabia que o odor ficaria impregnado em minhas roupas por um bom tempo, mas não reclamei, afinal o cara estava fazendo um grande favor para nós.

Depois de aproximadamente meia hora respondendo perguntas e inventando desculpas para justificar nossa ida a São Paulo, Rubens decidiu que contar toda a sua vida era uma boa ideia. O homem disse que tinha cinquenta e sete anos, já havia sido casado três vezes e tinha dois filhos, um garoto de quatro anos e outro de oito. Ambos moravam com as mães e não viam o pai desde o Natal, que fora seis meses antes. Atualmente ele estava saindo com uma tal de Viviane, que era secretária em um consultório médico e morava em Campinas. Ele também confessou que não pretendia se relacionar com a moça por mais tempo.

Não lembro muito bem o resto da história porque parei de prestar atenção; o balanço do carro novamente me deixou enjoado e o cheiro de cigarro só piorava a situação. Fechei os olhos e tentei controlar a náusea que estava sentindo, pois não podia vomitar dentro do carro da única pessoa que havia decidido nos ajudar.

Beatriz percebeu que eu estava mal e, mesmo com o cara ainda falando sem parar, interrompeu-o, perguntando se eu me sentia bem.

— Estou meio tonto e enjoado — respondi.

Rubens pareceu ignorar minha resposta.

Mesmo usando óculos, minha visão embaçou e perdi os sentidos. Tudo girava à minha volta. Quando consegui controlar o mal-estar, reparei que Beatriz estava desesperada.

Demorei alguns segundos para entender o que estava acontecendo, até que vi a mão de Rubens em uma das pernas de minha amiga, que estavam à mostra debaixo do vestido.

— TIRE AS MÃOS DE CIMA DELA! — berrei, recobrando os sentidos quase no mesmo instante em que Beatriz também gritou.

— Está louco, garoto? — Rubens retrucou, retirando rapidamente a mão da perna dela e colocando-a na marcha do carro.

Beatriz parecia extremamente envergonhada. Apenas me direcionou um olhar apavorado e eu soube o que precisava fazer.

— Encosta o carro! — gritei, com raiva. — Vamos descer.

— Para de ser tonto. Será melhor se continuarem comigo — Rubens protestou. — E se concordarem com o que quero propor, talvez eu até leve vocês para São Paulo — completou ele, com malícia.

— SEU VELHO NOJENTO! — Beatriz berrou. — PARE O CARRO!

Rubens virou bruscamente o volante, e Beatriz, que estava sem cinto de segurança, bateu a cabeça contra o vidro, o que causou um pequeno ferimento na testa.

Assim que o veículo parou, Beatriz abriu a porta e pulou para fora. Peguei as mochilas, xinguei Rubens em voz alta várias vezes, desci e bati a porta com toda a força que me restava. O carro voltou a acelerar e foi se afastando até sumir completamente.

Desejei que nunca tivéssemos entrado nele.

Estávamos novamente sozinhos na beira da estrada. Beatriz passava a mão no corte em sua testa e sentia as pequenas gotas de sangue escorrendo pelo rosto.

Joguei as mochilas no chão, curvei-me e vomitei todos os meus medos.

capítulo sete

Uma das coisas que nosso corpo faz que mais odeio é vomitar.

Ser obrigado a sentir aquele líquido nojento subindo pela garganta enquanto seus orgãos se contraem é simplesmente horrível, sem falar no gosto de bile que parece ficar na boca pelo resto do dia, não importando quantas vezes você escove os dentes ou coma coisas saborosas para tentar disfarçar o paladar.

Beatriz havia sentado a alguns metros de distância de mim. Fazia cerca de quinze minutos desde que tínhamos saído do carro de Rubens e nenhum de nós tinha direcionado uma palavra ao outro. Deduzi que ela ainda estava processando o ocorrido ou talvez havia decidido se afastar para não ser atingida pelos jorros de vômito que saíam de meus lábios, o que também era compreensível.

Quando a náusea foi embora e meu corpo se acalmou, vi que, se quisesse manter os planos iniciais, deveria me recompor e prosseguir com a viagem. Caminhei até onde eu havia jogado as nossas coisas, abri o bolso da mochila de Beatriz, peguei o refrigerante e bebi o que restava do líquido para acobertar o mau cheiro; quando terminei, joguei a lata no mato. Mentalmente, pedi desculpas à natureza. Beatriz mantinha o olhar fixo na estrada quando me aproximei.

— Você tá bem? — perguntei, realmente querendo saber a resposta.

A garota virou o rosto em minha direção e comprimiu os lábios.

— Acho que sim.

Apesar de sua resposta, eu conseguia enxergar a tristeza nos olhos dela. Se o que havia acontecido fora ruim para mim, não consigo imaginar como eu lidaria com aquilo caso estivesse no lugar dela.

— Você melhorou? — Beatriz perguntou. — Eu estava preocupada.

— Acho que sim — eu disse, com o mesmo tom que ela tinha usado para me responder. Observei que o sangramento em sua testa havia parado.

Pensei em dizer algo ruim sobre Rubens para mostrar que eu estava tão revoltado e chocado com a situação quanto ela, mas não tive coragem de começar o assunto.

Beatriz esticou os braços, pedindo que eu a ajudasse a levantar. Estendi minhas mãos e puxei a garota. Ela espalmou a parte de trás do vestido para tirar a sujeira, e depois colocamos as mochilas de volta nas costas.

Nosso psicológico havia sido atingido, mas éramos obrigados a retornar para nossa jornada.

Decidimos não ficar parados como fizemos da última vez; andaríamos o máximo que nossas pernas aguentassem enquanto estivéssemos pedindo carona. Foi o que fizemos. O suor escorria por todo meu corpo e ensopava minha camiseta. Praguejei. A última coisa que eu precisava naquele momento era acabar o dia grudento e fedorento.

Alguns carros pararam ao longo de nosso percurso, mas, quando eles se aproximavam e percebíamos que o motorista era homem, Beatriz dizia que estávamos indo para um destino totalmente contrário ao dele. A lembrança das mãos de Rubens sobre as pernas de Beatriz ainda estava fresca em minha memória. Não podíamos deixar aquilo acontecer novamente.

— Math, parece que aquele ali está sendo dirigido por uma mulher! — anunciou Beatriz, esperançosa, apontando para uma velha van azul que chegava cada vez mais perto de nós.

Assim que o automóvel parou ao nosso lado, percebi que minha amiga estava errada. Ou quase isso! A van carregava cerca de meia duzia de homens usando imensas perucas coloridas, muita maquiagem e vestidos brilhosos e extravagantes.

— Acho que são drag queens — murmurou Beatriz com o canto da boca, notando minha confusão diante da cena.

A drag queen sentada no banco do passageiro colocou a cara para fora da van e contemplou-nos entre seus imensos cílios postiços.

— O que os dois fofinhos fazem perdidos nessa estrada no meio da tarde?

— Nosso ônibus quebrou — explicou Beatriz. — Estamos indo para São Paulo.

A drag encarou-nos e voltou o olhar para dentro do carro, como se estivesse pedindo a opinião das outras passageiras.

— Vocês nasceram com a bunda virada para a lua, né?! — ironizou, eufórica. — Vamos bater cabelo em São Paulo nesta madrugada.

Estranhei a gíria já que nunca tinha escutado algo parecido, mas Beatriz sorria e parecia entender o que a drag estava querendo dizer.

— Incrível! — Beatriz disse, erguendo a voz em um tom confiante, como se o incidente com Rubens jamais tivesse acontecido.

— Então vamos embarcando, queridos! — pediu a drag queen enquanto abria a porta para nós.

Beatriz subiu primeiro e ajeitou-se onde a mandaram se sentar; como a van não era muito grande, já estava praticamente ocupada.

— A propósito, meu nome é Kamilah Furacão — disse a drag no banco do passageiro. — A motorista é Fifi DarkLord — apresentou enquanto Fifi olhava para nós pelo retrovisor e acenava com unhas gigantes, cumprimentando-nos. — Sentada à sua esquerda está a Princesa e, atrás dela, estão Priscilla Diamante e Tyfanny Falsey Anne.

Murmurei um "olá" envergonhado e tentei fingir que estava acostumado com aquele tipo de situação.

Kamilah, além de parecer liderar o grupo, era de longe, a que mais chamava atenção: sua peruca tinha cor clara e era grande e volumosa. Já Princesa era inovadora: suas madeixas cor de cobre caíam pelos ombros, e ela ostentava uma barba de *glitter* no rosto. Priscilla e Tyfanny pareciam atrizes de cinema saídas diretamente de um filme clássico dos anos 1950; as duas trajavam vestidos glamorosos cheios de lantejoulas coloridas e suas perucas me lembravam um pouco o cabelo de Marilyn Monroe. Fifi, além de ter as maiores unhas que já vi na vida, tinha adotado uma aparência gótica; ela tinha a cabeça raspada, usava maquiagem escura nos olhos e suas lentes de contato reduziam o tamanho das pupilas.

Beatriz sorria, simpática.

— Eu me chamo Beatriz — ela disse. — Esse é meu amigo, Matheus — completou, apontando para mim. — Não temos nomes tão criativos quanto os de vocês, eu sei!

— Não se preocupe! Quando chegarmos em São Paulo, vocês terão novos nomes e vão descer da van de salto alto! — falou Princesa, com uma voz surpreendentemente grave.

— O quê?! — exclamei, confuso, ao mesmo tempo que Beatriz batia palmas.

— Só estou brincando, fofo — explicou Princesa. — Fifi, coloca essa lata velha pra funcionar! — gritou, levantando os braços.

A motorista inclinou a cabeça, nos direcionou o olhar, girou a chave e deu a partida no motor. No mesmo instante, o rádio se acendeu no painel. Deixamos o acostamento ouvindo "Like a Prayer", da Madonna.

Beatriz decidiu que a coisa mais inteligente a fazer era conversar com as drags e tirar o maior número de informações possível para termos certeza de que dessa vez estávamos seguros, mas, ao longo da sua missão, a garota pareceu se perder em meio à conversa sobre o mundo delas. Eu apenas fiquei quieto no meu canto; não entendia muito bem sobre nenhum dos assuntos que estavam conversando, então peguei meu celular na mochila e o liguei.

A tela principal anunciava seis ligações perdidas realizadas pelo número de telefone da minha casa; provavelmente meus pais já haviam percebido que alguma coisa estava errada e entrado em total desespero. Pensei em minha mãe chorando na ponta do sofá novamente, como na noite anterior, mas afastei o pensamento. Não podia me prender a eles, não mais! Se eu já era maduro o suficiente para ouvir certas coisas do meu próprio pai, também deveria poder tomar minhas decisões sozinho. Eles teriam que aprender a lidar com o fato de que eu não sou meu irmão.

Virei o celular, abri a tampa traseira e retirei o chip. Ninguém conseguiria me ligar enquanto o aparelho permanecesse daquele jeito, e eu tinha o celular de Beatriz caso precisasse usar. Manter o meu ligado só nos atrapalharia.

— Matheus, agora é a sua vez de contar um pouco sobre você!

Eu estava tão concentrado em meus pensamentos que mal percebi que as pessoas haviam parado de conversar e que agora me observavam com curiosidade.

— E-eu? — gaguejei, passando os olhos pelo carro à procura de quem havia me intimidado.

— Sim, a Bia acabou de contar sobre ela pra nós — explicou Priscilla. — Você acha que deixaremos dois desconhecidos viajarem em nossa van sem saber nada sobre eles? Somos drags, mas não somos loucas, querido!

— Alouca! — exclamou Tyfanny, abrindo um leque e se abanando.

Percebi que todos haviam ficado em silêncio e me encaravam à espera de uma resposta. Comecei a transpirar. Odeio ser o centro das atenções e odeio mais ainda ser intimidado daquela maneira.

Beatriz percebeu meu constrangimento e resolveu mudar o rumo da conversa.

— Ah, quem é que quer saber sobre o Math quando temos cinco drag queens de verdade com toda uma história de vida pra contar pra mim, não é?!

No mesmo instante, as drags perderam o interesse em mim e passaram a competir para ver quem tinha a história mais triste de superação, mas eu sabia que se elas começassem a conversar entre si novamente eu ficaria isolado e começaria a imaginar o que estaria acontecendo na minha casa.

— Então... — comecei, com um pouco de vergonha do que iria perguntar. — Vocês são mulheres? — indaguei, fechando um olho e mantendo o outro aberto, indicando minha confusão.

— Boy, você realmente não sabe o que somos? — Kamilah perguntou, desconfiada.

Balancei a cabeça negativamente.

— Oh, meu Deus! — exclamou Princesa. — O que deixamos embarcar em nosso carro?

Ignorei o estranhamento e esperei que me dessem a resposta para o que eu tinha perguntado.

— Drag queen é uma personagem — explicou Kamilah. — Não tem nenhuma relação com gênero ou opção sexual! Quem se traveste é um artista que cria uma pessoa imaginária para se expressar de modo extravagante e glamoroso.

— Então é quase um *cosplay*? — interrompi.

A forma que Kamilah tinha usado para explicar me fez lembrar da grande fila de pessoas fantasiadas de seus personagens favoritos em eventos ligados a histórias em quadrinhos. Daquele modo, eu comecei a entender a ideia toda.

— É mais profundo que apenas se vestir de algo que você admira ou quer ser! — acrescentou Tyfanny. — Drag queen é um artista que confronta os limites que a sociedade impõe sobre a questão do masculino e do feminino, é dar a cara a tapa e ser símbolo de uma comunidade que luta por seus direitos. É muito mais do que apenas usar uma peruca, é colocar uma peruca e sair na noite dizendo para o mundo que é normal se expressar da maneira que você quiser.

— Mas a senhora arrasou mesmo na resposta, né?! — disse Priscilla, admirada. — Conseguiu entender, Matheus?

— Acho que sim! — falei. — Depois dessa resposta profunda, não tem nem como contrariar — completei, sorrindo e indicando que eu era cem por cento a favor da arte que minhas novas amigas faziam.

As duas horas seguintes passaram muito mais rápido do que eu esperava. Ao contrário da outra vez, consegui me enfiar nos assuntos e contei para as drags sobre minha paixão por quadrinhos. Fifi, a gótica, disse que era apaixonada por super-heróis e gostava de incorporar elementos dos quadrinhos em algumas de suas performances. Fiquei surpreso e muito curioso, imaginando a cena. Beatriz também estava superinteressada nesse mundo novo que estávamos descobrindo. Priscilla disse inclusive que adoraria maquiar a garota, que deu alguns pulinhos de alegria quando a drag fez a oferta.

— Mas não farei maquiagem nenhuma dentro desta van! — Priscilla alertou. — Meu delineado fica horrível quando estou em movimento. Vou te maquiar logo que chegarmos ao hotel e eu finalmente tiver o sono que tanto quero.

— Que hotel? — Beatriz perguntou. — Em São Paulo?

— Não, querida! — Priscilla respondeu. — Vamos fazer uma parada em um hotel na próxima cidade para tomar um banho e tirar nossas roupas e maquiagens da noite passada!

Beatriz e eu nos entreolhamos.

— Calma, vamos conseguir chegar a São Paulo a tempo — afirmei, olhando no fundo dos olhos da garota, depois de perceber seu desespero. — Vai dar tudo certo.

— Sei que vamos chegar — ela disse. — O problema é que já será madrugada e não teremos para onde ir.

Ela tinha razão. Andar por uma cidade grande totalmente desconhecida não é algo fácil e está longe de ser seguro, mas não tínhamos outras opções além de continuar com as drags, que estavam sendo extremamente legais conosco e iriam nos levar exatamente até nosso destino.

— Vocês não têm para onde ir durante a madrugada? — perguntou Kamilah, incrédula, após ouvir nossa conversa. — Meninas, acho que eles podem entrar conosco na festa, não?! — Sem esperar a resposta das outras drags, Kamilah voltou a falar. — Então está combinado!

— Vocês são demais! — Beatriz exclamou, estendendo a mão para que Kamilah comemorasse com ela. A drag hesitou por alguns segundos, mas delicadamente fez o gesto.

— Falei que daria certo — murmurei, sorrindo confiante.

Ela sorriu de volta.

Meia hora depois, Fifi estacionou a van em um hotel que ficava à beira da estrada. Não era um lugar requintado, mas, pelo menos, parecia aconchegante. Enquanto as drags desembarcavam e levavam suas malas gigantes para dentro, Beatriz e eu decidimos que não deveríamos gastar nosso dinheiro fazendo *check-in* no lugar, pois era um luxo desnecessário e sentiríamos falta do valor futuramente. Porém, não poderíamos simplesmente desaparecer no matagal que nos cercava e voltar quando as drags estivessem prontas para partir, então entramos no hotel para informar o que havíamos decidido às nossas companheiras de viagem.

Assim que passamos pela porta, vimos que o espaço era bem simples, com paredes manchadas de bolor, algumas plantas espalhadas em pontos estranhos e um balcão de madeira no centro.

— Você está sentindo esse cheiro? — perguntou Beatriz em sussurros, levando uma das mãos ao nariz a fim de escapar do odor que nos rodeava.

Respirei fundo e logo me arrependi, pois o fedor que entrou por minhas narinas foi extremamente desagradável. Não consegui identificar o que era, mas já havia sentido aquele cheiro alguns anos antes, quando Sherlock resolvera matar os ratos que se escondiam na estrutura da casa e enterrara os animais perto de onde costumava dormir.

— Algum animal deve ter morrido aqui — falei, dando de ombros.

— Math, as drag queens não estão aqui — Beatriz murmurou, assustada.

Ela tinha razão, não havia nenhum sinal de que as meninas haviam passado por ali, nem mesmo suas malas estavam à vista. Provavelmente já tinham feito *check-in* e naquele momento deveriam estar em seus quartos.

— Elas estavam doidas para descansar. Já devem até estar dormido — caçoei. — Vamos voltar lá pra fora e ficar de olho na van.

Beatriz deu de ombros e concordou. Pelo menos ao ar livre ela não precisaria pressionar o nariz com a mão para fugir do mau cheiro.

Antes que pudéssemos sair, uma figura surgiu de trás da bancada e nos fez pular de susto.

— Com o que posso ajudá-los?

A pessoa que apareceu misteriosamente era um senhor de idade, quase careca e com fios de cabelo branco que escorriam pelas laterais da cabeça, chegando até os ombros; seus olhos eram pequenos e escuros, mas brilhavam de modo esquisito, como se o homem estivesse muito cansado ou até mesmo à beira da loucura. Ele trajava camisa social e terno preto, ambos claramente necessitados de uma boa rodada na máquina de lavar, mas eu não podia julgar a falta de higiene de ninguém. Após correr do segurança da loja de conveniência, também havia ficado imundo.

O velho fingiu uma tosse para me forçar a parar minha análise.

— Com o que posso ajudá-los? — repetiu.

— Bem — comecei, quase sem saber o que falar. Desviei o olhar e encarei Beatriz, procurando o que dizer, mas a garota apenas me encorajou com os olhos. — Então, nossas amigas acabaram de entrar no hotel e esperávamos encontrá-las aqui na entrada, mas, como o senhor pode observar, elas não estão em lugar nenhum! — expliquei, apontando para os lados.

— Amigas? — ele perguntou.

Movimentei a cabeça positivamente.

— Garoto, a única mulher que vi passar por essa porta hoje é essa que está parada com os olhos esbugalhados de medo bem atrás de você!

Beatriz ficou sem graça com o comentário do homem, mas rapidamente se recuperou e fingiu que não estava mais intimidada com a situação.

— Nossas amigas não são bem... mulheres — explicou Beatriz. — Mas estão usando vestidos e maquiagem.

O velho relaxou os ombros e soltou uma risada que não durou muito, pois seus pulmões já não aguentavam produzir o som por muito tempo e logo os risos se transformaram em tosse.

— Vocês estão com os travestis? — indagou. — Eles já foram para os quartos.

— Não são travestis! — retruquei, ofendido. — São artistas.

Agora era Beatriz quem estava rindo da minha tentativa de defender as drags.

— Garoto, você pode chamar como quiser, mas na terra de onde vim aquilo é *travesti*! — resmungou o velho. — Porém, não tenho nada contra, cada um faz o que quiser com a sua vida — continuou. — Eles que se entendam com Jesus quando o cara voltar pra buscar todo mundo.

— Enfim, em qual quarto elas estão? — interrompi antes que o homem continuasse a soltar preconceito pela boca.

— No décimo terceiro, no segundo andar.

Sem nem mesmo agradecer, comecei a caminhar para as escadas.

— Apenas os hóspedes estão autorizados a subir ao segundo andar! — anunciou o velho.

Revirei os olhos.

— O problema é que não temos dinheiro para nos hospedar — confessou Bia, irritada. — Só precisamos dar um recado às nossas amigas.

De alguma forma, o velho mostrou-se forte o suficiente para escalar a bancada, passar para o outro lado e nos observar de perto.

Quando ele se aproximou o suficiente para que eu pudesse enxergar cada mancha de sua pele, percebi que ele era também a fonte do fedor que Beatriz havia sentido momentos antes, então prendi a respiração. O homem continuou nos encarando com curiosidade, movimentando as mãos no ar e inclinando a cabeça para ambos os lados.

— Bem, vocês podem deixar um recado para suas amigas, e um de nossos funcionários o entregará assim que possível — informou, como se ele estivesse agindo de maneira prestativa.

— E onde estão esses seus funcionários? — perguntei, desviando o olhar do atendente e tentando observar os fundos da bancada.

O velho bufou ironicamente.

— Todos os outros foram demitidos — esclareceu, franzindo o cenho e deixando escapar um sorriso amarelo.

Beatriz suspirou e me agarrou pelo braço.

— Vamos sair daqui — ela disse enquanto me puxava em direção a saída.

Antes de deixarmos o lugar, gritei o mais alto que minha garganta aguentava, dizendo que Beatriz e eu não ficaríamos no hotel e que, caso as drags escutassem, não deveriam partir sem nós, pois voltaríamos assim que possível para encontrá-las e seguir viagem.

Pouco antes de passarmos pela porta de entrada e pisarmos na rua, fui segurado pelo ombro. Era o velho.

— Se querem mesmo ir, vão. Mas sejam espertos! — Ele falou, sério. — Não vão para o lago.

— Sai pra lá, Moisés! — zombou Beatriz, extremamente irritada.

Antes de soltar meu ombro e voltar para trás da bancada de madeira, o velho sorriu novamente.

Mesmo que meus membros já estivessem se acostumando com a ideia de andar por mais alguns quilômetros, cheguei à conclusão de que o melhor a fazer era não nos distanciarmos muito do local onde as drag queens estavam, pois corríamos o risco de perder a carona e, como consequência, as mochilas que tínhamos deixado dentro da van.

Beatriz e eu caminhamos de um lado para o outro, tentando encontrar algo à nossa volta que não fosse mato, o que era uma missão impossível, uma vez que o lugar não tinha nenhum acesso para a cidade mais próxima e ficar perambulando pela estrada era perigoso pois, depois de algumas horas, o céu começaria a escurecer.

— Math, acho que avistei uma placa naquela árvore!

Após passar pelo mesmo caminho mais de uma vez, finalmente havíamos encontrado algum indício de que a raça humana esteve presente naquela região. A placa estava coberta de poeira e alguns galhos da grande árvore cobriam parte de suas letras. Beatriz se aproximou e começou a limpar o letreiro para que pudéssemos ler com clareza.

TRILHA DO LAGO DAS LÁGRIMAS
1 KM

— Lago das Lágrimas? — questionei em voz alta. — Que tipo de pessoa coloca esse nome em um lago?

Beatriz virou o rosto para mim e deu um meio sorriso.

— Não sei. Mas podemos descobrir se você quiser.

— Ah, claro! — retruquei, sendo claramente irônico. — O Matusalém lá trás acabou de nos dizer para não irmos para perto do lago e qual é a primeira coisa que vamos fazer? — Fiz uma pausa. — Ir para perto do lago.

— Só estou brincando com você, Matheus!

— Aquele velho me deu arrepios.

Beatriz deu de ombros.

— Na real, não tenho a menor ideia do que podemos fazer — ela disse. — A última cidade pela qual passamos fica longe daqui e não vou voltar para o hotel de jeito nenhum.

— O que está sugerindo? — perguntei. — Que fiquemos parados aqui na estrada?

— Não! — afirmou. — Estou dizendo que deveríamos seguir a trilha e ver onde vai dar. Não precisamos ir necessariamente ao lago.

Antes mesmo que eu pudesse contrariar a ideia de Beatriz, a garota foi se enfiando em meio às folhas e entrando aos poucos na trilha. Estremeci ao pensar em todos os perigos que eu poderia encontrar caso fosse atrás dela, mas, como minha amiga havia dito, existiam apenas duas opções: voltar para o hotel ou entrar na mata. A segunda alternativa parecia menos assustadora do que a primeira, considerando que eu teria que voltar ao hotel sozinho e enfrentar aquele senhor bizarro novamente. Olhei para trás e vi os carros passando em alta velocidade. Será que algum motorista prestaria ajuda caso precisássemos? Pensei em Rubens, mas afastei da mente a imagem daquele homem.

Respirei fundo e segui minha amiga.

A floresta foi se abrindo aos poucos enquanto a trilha parecia cada vez mais estreita. Apesar de estar dominado pela tensão e ser guiado pela curiosidade, me permiti aproveitar a caminhada na mata e em vários momentos me peguei fechando os olhos para escutar o canto dos pássaros acima de nós e absorver o cheiro de orvalho que nos cercava.

— Que lugar interessante — disse Beatriz.

Abri os olhos e entendi o que ela queria dizer. A superfície do lago estava apenas alguns metros distante de mim, mas eu podia sentir toda sua magnitude. Fui me aproximando aos poucos, com cuidado, esperando ter certeza de que o lugar era seguro antes de fazer qualquer coisa que pudesse gerar consequências para mim ou minha amiga. Alguns segundos depois, constatei que o lugar parecia tranquilo e seguro, contanto que não nos aproximássemos demais da borda. Coloquei as mãos na cintura e fiquei admirando as águas enquanto recuperava o fôlego da caminhada. Não era um lago de grande porte, porém parecia fundo.

— Você acha que tem peixes aí embaixo? — Beatriz perguntou.

— Provavelmente. Não parece poluído, então deve estar cheio de peixes.

Olhar para aquela paisagem me fez relembrar as vezes que meu pai levou Guilherme e eu para pescar quando éramos pequenos. Na verdade, meu irmão já era bem mais velho na época, porém, em minha cabeça, ainda o considerava uma criança. Lembro que nunca gostei da ideia de tirar os peixes de onde viviam apenas para nosso lazer, então eu geralmente ficava sentado na grama com algumas folhas de papel e giz de cera, observando e desenhando o máximo de coisas que conseguia. Às vezes, Guilherme fazia uma pausa na pescaria e ajudava a colorir meus desenhos.

— Uau, Matheuzinho, que desenho legal! — meu irmão dizia enquanto observava atentamente um rabisco que deveria parecer uma joaninha e que eu tinha feito quando o inseto pousara perto das minhas mãos alguns minutos antes. — Você desenhou sozinho?

Balancei a cabeça positivamente.

— Você é realmente bom nisso — elogiou. — Se continuar assim, pode ser ilustrador quando crescer.

Arregalei os olhos e fiquei feliz com a ideia; naquela época, eu não sabia muito bem o que um ilustrador fazia, mas sabia que tinham relação com os gibis infantis que os professores nos davam quando não estavam muito a fim de aplicar aula, então me imaginar trabalhando junto com personagens me deixou eufórico.

— Para de iludir o moleque!

Virei a cabeça e deparei-me com meu pai franzindo o cenho.

— Ilustrador é profissão de vagabundo — resmungou.

Lembro-me de observar Guilherme fechando os olhos e cerrando os punhos. A relação dele com meu pai não era das melhores. Eles se gostavam e se davam bem na maior parte do tempo, mas, depois que meu irmão entrou na adolescência, os conflitos entre eles passaram a ser constantes.

— Ele não sabe o que está falando — sussurrou Guilherme para mim, provavelmente percebendo que eu havia escutado o comentário e ficado confuso. — Você pode ser o que quiser, mesmo que te chamem de nomes feios ou coloquem apelidos em você! — encorajou-me. — É só não deixar que as palavras o atinjam!

Que lição o pequeno Matheus tirou daquela frase? Nenhuma. Eu mal entendia o que crescer realmente significava, então apenas sorri e voltei a colorir a joaninha.

Naquele dia, Guilherme desistiu de pegar peixes ao lado de meu pai e passou o resto da pescaria sentado ao meu lado.

Meu maior desejo era que Guilherme ainda estivesse aqui para me ajudar a lidar com as coisas que vêm acontecendo dentro de casa. Ele se saía muito melhor que eu quando o assunto era problemas de família.

— Math, você está bem? — perguntou Beatriz, interrompendo meus devaneios.

— Estou sim! — respondi, sem ter muita certeza de como aquela lembrança havia me afetado. — Só estava me recuperando da caminhada.

— Ah, é, esqueci que você é o rei do sedentarismo!

Forcei um sorriso para disfarçar o constrangimento causado pelas lembranças.

Avistei um pedaço de tronco deitado no chão e presumi que o haviam colocado lá para que as pessoas pudessem sentar, então fui até ele. Beatriz fez o mesmo.

Eu adorava aquela sensação de paz que a água me trazia, o som das pequenas ondulações e o vento úmido contra o meu rosto. Por um instante, cogitei tirar a roupa e entrar no lago, mas eu não tinha autoestima para mostrar meu corpo para o mundo que existia além do chuveiro de casa. Olhei para Beatriz e imaginei uma realidade alternativa em que eu seria bom o suficiente em todos os sentidos para que pudéssemos entrar na água juntos sem que eu me sentisse humilhado. Pensar na ideia de nadar nu com minha amiga me fez corar. Eu não gostava muito de imaginar Beatriz daquele modo; quero dizer, eu a desejava, entretanto preferia manter meus sentimentos por ela de uma maneira menos vulgar e objetiva. Mas existiam momentos como aquele, em que tudo o que eu conseguia fazer era fantasiar sobre como seria ter o corpo dela colado ao meu. *Malditos hormônios.*

— Ei, Math — Beatriz começou. — Não pense que me esqueci de te agradecer por ter me ajudado com o que aconteceu dentro do carro daquele cara nojento!

Apenas assenti com a cabeça.

— É horrível pensar que ainda existem homens assim, que tentam se aproveitar de mulheres — disse ela.

— Não gosto nem de pensar! — confessei.

— Infelizmente, a maior parte dos caras ainda acha que chamar uma garota de "gostosa" no meio da rua é uma forma de elogio — Beatriz comentou, entristecida. — Mas acho que nem todos os homens são assim, sabe?!

— Você acha?

— Tenho certeza. — Fez uma pausa. — Porque ainda há caras legais como você!

— Sou a última boa alma da espécie masculina, então?! — ironizei, tentando quebrar o gelo.

Ela deu risada. Eu adorava o modo como ela sorria com os olhos.

— Bobo!

Depois de me agradecer por tê-la ajudado, Beatriz começou a comentar sobre os últimos acontecimentos da escola, e eu acabei contando para ela toda a situação com o Pedro, mas antes a fiz prometer que ficaria em silêncio e que não fofocaria com nenhuma de suas amigas. Depois, conversamos com facilidade sobre outras coisas. Pensei em contar o que havia acontecido em casa na noite anterior, mas achei que aquilo levaria a conversa para um lado pessoal e pesado, e decidi que era melhor carregar aquele fardo sozinho.

Quando terminamos de conversar, percebi que as sombras das árvores haviam desaparecido e que o céu estava parcialmente negro. Devíamos ter conversado por um bom tempo, pois, além de o céu ter mudado, meu estômago roncava indicando que eu precisava me alimentar.

Beatriz e eu nos levantamos e caminhamos até a entrada da trilha que nos levaria de volta à estrada, mas, antes que pudéssemos dar início à nossa jornada, ouvimos algo que não tínhamos ouvido antes. O barulho era intenso, porém baixo, não muito mais alto do que um sussurro.

— Math, o que é isso? — perguntou Beatriz, tentando manter a calma.

Antes de responder, tentei procurar a origem do barulho, correndo os olhos pelo lugar, mas o som emanava de todas as direções.

— Não faço ideia.

O barulho continuou e tentei relacioná-lo a algum som produzido por qualquer bicho que eu conhecia, porém só existia um animal capaz de produzir aquele lamúrio. O tipo de animal que pensa, sofre e fala.

— Vamos embora — afirmei, recuando e segurando o braço de Beatriz a fim de guiá-la para a trilha.

O caminho de volta foi mil vezes mais rápido do que a ida justamente porque tanto eu quanto minha amiga estávamos assustados e correndo desesperadamente como se houvesse um gorila gigante e manipulador de mentes atrás de nós. Quando avistei a placa que indicava o início da trilha, deixei meu corpo relaxar e disse a mim mesmo que a partir daquele ponto eu estaria seguro.

Respirei fundo e esperei que Beatriz começasse a falar sobre o que tínhamos ouvido.

— Você sabe o que aquilo parecia, não é?!

— Sei, mas seria impossível — afirmei. — Não tinha mais ninguém lá. Eu verifiquei quando chegamos.

— O barulho estava vindo do... fundo do lago! — falou, diminuindo o tom de voz conforme ia terminando a frase.

— Você acha que tinha alguém lá dentro?

Beatriz me encarou. A dúvida e a tensão nos cercavam.

— Parecia o som de várias crianças chorando — ela disse, desviando seu olhar para o chão.

Assenti.

Li a placa da trilha mais uma vez.

— Agora entendi por que esse lugar se chama Lago das Lágrimas.

Beatriz deu de ombros e começou a andar em direção à estrada.

— Vamos encontrar as drags e meter o pé pra fora dessa cidade!

Eu realmente tinha esperanças de encontrar as drags com suas roupas brilhantes esperando por nós em frente ao hotel e de não precisar entrar novamente no lugar, mas não foi isso que aconteceu. Tentei ser otimista e ver o lado positivo da situação, pois pelo menos a van ainda estava estacionada no mesmo lugar onde a deixamos mais cedo, o que indicava que nossas amigas não tinham nos abandonado para morrer na estrada.

— Não estou em condições de aguentar aquele velho estranho outra vez não, Matheus — resmungou Beatriz, encostando-se no automóvel e gesticulando para que eu entrasse sozinho.

— Ah, que parceira incrível de viagem eu fui arrumar, né?!

A garota pareceu mal se importar com o comentário e continuou imóvel. Dei meia-volta e fui até a entrada do hotel. O lugar estava exatamente igual a algumas horas antes, porém, em vez de me deparar com o velho atendente na bancada de madeira, vi uma moça de cabelos ruivos e trajando um uniforme bem-cuidado encarando-me com um sorriso simpático no rosto.

— Com licença, o senhor tem interesse em se hospedar conosco?

Não sei o que mais me causou estranhamento, se foi o fato de não ter sido atendido pelo velho assustador novamente ou o jeito como ela se referiu a mim. Ninguém nunca havia me chamado de "senhor", o mais perto que se chegava disso era quando atendentes de telemarketing ligavam para a minha casa, confundiam minha voz com a da minha mãe e me chamavam de "senhora". Mas naquele momento foi diferente porque não era apenas minha voz: eu estava cara a cara com a pessoa. Não que tivesse achado aquilo extraordinário, mas o fato de que alguém pudesse pensar que eu tinha idade suficiente para me encaixar no termo "senhor" fez com que eu me sentisse mais maduro, pelo menos naqueles poucos segundos.

— As malas estão no carro? — ela perguntou, tentando recuperar minha atenção.

— Não tenho malas — retruquei rapidamente.

— Ora, é um viajante corajoso, então?!

— Na verdade, não vim me hospedar — confessei, tentando forçar um sorriso que não parecesse tão falso.

— Então me diga, em que posso ajudar? — indagou a moça, criando um pouco de distância entre nós.

Será que ela estava pensando que eu a assaltaria ou algo do tipo? Era melhor que explicasse o que estava acontecendo antes que a situação ficasse mais estranha ainda.

— Minhas amigas estão hospedadas em um de seus quartos e preciso que você as chame para irmos embora.

— Você sabe em qual quarto elas estão?

Percebi o tom de curiosidade em sua voz e constatei que eu havia acionado a desconfiança da atendente.

— Não faço ideia — respondi. Antes que ela pudesse retrucar com mais perguntas, despejei as palavras rapidamente, contando o que tinha acontecido horas antes. — Não sei em qual quarto estão hospedadas porque na primeira vez que entrei aqui quem me recebeu foi um senhor mal-humorado que não me deixou nem pisar nas escadas para conversar com elas.

A moça soltou o ar que prendia em seus pulmões e levou uma das mãos à cabeça.

— Ah, pai, por que você faz isso? — murmurou.

— Desculpa, mas... pai?

— Sim — a atendente respondeu. — O homem que você conheceu é meu pai! — explicou. — Ele passou a vida toda trabalhando muito neste hotel, mas hoje em dia está cansado demais para fazer qualquer coisa por aqui.

— Ele disse que era o único funcionário do lugar — falei, estreitando os lábios.

— Ele é o único funcionário com imaginação fértil deste lugar! — brincou ela, girando um dos dedos perto de sua orelha.

Entendi o que ela quis dizer: devido à idade, seu pai havia perdido alguns "parafusos".

— Ele também aconselhou que eu e minha amiga ficássemos longe de um lago que existe no meio do mato — confessei, sorrindo de lado. — Mas foi de um jeito bem macabro!

Ela riu.

— Ah, o lago! — exclamou. — Aquele lugar foi cenário de vários rumores quando meu pai era criança. Reza a lenda que algumas mães levavam seus recém-nascidos, frutos de amores proibidos, para o lago e afogavam as crianças em suas águas para que seus maridos não descobrissem — contou, apoiando os cotovelos na bancada de madeira e franzindo o cenho. — Algumas pessoas dizem que se você for lá no meio da noite ainda é capaz de ouvi-los chorar.

Lembrei-me do som que Beatriz e eu ouvimos e um arrepio subiu por minha espinha. A atendente pareceu perceber minha súbita mudança de expressão e continuou a falar:

— Mas é apenas uma lenda! — completou. — Uns cinco anos atrás, alguns biólogos vieram investigar o lago e acabaram descobrindo que o barulho é produzido por nada mais do que alguns sapos que habitam o lago, e não por crianças fantasmas, como as pessoas acreditavam.

Suspirei aliviado.

— Você pode imaginar como são os moradores de cidades pequenas, né?! Uma vizinha fofoqueira inventa um rumor e, dois minutos depois, uma nova lenda está se espalhando de boca em boca por aí! — ironizou a atendente enquanto pegava uma caixinha cheia de fichas e verificava cada uma delas. — As únicas pessoas que fizeram *check-in* hoje foram as drag queens que estão no quarto 7. São quem você está procurando?

— Sim, essas mesmo! — confirmei, grato pela atendente saber como se referir às drags e me poupar de ter que explicar da mesma forma que fiz com seu pai.

— Vou ligar para o quarto e dizer que você está aguardando!

Sorri em agradecimento.

Enquanto a moça apertava algumas teclas do telefone, reparei em um jornal sobre a bancada, e a manchete instantaneamente chamou minha atenção.

CRIME NADA VIRTUAL

Estrelas da internet desaparecem misteriosamente após evento em São Paulo

Congelei.

— Era só uma questão de tempo para que acontecesse esse tipo de coisa — ironizou a atendente. Sem que eu percebesse, ela já havia avisado às drag queens sobre a minha chegada.

— De quando é esse jornal? — perguntei, aflito.

— Trouxeram hoje de manhã.

Sem nem mesmo pedir permissão, agarrei o papel e corri os olhos pela notícia.

Resumidamente, a matéria apresentava o ocorrido, anunciando que três dos maiores produtores de conteúdo para a internet haviam sumido no dia anterior após participarem de um evento na capital paulista. De início, as agências responsáveis pela carreira das celebridades da internet encararam o sumiço como algo pouco preocupante, porém, quando não conseguiram contatar as vítimas, perceberam que algo estava errado. Os detalhes sobre as declarações das testemunhas ainda não eram de conhecimento da imprensa.

Virei a página para ler a continuação da história e levei um susto tão grande que foi como se tivesse levado um soco no estômago. Bem no meio da notícia, estava uma montagem aparentemente feita às pressas com fotos das vítimas: a primeira era um garoto franzino e narigudo que gravava vídeos sobre videogames, chamado Lucas; a segunda foto mostrava uma mulher loira segurando alguns produtos de maquiagem; e última vítima era, para minha surpresa e infelicidade, o Garoto Diferente.

Abaixo da imagem, havia uma breve biografia do menino. Seu nome era Alex Gimenez, e ele havia estourado na internet dois meses antes, quando seus vídeos caíram no gosto dos adolescentes.

— Diga que estarei esperando na van — pedi, devolvendo o jornal enquanto tentava organizar meus pensamentos.

— Pode deixar — respondeu. — E se um dia voltar ao nosso hotel e meu pai o atender novamente, diga a ele que você é amigo da Alícia! — disse, dando uma piscadela.

Deixei o lugar meio sem saber o que fazer. Como contaria a Beatriz que o seu maior motivo de estar indo para São Paulo havia desaparecido? De que forma ela reagiria à notícia?

Beatriz estava de olhos fechados e ainda encostada na van quando a avistei do lado de fora. Apesar de estar escuro, era fácil identificar a silhueta da garota.

— E aí, o velho citou o Antigo Testamento pra você dessa vez? — ela perguntou quando ouviu meus passos cada vez mais perto.

— Sim! — brinquei, meio tenso. — Ele também disse que você é uma péssima influência para um garoto tão bonzinho como eu — arrisquei, tentando disfarçar minha situação com humor.

— Eu? Péssima influência? — Beatriz perguntou ironicamente. — Isso é totalmente mentira.

— Vou me lembrar disso na próxima vez que estivermos correndo da polícia depois de assaltarmos uma loja de conveniência no meio do nada.

Nós sorrimos. Apesar de cansada, Beatriz ainda tinha um olhar aventureiro em seu rosto; eu podia perceber claramente o quanto ela queria chegar a São Paulo. Decidi que não diria nada até que finalmente estivéssemos onde ela queria estar.

Vai que até lá o Garoto Diferente reaparece e tudo não terá passado de um mal-entendido?, pensei, chegando a uma conclusão. *Esse tipo de gente é estranha; provavelmente foi isso o que aconteceu!*

Então, relatei para minha amiga o que ocorreu logo depois que entrei no hotel e expliquei que o velho que nos atendeu horas antes era apenas um homem maluco. Também contei a história dos sapos no lago, e Beatriz disse que se sentia mil vezes mais leve depois de ouvir essa informação. Impedi-me de pensar sobre os vlogueiros; Beatriz deveria continuar tranquila.

As drags nos encontraram cerca de meia hora depois e já usavam novos figurinos. Fifi estava com uma peruca vermelha de comprimento médio, trajava um macacão de couro coladíssimo ao corpo, que, apesar de glamoroso, não parecia nada confortável. Kamilah havia trocado a roupa, porém ainda usava a mesma peruca volumosa de algumas horas. Priscilla e Tyfanny eram as únicas do grupo que aparentemente permaneciam sempre com o mesmo estilo; os uniformes vintage de aeromoça torneavam seus corpos perfeitamente, e, se eu as visse na rua, jamais imaginaria que, por baixo dos panos e da maquiagem, eram homens. Por fim, havia Princesa, que trocara a coloração do *glitter* de sua barba e agora tinha no rosto uma grossa camada dourada e brilhante. O mais engraçado era que, para mim, os pelos faciais não a deixavam menos bonita que as outras e, sim, mais interessante.

— Adorei a cor da barba — disse Beatriz, elogiando a amiga.

— Obrigada, querida! — respondeu Princesa. — Priscilla e eu podemos fazer uma em você, caso queira — sugeriu. — Vai supercombinar com a cor dos seus olhos!

— Acho que vou deixar pra próxima! — retrucou a garota, dando uma risadinha de lado e passando o olhar por seu próprio corpo. — Estou cansada demais para fazer qualquer coisa que não seja dormir.

Princesa assentiu, mostrando que compreendia o que a menina estava sentindo. O dia havia sido longo para todos, e ela merecia descansar sem ter que se preocupar em usar várias camadas de maquiagem na face.

— Mas acho que o Matheus adoraria que vocês colocassem um pouco de brilho nessa barbicha dele! — brincou Beatriz.

Revirei os olhos.

Fifi DarkLord passou ao meu lado e destrancou a van.

— Garotas, parem com essa bagunça e entrem logo no carro. Temos um show para fazer!

As drag queens entraram uma atrás da outra na van e deixaram um espaço para que Beatriz e eu nos sentássemos. Quando nos ajeitamos, Kamilah deslizou a porta para que ela fechasse totalmente, e minutos depois estávamos de volta à estrada.

Encostei o rosto na janela e fiquei observando a paisagem enquanto ouvia as drags reclamando sobre as poucas horas que tiveram para se aprontar e descansar. Senti quando Beatriz encostou sua cabeça em meu ombro e a última coisa que fiz antes de adormecer foi observar a placa que indicava a trilha do Lago das Lágrimas ficar no passado.

Nunca mais quero voltar para esse lugar!

capítulo oito

— Acordem, anjinhos. Chegamos a São Paulo!

Minhas pálpebras pesavam devido às poucas horas de sono, mas, mesmo com dificuldade, abri os olhos. As imagens ganharam forma diante de mim. Percebi que a van tinha parado de se mover e que apenas Fifi ainda permanecia dentro do automóvel. Olhei para o lado de fora através da janela, procurando as outras drags, mas não as encontrei. Reparei que o céu continuava escuro; provavelmente já passava da meia-noite, o que significava que, para meus pais, eu estava oficialmente desaparecido durante um dia inteiro. Ouvi um bocejo abaixo da minha orelha e lembrei que Beatriz também havia adormecido. Encostada no *meu* ombro.

Respirei fundo, sentindo o cheiro dos cabelos da garota tomar conta do meu nariz. Eu podia jurar que cheiravam a chocolate mesmo depois de um dia inteiro na estrada. Estava me perguntando se existia um xampu com fragrância de chocolate quando Fifi enfiou a cabeça entre os bancos e novamente avisou que deveríamos acordar. Assenti e sussurrei para Beatriz, anunciando que nossa viagem havia chegado ao fim. Assim que ela se deu conta do que estava acontecendo, arregalou os olhos e não os fechou mais; quando percebeu que ainda tinha a cabeça encostada em mim, ergueu-se rapidamente e tentou não deixar que a situação ficasse embaraçosa, tagarelando sobre como nunca esteve tão perto do Garoto

Diferente. Eu forcei um sorriso, tentando disfarçar a minha expressão de frustração devido à notícia do jornal. Confesso que, apesar de preocupado, internamente desejei que o cara jamais aparecesse. Senti uma pontada de ciúmes.

E se o Garoto Diferente voltasse, fosse um bom partido e acabasse tirando Beatriz da minha vida para sempre?, pensei.

Imaginei como seria voltar para casa sozinho e ter que enfrentar o resto do ano sem minha melhor amiga.

— Tá tudo muito bom, muito legal, mas tenho que trabalhar! — anunciou Fifi DarkLord, abrindo a porta do motorista e descendo da van. — Precisa ter muito *aqué* pra comprar peruca nos dias de hoje.

— A-o-quê? — perguntei.

— Aqué — repetiu Fifi. — Uma gíria que significa dinheiro. — Ela revirou os olhos.

— Ah, sim.

— E desçam logo do carro porque já estamos atrasados! — esbravejou a drag queen.

Cuidadosamente, deslizei a porta da van. O ar do lado de fora estava gelado, mas não exatamente frio. Beatriz veio logo atrás de mim e deixou que Fifi trancasse o veículo. Olhei ao redor e, pela primeira vez em muito tempo, lembrei-me da sensação de estar em uma cidade grande.

Apesar de ter estacionado em um local reservado para carros, bastava olhar para cima para enxergar os prédios gigantes que nos cercavam. Foi estranho pensar que quando era criança eu me sentia minúsculo quando passava perto de estruturas como aquelas. Mesmo tantos anos depois, os prédios ainda me causavam a mesma impressão.

Beatriz estava em êxtase e, apesar de permanecer em silêncio, suas expressões deixavam transparecer tudo que ela queria dizer.

Na parte de trás do estacionamento havia uma pequena porta que levava para o interior do lugar onde as drag queens fariam seu show. Seguimos Fifi até a passagem e entramos. A batida abafada de uma música qualquer invadiu meus ouvidos. Tentei procurar a origem do som, mas não encontrei. Na verdade, não encontrei nada! O lugar era extremamente escuro, e eu só conseguia continuar caminhando sem tropeçar porque sentia as unhas gigantes de Fifi puxando meu braço e Beatriz andando apenas alguns centímetros atrás de mim. Perguntei à minha amiga se ela conseguia enxergar alguma coisa, mas, aparentemente, além de estarmos cegos devido à falta de iluminação, também estávamos surdos por conta da música alta. Em uma dessas minhas tentativas de distinguir as coisas, consegui ver a silhueta de um homem alto conversando com Fifi e deduzi que o cara era um dos seguranças. Fiquei com medo de que ele nos colocasse para fora por sermos menores de idade, mas acho que Fifi inventou alguma história que justificava nossa presença no lugar, porque quando eles terminaram de conversar o segurança mal nos encarou. Conforme andávamos, o espaço ficava cada vez mais claro até que finalmente chegamos a uma sala totalmente iluminada e, para minha felicidade, cheia de rostos conhecidos. As outras drag queens sorriram ao nos ver chegando e disseram que estavam apenas esperando Fifi para que pudessem começar a apresentação.

— O que vocês acham de ir à plateia para curtir a festa e nos assistir? — berrou Priscilla, tentando se comunicar com Beatriz e comigo mesmo com a música alta.

— Legal! — exclamou Beatriz.

— Que tipo de festa é essa? — perguntei, inclinando a cabeça e me aproximando de Tyfanny Falsey Anne, para que ela me escutasse.

— É uma balada alternativa, meu amor!

Estremeci.

Era óbvio, desde o começo, que as drag queens fariam sua performance em uma casa noturna, só que eu não tinha relacionado as coisas nem entendido o que aquilo significaria para mim. Novamente pensei em minha família. O que eles pensariam caso soubessem onde eu estava?

— Vamos, Math?

Beatriz parecia ter recuperado a energia após dormir durante a viagem e mal podia esperar para dar início àquela nova experiência.

— Eu não sei...

— O que você disse? — ela gritou, confusa. — Não consegui entender! A música está muito alta!

— Não sei se quero! — repeti, mas sabia que não estava falando alto o suficiente para que ela fosse capaz de ouvir.

— O quê?

Fechei os olhos e respirei fundo.

Espero que eu não me arrependa disso!

— Vamos logo!

Assim que anunciei que estava pronto, as drags nos acompanharam de volta ao corredor escuro, guiaram-nos até uma porta, disseram que subiriam ao palco em poucos minutos e desapareceram na escuridão.

Antes de abrir a porta e encarar o que estava por vir, aproveitei que a garota não podia ver minha expressão de pavor e segurei a mão de Beatriz. O choque foi instantâneo. O contato me dava força e, naquele momento, a presença dela era mais do que necessária.

Girei a maçaneta e abri a porta.

Graças aos milhares de filmes que se passam em colégios americanos, o conceito de balada que eu tinha em minha mente era composto praticamente de adolescentes estilosos dançando distraídos, com seus copos vermelhos nas mãos, música eletrônica, pegação e muito, muito espaço livre! Mas a realidade era dura e diferente.

A primeira coisa que consegui notar foi a mudança na iluminação; ao contrário do corredor onde eu estava, o novo espaço era bem iluminado, com vários tipos de luzes coloridas que piscavam e pairavam por cima das pessoas que dançavam naquele galpão, quase formando um caleidoscópio. Apesar de grande, não havia muito espaço para que pudéssemos nos mover com facilidade. Eu me perguntei como as pessoas conseguiam dançar em lugares tão apertados como aquele. O calor era intenso e não tinha como fugir dele; para todo canto que Beatriz me arrastava, eu sentia que estava entrando cada vez mais no fundo de um forno. Em uma dessas andanças, recebi cotoveladas de estranhos nas costelas e um homem de cabelo azul "sem querer" derrubou sua bebida na parte de trás da minha camiseta e nem sequer pediu desculpas. Fiquei esperando que o cara esboçasse alguma reação, mas ele simplesmente continuou andando como se nada tivesse acontecido. Apesar de irritado, ignorei. Talvez ele não tivesse agido de propósito. Pelo que me lembrava, gente de cidade grande não costumava se importar com estranhos. Soltei a mão da minha amiga e passei em minhas costas. Ao menos a bebida não tinha molhado tanto a roupa, secaria rapidamente.

— E agora, o que faremos? — perguntei a Beatriz, colocando a boca perto de seu ouvido para que ela pudesse me ouvir.

— Não faço a menor ideia! — respondeu, dando de ombros e balançando a cabeça de um lado para o outro conforme a música.

— Vamos procurar um lugar para sentar — falei, agarrando novamente a mão da garota.

Antes que eu pudesse me aventurar na selva de pessoas desconhecidas, a música foi ficando cada vez mais baixa até que finalmente cessou.

A multidão instantaneamente direcionou o olhar para os fundos da casa noturna, e eu fiz o mesmo. De longe e na ponta dos pés para tentar enxergar por cima das cabeças, avistei uma drag queen em cima do palco. Estreitei os olhos e olhei com atenção. Era Fifi DarkLord e seu show estava prestes a começar.

Uma melodia surgiu aos poucos, e logo pude reconhecer a canção: era um remix da música "Magnets", da banda Disclosure. Confesso que fiquei surpreso com a escolha; meu inconsciente esperava algo que fosse cantado pela Britney Spears ou que tivesse aparecido no seriado *Glee*, mas então me lembrei da conversa que tive com Fifi, em que ela explicou seu estilo diferenciado, e cheguei à conclusão de que não havia música que se encaixasse mais em seu estilo.

A drag queen desatou a dublar a canção como se sua vida dependesse daquilo; cada frase era dublada com precisão pelos lábios de Fifi enquanto ela fazia movimentos exagerados com os braços e as pernas. Quando a música estava prestes a acabar, dois homens musculosos e usando apenas sunga entraram no palco carregando um caixão de verdade. Assim que colocaram o objeto no chão, Fifi caminhou até lá, abriu a porta e, com a ajuda dos dois homens, entrou no caixão, encerrando sua apresentação. A multidão foi ao delírio: batia palmas, chamava o nome da drag e alguns até gritavam coisas tão obscenas que me fizeram corar por alguns segundos.

Assim que o caixão foi retirado (com Fifi ainda dentro dele), outra drag queen subiu ao palco. Porém, para minha decepção, o cara de cabelo azul resolveu aparecer e novamente me sacanear sem querer, parando bem na minha frente e bloqueando meu campo de visão. Olhei para Beatriz e revirei os olhos. Ela entendeu o que eu quis dizer e deu uma risadinha.

— Deixa pra lá! — ela disse, como normalmente diria, aproveitando o "silêncio" da pausa entre as apresentações.

Os alto-falantes voltaram a funcionar, mas dessa vez não reconheci a música.

— Eu amo essa música! — exclamou Beatriz, arregalando os olhos e sorrindo. — Vamos dançar?

— A-acho que sim — gaguejei, tentando imitar os movimentos que Beatriz e as outras pessoas à nossa volta estavam fazendo para dançar, mas acabei pisando em um dos pés da garota. — Eu não sei fazer isso! — confessei a ela em meio a risadas.

— É só mexer o corpo de qualquer jeito! — ela gritou. — Ninguém precisa saber dançar para conseguir dançar.

Então fiz o que ela sugeriu, tomando cuidado para não machucar mais ninguém. O som estava tão alto que ecoava em meu peito. Juro que era capaz de sentir a melodia dentro de mim. Fechei os olhos e deixei-me ser guiado pelo som. Até que aquela atitude não estava dando tão errado e acabei me acostumando a chacoalhar o esqueleto no ritmo da música, que, inclusive, tinha uma letra muito boa.

"Acho que posso voar quando estou com você!", cantarolou a intérprete durante a primeira parte da música.

Beatriz me puxou para perto e passamos a dançar em sincronia. Cada movimento parecia acontecer em câmera lenta, e o calor, a irritação e a falta de espaço haviam desaparecido; naquele momento tudo que eu queria era continuar dançando com ela pelo resto da vida.

"Quero fugir, apenas você e eu", disse o refrão.

Minha mente havia desligado, e eu não estava mais no controle do meu próprio corpo. Beatriz me encarava, tentando entender o que estava acontecendo comigo. *Coitada!* Nem eu mesmo sabia.

Quando me dei conta, meus braços estavam em volta da cintura de Beatriz, e, sem hesitar, encostei meus lábios nos dela. Pensei que ela não fosse me beijar de volta e que eu ficaria preso naquela situação embaraçosa e desconfortável, sentindo-me a pessoa mais idiota do mundo, porém não foi o que aconteceu. A garota suavemente retribuiu o gesto aos poucos, aceitando a proximidade de nossos corpos e se deixando levar pelo momento. Beatriz moveu os braços para cima, entrelaçando-os em volta de minha nuca. Meus pelos se arrepiaram. Estávamos ofegantes, mas nenhum de nós queria terminar aquele beijo e ter que encarar o que havia acontecido, então apenas continuamos a nos beijar. Enquanto eu a tinha junto a mim, tentava afastar todos os novos pensamentos que brotavam em minha cabeça. Se eu havia sonhado com aquele momento durante anos, por que não estava me sentindo totalmente realizado? Tinha ouvido dizer em algum lugar que um beijo apaixonado vem sempre acompanhado de uma mente vazia. Então por que a minha mente estava lotada de preocupações?

Parei de mover os lábios e Beatriz se afastou alguns centímetros.

— E-eu... — engasguei, tentando dizer algo. — M-me desculpa, não sei o que deu em mim — expliquei, ainda sem jeito.

Beatriz me encarou, sem saber o que dizer, e levou uma das mãos à boca, raciocinando com clareza e percebendo o que tínhamos acabado de fazer.

— Isso muda tudo! — ela finalmente disse, franzindo o cenho e inclinando a cabeça. — E-eu preciso de ar!

O peso da minha escolha havia caído sobre nós.

Num piscar de olhos, Beatriz se enfiou entre as pessoas e desapareceu na multidão.

A música terminou.

Sem titubear, segui na direção em que Beatriz havia corrido. Para minha infelicidade, a balada continuava e os alto-falantes voltaram a funcionar em potência máxima, o que dificultou meu percurso, uma vez que as pessoas estavam dançando e pulando a todo momento.

Avistei Beatriz um pouco antes de ela passar pelos seguranças e sair por uma porta que julguei ser a entrada principal da casa noturna.

— Para onde leva essa passagem? — perguntei ao segurança.

— Para a rua — explicou ele, com um ar de seriedade.

Empurrei a porta e saí sem nem agradecer ao homem pela informação.

Estava frio do lado de fora, e, apesar do vento forte, eu ainda era capaz de sentir o cheiro intenso de cigarro que rondava a entrada. Beatriz estava encostada na parede ao lado da porta e ostentava um olhar vazio no rosto enquanto admirava os carros que passavam.

— Bia? — chamei.

A garota fingiu não escutar, nem sequer moveu um músculo. Aproximei-me e pude ver que ela tinha o celular em uma das mãos.

— O segurança me avisou que, caso saísse, não poderia voltar para a balada! — exclamou ela, sem ânimo.

— E para onde iremos? — perguntei, temendo a resposta.

Ela me encarou.

— Tanto faz! — esbravejou. — De qualquer forma, já estamos em São Paulo!

Senti o sangue correr mais rápido em minhas veias e minhas orelhas queimarem com a resposta.

— Eu não deveria ter vindo — sussurrei.

Me arrependi de dizer aquilo no momento em que as palavras saíram da minha boca.

— O que você disse? — ela perguntou.

— Nada.

— Eu ouvi o que você disse, só queria ter certeza de que você realmente quer dizer isso! — Beatriz exclamou. — Por que você veio então, Matheus?

Fiquei em silêncio. Mesmo virado para a parede, eu conseguia sentir o peso de seu olhar em mim.

— É complicado.

— O que é complicado? — ela continuou. Eu sabia que aquele questionamento não iria parar até que ela conseguisse todas as respostas, pois Beatriz era assim.

Eu estava perto de explodi. Minha cabeça girava e o gosto do beijo ainda envenenava minha boca. Fechei os olhos e respirei fundo.

Mantenha a calma! Mantenha a calma! Mantenha a calma! Mantenha a calma!, repeti várias vezes em pensamento.

Senti a frase fazendo efeito, e o meu corpo foi relaxando, mas não completamente.

— O que é que você está fazendo aqui, Matheus?

A pergunta de Beatriz me trouxe de volta para a realidade. Abri os olhos, dei meia-volta e encarei a garota. Ela estava com os olhos marejados e um canto da boca tremia como se estivesse prestes a chorar.

— Estou aqui porque não iria suportar ver você deixando aquela maldita cidadezinha para trás sem estar ao seu lado! — confessei. — Eu gosto de você, sempre gostei!

A expressão de revolta e tristeza desapareceu do rosto de Beatriz.

— E-eu nunca desconfiei... Achei que éramos apenas amigos!

— Então por que você me beijou de volta? — retruquei.

Não obtive resposta.

A tensão pairava sobre nós e o silêncio que veio a seguir foi ensurdecedor. Os pedestres que se aproximavam nos olhavam com curiosidade, mas não ficavam observando por tempo suficiente para entender o que estava acontecendo.

— Precisamos pegar nossas mochilas na van — anunciei secamente, dando alguns passos em direção ao lugar.

Não precisei olhar para trás para conferir se Beatriz estava me seguindo, pois eu sabia que sim. Sentia-me envergonhado por ter beijado minha amiga e ainda mais envergonhado por ter me declarado daquela maneira. Por que tudo tinha que ser tão difícil? Por que nosso beijo havia causado aquele efeito negativo em nós dois?

Assim que chegamos ao estacionamento, avistamos a van parada no lugar onde a havíamos deixado. As drag queens ainda não tinham voltado para o automóvel, então esperamos em silêncio até que dessem algum sinal de vida. Quando elas finalmente chegaram, Beatriz e eu tentamos fingir que nada havia acontecido entre nós, mas obviamente elas perceberam o clima carregado. Recuperamos nossas coisas, elogiamos as apresentações e agradecemos pela carona. Antes de partir, as drag queens insistiram que anotássemos seus números de celular, caso um dia precisássemos contratar seus shows. Fiquei um pouco sem graça, mas concordei. Beatriz disse que seu aparelho havia desligado algumas horas antes, pois estava sem bateria, então peguei meu celular dentro da mochila e liguei-o. Me assustei no segundo em que a tela acendeu, pois nela estava escrito em letras garrafais que trinta ligações haviam sido ignoradas, entre elas várias do número de casa e outras de desconhecidos. Ignorei a surpresa por um segundo e anotei os números das drag queens. Elas entraram na van e foram embora.

Beatriz e eu ouvimos claramente quando meu celular começou a tocar sem parar e vimos o nome de Ivo brilhar diante de nós. Apertei o botão para atender a chamada e levei o aparelho ao ouvido.

— CARAMBA, MATHEUS, CADÊ VOCÊ? — esbravejou Ivo do outro lado da linha. Apesar do tom, pude perceber certo alívio em sua voz. — Você quer me matar de susto?

— Estou bem, Ivo! — Foi tudo o que consegui dizer.

— Onde você está? — perguntou ele. — Seus pais estão loucos atrás de você!

— Por hora, estou num lugar seguro — menti.

Beatriz me direcionou um olhar de repreensão.

— Beleza, cara, mas me diz onde você está! — ordenou. — Sua mãe passou o dia inteiro aqui em casa me interrogando porque acha que sei algo sobre você. Ela ligou até para o pai da Fernanda.

Revirei os olhos.

— Não posso dizer...

— A Bia está aí com você? — Ivo perguntou.

Fiquei em silêncio, mas isso foi o suficiente para que ele entendesse o que estava acontecendo. Ivo novamente falou alguns palavrões.

— Você está em segurança mesmo?

— Juro que estou — menti novamente.

— Então vou fingir que essa conversa não aconteceu — anunciou ele. — Faça o que tem que fazer e volte para casa logo.

— Voltarei — respondi, mesmo sem ter certeza do que estava prometendo.

— Se cuida, irmão!

Deslizei o botão vermelho na tela e a ligação foi encerrada.

— O que ele queria? — Beatriz perguntou, quebrando a barreira de silêncio que tinha sido construída entre nós.

— Ele só queria se certificar de que estamos vivos. Falou que meus pais estão praticamente fazendo uma caça às bruxas lá na cidade para tentar me encontrar. A essa altura do campeonato, já devem ter sacado que estamos juntos.

Beatriz corou quando usei a palavra "juntos".

— Quero dizer, "juntos" no sentido de termos fugido juntos para cá.

— Eu entendi o que você quis dizer.

Cocei a cabeça.

— Por que você tinha que atender? — reclamou a garota. — Aposto que não vai demorar até que o Ivo ligue os pontos, descubra onde estamos e saia tagarelando para todo mundo sobre nosso plano! — esbravejou. — O que você acha de sentarmos aqui e simplesmente esperarmos nossos pais chegarem para nos levar de volta para casa e facilitar toda a situação? — Beatriz ironizou. Ela estava saindo de controle.

Fiquei desapontado ao ouvir aquilo, porém não surpreso. Já esperava que em algum momento durante a viagem a garota acabasse me dando nos nervos, pois é normal que isso aconteça com qualquer ser humano. Havia acontecido com ela e estava acontecendo comigo também, não é mesmo?

— Ele não vai contar nada a ninguém! — afirmei. Eu tinha certeza absoluta de que Ivo confiava em mim e não entregaria o plano daquele jeito. — Ele é meu amigo!

Beatriz riu, mas, pela primeira vez desde que tínhamos nos conhecido, não foi uma risada genuína e feliz. Foi uma risada carregada de deboche e sarcasmo.

— Matheus, ninguém liga pra você! — gritou ela. — Provavelmente sou sua única amiga!

As palavras me atingiram como um carro em alta velocidade. Não conseguia acreditar no que ela tinha dito. Mesmo depois de eu ter feito tantos sacrifícios por ela, Beatriz ainda conseguiu encontrar um jeito de me colocar no chão.

— D-desculpa, e-eu não quis dizer isso — gaguejou ela, percebendo seu erro e tentando se reaproximar, colocando uma das mãos em meu ombro.

Me esquivei.

— O mundo não gira em torno de você, Beatriz! — Encarei a garota e olhei bem no fundo de seus olhos. — Não gira... — Abaixei a cabeça, lembrando-me de todas as vezes que deixei de fazer coisas que tinha vontade para estar com ela, e mordi os lábios com irritação. — Aliás, você deveria sugerir para o Garoto Diferente, quando o conhecer, que faça um vídeo sobre pessoas egoístas para ver se você aprende alguma coisa... — Fiz uma pausa. Eu sabia que as palavras seguintes iriam magoar Beatriz tanto quanto as palavras dela me afetaram. — Ah, me esqueci. Isso não vai acontecer!

A feição da garota mudou.

— O que você quer dizer com isso? — indagou ela com desconfiança.

Peguei novamente o celular, entrei em um site qualquer de notícias e estendi o aparelho na direção de Beatriz para que ela entendesse o que eu queria dizer. Seus olhos iam de um lado para outro diante da tela, e quanto mais ela lia, mais assustada parecia.

— Isso é realmente verdade?

Afirmei com a cabeça. Vi a frustração e o medo surgirem no rosto de Beatriz. Todos os momentos que ela passou imaginando como seria finalmente conhecer o Garoto Diferente haviam sido jogados no lixo. Não apenas isso, mas também a questão inteira de vir a São Paulo tinha ido por água abaixo e as consequências de seus atos provavelmente pipocavam em sua mente.

— Desde quando você sabe disso?

— Descobri um pouco antes de irmos embora do hotel — contei. — A notícia estava em um jornal que a atendente havia deixado na bancada.

A garota ergueu a sobrancelha.

— E mesmo sabendo o quanto isso é importante para mim, não me contou — afirmou, pensativa.

Ninguém disse mais nada. Quase tudo já havia sido dito. *Quase.*

Os acontecimentos do passado ainda giravam dentro de minha cabeça quando concordei que o melhor a fazer era procurar algum hotel bem simples para não ficarmos perambulando sozinhos durante a madrugada. A rua estava bem movimentada quando demos início à nossa caçada por um lugar para dormir, as pessoas iam e vinham com garrafas de cerveja nas mãos e cigarros acesos entre os dedos. O mais bizarro eram os mendigos que improvisavam suas moradias no meio da calçada, de certa forma coexistindo com os festeiros que voltavam da balada. Essa cena me fez refletir. Mesmo que tudo acabasse dando errado e nossos planos falhassem em São Paulo, ainda teríamos para onde voltar e nossas vidas continuariam normalmente, mesmo que demorassem para se ajustar. Já aquelas pessoas continuariam ali, deitadas com a cabeça no concreto dia após dia.

Não foi tão difícil encontrar alguns hotéis espalhados por ali, mas, para a nossa infelicidade, o preço da diária na maioria deles não batia com nosso orçamento de duzentos e tantos reais.

— Vamos continuar procurando! — exclamou Beatriz, já cansada e com sono. — Só não podemos desistir.

Era exatamente o que eu estava pensando em fazer; aquele dinheiro que nos restava era o valor necessário para comprar duas passagens de volta para casa. Mas, por outro lado, eu também não queria que acabasse daquele jeito, afinal era a primeira vez em anos que eu estava de volta a São Paulo. No fundo, bem escondida dentro do meu peito, encontrava-se a vontade de ficar mais alguns dias naquela cidade.

— Matheus, acho que estou vendo um último hotel logo à nossa frente.

Estreitei os olhos para conseguir enxergar melhor o local. A entrada era iluminada por letreiros que anunciavam o nome do hotel e bandeiras do estado e do país haviam sido colocadas em todo o comprimento do teto. Bastou olhar para as portas de vidro da recepção e para os carros de luxo estacionados em frente ao lugar para perceber que não conseguiríamos pagar nem meia hora de hospedagem por lá.

— Beatriz, não vai rolar.

— Não custa perguntar!

Revirei os olhos.

Logo que passamos pela porta automática, meia dúzia de olhares curiosos se voltaram para nós. Aposto que se perguntavam o que dois jovens sujos faziam sozinhos em um hotel de luxo no meio de São Paulo. Certamente pensaram que estávamos bêbados e não tínhamos mais controle sobre o que fazíamos. Eu me vi de relance no reflexo de um dos espelhos espalhados pelo saguão de entrada e concluí que eu realmente parecia um maltrapilho qualquer. Eu precisava de um banho e de muitas horas de sono em uma cama decente.

Beatriz cumprimentou a recepcionista, que tinha cabelos loiros e parecia nova demais para ocupar o cargo. Ela me encarou por um tempo, do mesmo modo que as outras pessoas haviam feito, e logo depois veio a confirmação do que eu havia suposto alguns minutos antes. Uma diária para Beatriz e eu acabaria com todo o dinheiro que tínhamos. O medo de não ter para onde ir correu como um arrepio pelo meu corpo.

Saímos do hotel com o rabo entre as pernas. Pensei na possibilidade de ficar na casa de algum familiar na cidade, pois praticamente todos os meus parentes ainda residiam em São Paulo. Eu lembrava que meus tios e avós moravam perto do bairro da Liberdade, mas o problema era que eu tinha certeza de que, no instante em que colocasse os pés dentro de suas casas, meus pais seriam informados. Voltar para o interior e fingir que nada tinha acontecido era uma situação aceitável, mas fazer meus pais irem a São Paulo depois de todo o histórico dramático que tinham por lá? Na certa seria confusão das grandes.

Momentos depois de voltarmos para a rua, pensei ter ouvido alguém chamar meu nome, mas dei de ombros, afinal era possível encontrar um Matheus diferente a cada esquina. Acho que era um nome bem popular na época em que nasci. Porém, para a minha surpresa, a pessoa voltou a repetir o chamado e não parou até que Beatriz também o escutasse e nós dois parássemos para procurar quem estava chamando.

A figura que surgiu das sombras era a recepcionista do hotel do qual havíamos acabado de sair. Será que eu havia deixado cair algum documento importante, e ela estava à minha procura para devolvê-lo? Tateei os bolsos e senti minha carteira. Se ela estava ali, todos meus documentos continuavam lá dentro. A sementinha da curiosidade tinha sido plantada. O que a moça queria comigo?

— Desculpe interromper vocês, mas é que eu ficaria inquieta se não perguntasse — começou a recepcionista, assim que a distância entre nós diminuiu. — Seu nome é Matheus Medeiros, não é?!

Não soube o que responder. Era possível que, de alguma forma, meu nome tivesse ido parar na sessão de desaparecidos da televisão, a polícia estivesse atrás de mim e a moça houvesse me reconhecido por conta disso? Era pouco provável. Meus pais não gostavam de exposição.

— Sim, sou eu — afirmei, um pouco receoso.

— Ah, meu Deus, não acredito! — ela exclamou. — Que coincidência!

Beatriz e eu nos entreolhamos com estranhamento, e a recepcionista que antes parecia eufórica acabou corando.

— Você não tem a menor ideia de quem eu sou, não é?!

Dei um sorriso amarelo, indicando que sentia muito, mas eu não tinha noção do que estava acontecendo.

— Bem, eu me chamo Samantha — explicou. — Estudamos juntos durante o primário, antes de você sumir do mapa e eu nunca mais ouvir nenhuma notícia sua.

Um *insight* de memória ecoou por minha mente, fazendo-me lembrar quem era a pessoa que estava parada bem ali: Samantha Pereira ou simplesmente Sammy, como todas as crianças do primário costumavam chamá-la. Sammy era uma garotinha legal que não conseguia se enturmar com as outras meninas e, por isso, andava sempre com os garotos. Éramos bem grudados na época; lembro que, inclusive, as professoras brincavam dizendo que éramos namorados, mas não nos importávamos pois nem sabíamos muito bem o que era aquela coisa toda de namorar. Cheguei a convidar Samantha para ir à minha casa algumas vezes depois da escola e passamos tardes inteiras jogando videogame. Infelizmente, minha família saiu às pressas da cidade e não tive tempo de me despedir da garota. Quando você é criança, não dá muita importância para os amigos que perde, pois acaba conhecendo pessoas novas para brincar todos os dias, então simplesmente me esqueci dela.

— Você só pode estar de brincadeira! — exclamei, sem acreditar. — Como consegui não te reconhecer?

— Também não sei. Sou uma pessoa difícil de esquecer — brincou Sammy.

Parti para um abraço, e Samantha retribuiu o gesto. Depois, estendeu a mão para Beatriz, que apenas observou a cena e balançou a cabeça, o que julguei ser uma tentativa de dizer: "Prazer em conhecê-la também, Samantha!".

Sammy disse que deveríamos voltar para o hotel onde ela trabalhava, pois ficar conversando no meio da rua naquele horário poderia ser perigoso, então concordamos e voltamos para o hotel. Minha amiga de infância ficou surpresa com a minha volta inesperada a São Paulo e quis saber o que me trouxera à cidade. Contei a ela tudo o que Beatriz e eu havíamos planejado, desde o início da fuga até a carona com as drag queens, e ela ficou incrédula.

— E agora vocês não tem onde ficar, é isso?

— É o que parece — confessei, sem entusiasmo.

Sammy ficou em silêncio por alguns segundos, com uma expressão pensativa.

— Agora têm — afirmou em voz alta, de repente. — Meu turno acaba daqui a uns trinta minutos e poderei voltar para casa. Ficarei mais do que feliz em oferecer um canto no meu quartinho para vocês! — disse, com um sorriso no rosto.

Arregalei os olhos, surpreso.

— Uau! — exclamei, sem jeito. — Mas não quero causar problemas para você...

— Aceitamos a oferta! — interrompeu Beatriz, pulando de um dos assentos do saguão e se intrometendo na conversa.

— Então está feito! — disse Samantha, encerrando o assunto. — Moro com meu pai em um apartamento a alguns bairros de distância daqui da rua Augusta. Só precisamos pegar o metrô na Consolação.

Samantha parecia ter se tornado uma pessoa incrivelmente bondosa. Fiquei feliz por tê-la encontrado, não somente por ela ter oferecido um teto para que eu pudesse dormir em segurança, mas também porque eu poderia ter a chance de me redimir após ter ido embora sem dizer adeus. Não que eu esperasse que aquilo ainda importasse para ela depois de tantos anos.

— Mas, vem cá, você não é muito nova para trabalhar de madrugada nesse hotel? — indagou Beatriz.

Apesar da pergunta insensível, Samantha não pareceu ficar incomodada.

— Tecnicamente, sim, mas não direi para o governo se você não disser — afirmou Samantha em tom de brincadeira. — Matheus, por que você não me contou que sua amiga trabalha no Juizado de Menores?

Não fui capaz de conter a risada. Beatriz havia merecido a resposta brusca; não era delicado perguntar coisas daquele tipo para Samantha. Beatriz não era daquele jeito. O que estava acontecendo? Eu sabia que a discussão que tivemos afetaria nossa relação, mas não pensei que mudaria o jeito como Beatriz tratava as pessoas à sua volta.

— Enfim, só preciso terminar de fazer o *check-in* dos últimos hóspedes e poderemos ir para minha casa, tudo bem?

Balancei a cabeça, indicando que concordava com Sammy, e sentei em um dos bancos para esperar a hora de ir.

capítulo nove

O trajeto até a casa de Samantha foi tranquilo. Subimos até o final da rua Augusta e embarcamos no metrô da estação Consolação. Sammy estava animada por nos abrigar em sua casa e tagarelava, querendo saber tudo o que havia acontecido em minha vida durante os anos que passamos separados. Tentei contar a ela algumas coisas genéricas e de pouca importância, como por exemplo sobre o nascimento de Felícia, minha irmã mais nova, e sobre as coisas que eu fazia para matar o tempo. Não tinha a menor ideia se ela sabia o verdadeiro motivo pelo qual minha família havia se mudado repentinamente para o interior, mas não me sentia confortável o suficiente para trazer o assunto à tona naquele momento. De qualquer forma, Sammy não mencionou o nome de Guilherme nenhuma vez na conversa.

A casa de Samantha era na verdade um pequeno apartamento no terceiro andar de um prédio antigo. O lugar tinha aparência humilde e decoração despretensiosa, mas era completamente limpo e aconchegante. Ao atravessar a sala, percebi que alguns móveis estavam meio quebrados ou arranhados, como se tivessem sofrido algum tipo de colisão ou fossem de segunda mão. Tive a preocupação de perguntar para Sammy se seu pai não se aborreceria por ela ter levado duas pessoas para ficar em sua casa, mas a garota prontamente respondeu que tinha certeza de que ele não se importaria e justificou explicando que, desde que a esposa o havia abandonado, ele passava a maior parte do tempo trancado no quarto, saindo apenas para trabalhar ou almoçar.

— Mas vocês não têm com o que se preocupar — afirmou Samantha. — Meu pai é um homem bom.

Senti uma pontada de emoção na voz da garota, como se muitas coisas já tivessem acontecido para que ela fosse capaz de chegar àquela conclusão.

— Tenho certeza de que é — afirmei, sorrindo.

O quarto de Sammy ficava no início do pequeno corredor ao lado da sala e, para minha surpresa, era todo decorado com pôsteres de séries de televisão americanas, filmes e livros. Beatriz também pareceu se surpreender com a personalidade do quarto.

— Nossa, você é quase mais *nerd* que o Matheus! — Fez uma pausa. — E eu nem sabia que isso era possível.

Samantha sorriu, e eu também.

— Claro que é — afirmei. — Olha só o tanto de livros que ela tem! — Apontei para a estante de madeira ao lado da cama, que estava tão cheia de livros que as prateleiras haviam começado a envergar. — Eu não seria capaz de ler metade deles nem se me dedicasse a ler pelo resto da vida.

Samantha revirou os olhos e colocou a língua para fora de forma bem-humorada. No quarto iluminado, reparei na cor de seus olhos, que eram verdes e cheios de vida.

Sammy indicou onde ficava o banheiro, e Beatriz pediu para ser a primeira a tomar banho. Concordei e esperei até que ela terminasse. Na minha vez, senti a água quente descer e relaxar os músculos de meu corpo. O dia havia sido longo e cheio de surpresas, mas finalmente estava perto do fim.

Procurei roupas limpas na mochila e encontrei uma camiseta branca simples e uma bermuda de tecido leve, que vesti rapidamente.

Quando voltei para o quarto, Samantha havia colocado dois colchões no chão e arrumando-os para que Beatriz e eu pudéssemos dormir. Agradeci, desejei boa-noite para minhas amigas, apoiei a cabeça no travesseiro e, então, adormeci.

Acordei com alguém chamando meu nome repetidamente em desespero.

Reconheci a voz de Beatriz. Aos poucos fui lembrando onde eu estava enquanto o quarto de Samantha se materializava diante de mim. Beatriz encontrava-se ao meu lado, sentada em seu colchão e ainda vestindo o pijama que tinha colocado antes de dormir.

— O que foi? — perguntei, confuso.

— Algo grave aconteceu!

Olhei ao redor à procura de Samantha, mas ela não estava em lugar nenhum. A preocupação começou a tomar forma dentro de mim.

— Onde está a Samantha?

Beatriz revirou os olhos.

— A Samantha está bem! — respondeu. — Ela foi preparar o almoço para o pai ou algo assim.

Suspirei aliviado.

— Então o que aconteceu? — perguntei.

Beatriz estendeu uma das mãos e me entregou seu celular, que estava novamente carregado.

Na tela do aparelho pude enxergar a primeira página do canal do Garoto Diferente, mas algo havia mudado desde a última vez que eu tinha visitado o site. Todos os vídeos do vlogueiro haviam sido apagados, com exceção de um, que não era realmente um vídeo, e sim um anúncio. O título era "Primeira transmissão ao vivo. Hoje às 19h". Cliquei no quadrado, mas o vídeo não abriu. Só seria permitido assistir ao conteúdo no horário definido.

— Então ele resolveu aparecer?

— Não sei! — respondeu Beatriz. — Mas sabe o que achei estranho? — perguntou, pegando o celular da minha mão e acessando outros canais. — É que o mesmo aconteceu com os canais de todos os outros desaparecidos.

Encarei a tela do celular por alguns instantes, tentando chegar a alguma conclusão.

— Você não acha que pode ser alguma colaboração entre os três, sei lá? — perguntei com cuidado.

— Não sei dizer, Matheus — comentou. — O Garoto Diferente não deixaria suas fãs preocupadas por algo bobo.

Dei de ombros.

O importante era que o vlogueiro tinha dado sinal de vida, o que significava que o plano estava novamente de pé e que as chances de Beatriz conseguir conhecê-lo haviam sido restauradas. Quanto mais rápido aquilo acontecesse, menos demoraria para retornarmos para nossas casas e para tudo voltar a ser como antes.

Apenas pensar nisso já me deixou mais aliviado.

Levantei da cama, troquei de roupa no banheiro e deixei Beatriz sozinha no quarto. Ficar muito tempo a sós com ela me forçava a questionar o que estava acontecendo entre nós dois, e eu estava tentando evitar ao máximo aquele tipo de conflito interno.

Como Beatriz tinha dito, Samantha realmente estava na cozinha. Caminhei até lá e, assim que entrei, me deparei com o pai da garota sentado à mesa. Ele me direcionou o olhar.

— Você deve ser o pequeno Matheus, não é?! — perguntou, interrompendo as garfadas do que estava comendo e abrindo um sorriso gentil.

O pai de Sammy aparentava ter uns cinquenta anos. Mesmo com o pouco cabelo que lhe restava, pude perceber que um dia os fios foram tão claros quanto as madeixas da filha. Apesar de aparentar estar saudável, o homem carregava grandes olheiras debaixo dos olhos.

— Sim, senhor Pereira — afirmei.

— Pode me chamar de Alberto — ele disse, estendendo a mão para que eu apertasse. Retribuí o gesto e segurei sua mão.

— T-tudo bem, senhor Alberto — arrisquei, sem saber muito bem o que dizer.

— Samantha me contou que você e sua amiga estão visitando São Paulo e não têm onde dormir — começou o homem. — Pode ficar tranquilo que os dois são muito bem-vindos aqui em casa! — exclamou. — A casa é simples, mas está à sua disposição.

— Sim, estamos... — Fiz uma pausa. — Visitando São Paulo! — engasguei.

Samantha, que estava a apenas alguns metros de nós, encostada na pia, olhou-me, e eu entendi o que ela queria dizer. A garota havia omitido o fato de que Beatriz e eu havíamos fugido de casa.

O pai de Sammy percebeu minha inquietação ao responder e olhou para a filha, que sorriu repentinamente, tentando disfarçar a situação.

— Quero dizer, muito obrigado pela hospitalidade — falei, consertando o erro que havia cometido momentos antes. — Prometo que não o incomodaremos por muitos dias!

— Não se preocupe com isso — o homem respondeu.

Assim que terminou de comer, Alberto disse que estava atrasado para o trabalho, despediu-se da filha com um beijo na testa e saiu porta afora.

— Então quer dizer que estou visitando São Paulo? — perguntei, ironicamente.

— Você queria que eu falasse o quê? Que fugiu do interior porque está a fim de conhecer um cara de cujo fã-clube você é presidente?

Gargalhei.

— Deixa eu esclarecer uma coisa: não sou fã de ninguém!

— De ninguém mesmo? — Sammy insistiu. — Nem da menina que está lá no meu quarto neste exato momento? — perguntou, baixo o suficiente para que Beatriz não ouvisse.

A pergunta me deixou sem graça.

— Está tão visível assim?

— Não muito — Samantha respondeu, retirando o prato de Alberto da mesa e colocando-o na pia. — Mas é preciso gostar muito de alguém para fazer isso que você está fazendo.

— É complicado!

Ouvi o som de passos se aproximando e, segundos depois, Beatriz entrou na cozinha.

Para minha sorte, Samantha deu a conversa por encerrada e anunciou que poderíamos nos servir do almoço que ela havia preparado caso estivéssemos com fome. Sem nem hesitar, peguei um prato e tratei de encher a barriga.

O restante do dia passou rapidamente. Não deixamos o apartamento porque decidimos que sair andando por São Paulo depois de tudo o que tínhamos enfrentado no dia anterior seria torturante para nossos corpos, então desfrutamos do devido descanso de que tanto precisávamos. No fim da tarde, Samantha disse que ia para o colégio, pois ainda tinha umas últimas aulas antes das férias. Assim como eu, a garota cursava o último ano do ensino médio, porém no período da noite, pois tinha que trabalhar de madrugada no hotel três vezes por semana. Assim que ela colocou a mochila nas costas e partiu, Beatriz e eu ficamos com o apartamento inteiro apenas para nós.

Pouco antes das dezenove horas, Beatriz já tinha atualizado a página do canal do Garoto Diferente pelo menos um milhão de vezes e não parava de falar sobre a transmissão ao vivo que seria feita em instantes. O celular de Beatriz tocava a cada cinco minutos, e ela apertava o botão vermelho rejeitando as ligações dos pais; em dado momento, cansou de apertar e simplesmente tirou o chip da operadora, impossibilitando o recebimento de chamadas.

Quando o relógio marcou o horário esperado, nossa atenção se voltou totalmente para a tela do celular. Beatriz respirou fundo e clicou no link da transmissão. O quadrado de reprodução de vídeo se abriu quase automaticamente.

Demorou um pouco para que a qualidade melhorasse e pudéssemos entender o que estava acontecendo na transmissão. Quando a imagem melhorou, lá estava ele: o Garoto Diferente. O menino ostentava o mesmo sorriso aberto em seu rosto, vestia uma camisa xadrez azul e seu cabelo castanho escorria pela testa. O cenário costumeiro havia sido alterado; em vez de gravar em seu quarto, o Garoto Diferente parecia estar em um local mais rústico naquele vídeo, com paredes de madeira e iluminação fraca. O primeiro minuto foi sossegado. O vlogueiro falou as coisas que sempre dizia no início dos vídeos e então disse que aquela edição seria especial, pois faria algo que nunca havia feito.

— É um desafio! — explicou o Garoto Diferente. — Muitos vlogueiros já fazem isso em seus canais, mas o meu será épico!

Foi aí que a coisa desandou e ficou estranha.

O menino, que antes falava normalmente, começou a ter tremeliques de nervoso e era possível ver o suor escorrendo em seu rosto.

— Isso não está certo! — exclamou Beatriz enquanto assistia.

O Garoto Diferente mudou a posição da câmera, permitindo-nos enxergar um ângulo novo, de modo que passamos a ver um grande aquário retangular em posição vertical em uma sala estreita e sem móveis. Os números de visualizações do vídeo aumentavam aceleradamente; parecia que a internet inteira havia parado para assistir à transmissão.

O vlogueiro se aproximou do compartimento e encarou-o. A curiosidade e a tensão de todos beiravam o ápice. Eu me perguntava o que viria a seguir, mas não tinha a menor ideia do que esperar.

O ângulo mudou novamente. Se o Garoto Diferente estava distante e a câmera continuava em movimento, ele não era a única pessoa no lugar. Existia alguém por trás das cortinas.

— Mas que p...

— Ele não está sozinho — afirmei, interrompendo Beatriz antes que ela terminasse a frase.

Os detalhes confusos se conectaram em minha mente e o quebra-cabeça começou a fazer sentido. O desaparecimento, a transmissão ao vivo e o comportamento assustado do garoto eram pistas para o que todos suspeitavam desde o começo, algo que eu, por falta de interesse, nem sequer havia me esforçado em acreditar.

Houve um corte no vídeo, e a situação foi completamente alterada. De repente, o Garoto Diferente apareceu dentro do aquário e as paredes de vidro que o cercavam ultrapassavam a altura de sua cabeça. Ele estava preso. Para meu espanto, o aquário começou a ser preenchido por litros de água que não paravam de sair de uma mangueira colocada na borda do compartimento. O garoto mantinha-se imóvel enquanto o líquido cobria cada vez mais seu corpo.

— Por que ele simplesmente não sai de lá? — perguntou Beatriz, desesperada.

— Talvez ele esteja sendo ameaçado de alguma forma — supus, lembrando-me da pessoa que movimentou a câmera.

Ela assentiu.

O volume de água dentro do aquário já chegava ao peito do garoto. Assistir à cena e não ser capaz de fazer nada para ajudá-lo era desesperador.

— E onde está a polícia que ainda não apareceu para salvar o Alê? — esbravejou Beatriz.

— Pode levar horas até que as autoridades rastreiem a origem da transmissão e façam algo a respeito — expliquei. — Além do mais, o que estamos assistindo pode ter acontecido horas atrás e só estar sendo transmitido agora.

Quando a água chegou aos ombros e subiu para o pescoço, o Garoto Diferente mudou de expressão e pareceu desistir de cooperar com quem o estava ameaçando. O garoto desatou a gritar e a bater as mãos contra o vidro.

— Matheus, onde está seu celular?

— Na mochila — respondi, apontando para o objeto. — Por quê?

A menina deu de ombros e correu para procurar o aparelho na bolsa. Quando o encontrou, apertou três teclas e passou a andar impacientemente de um lado para outro no pequeno quarto.

— Polícia? Você tem que me ajudar! — Beatriz praticamente gritava com a pessoa do outro lado da linha. — Tem um menino correndo risco de morte neste exato momento e tudo está sendo transmitido ao vivo na internet!

Enquanto ela repetia sem parar o que estava acontecendo para a atendente, o Garoto Diferente se esticava para conseguir respirar. Ele estava quase todo submerso, mantendo apenas o rosto fora d'água. Quando Beatriz percebeu o que estava para acontecer, parou de responder às perguntas ao telefone, deixou o celular cair no carpete e voltou a sentar ao meu lado.

Juntos, observamos quando a água cobriu a superfície do aquário e envolveu o corpo do Garoto Diferente. Pouco depois, o vídeo congelou. A última imagem que vimos antes da transmissão ser interrompida foi o rosto do garoto com a boca aberta e as narinas dilatadas à procura do oxigênio que não estava mais ao seu alcance.

A tela escureceu e uma mensagem piscou nela:

ESSE FOI APENAS O COMEÇO.
OBRIGADO POR ASSISTIR!

A página do canal foi automaticamente atualizada com o aviso de que exibiriam uma nova transmissão no dia seguinte.

capítulo dez

Beatriz estava em prantos desde que a transmissão havia terminado. Quando Samantha finalmente retornou para casa, encontrou-me sentado em sua cama junto a Beatriz, tentando dar um fim ao desespero e ao sofrimento da garota. Tentei contar para Samantha o que havia acontecido durante o tempo em que ela esteve fora, mas, para a minha surpresa, ela já estava sabendo do sequestro.

— Falaram sobre isso a noite toda no colégio — Samantha explicou. — Insistiram tanto no assunto que até me surpreendi por o próprio povo ainda não ter solucionado o caso!

A garota tirou a mochila das costas e jogou-a sobre a cama.

— Quero dizer, é horrível que tudo isso esteja acontecendo... — continuou Samantha.

Beatriz direcionou um olhar furioso para Samantha.

Mordi os lábios.

— É complicado mesmo! — falei, tentando não deixar a situação constrangedora. — Mas tenho certeza de que a polícia já está no controle da situação.

— Aposto que sim — afirmou Sammy, dando de ombros. — Espero que sejam capazes de solucionar o caso rapidamente.

Balancei a cabeça, concordando.

Beatriz passou a soluçar. Sammy a encarou em silêncio e depois direcionou o olhar para mim.

— Sei que vocês queriam descansar e tudo mais, porém o que acham de ir comigo para o trabalho hoje? — propôs. — Não creio que a solidão vá ajudar em suas atuais condições.

Ao dizer a última parte, seus olhos se voltaram para Beatriz, e eu entendi a mensagem. Quanto mais a mente da menina estivesse distraída, menos ela pensaria no sequestro.

— Não vou! — exclamou Beatriz, sem hesitar.

— Por que não? — questionei, franzindo o cenho. — Pode ser legal! — Pensei que se eu a encorajasse, ela cederia.

— Ficar horas olhando a Samantha trabalhar parece tããão divertido — ironizou Beatriz. — Sem querer ofender, não estou muito a fim!

— Tudo bem! — Sammy tentou disfarçar, mas fui capaz de perceber seu constrangimento.

Por que Beatriz era tão rude com Samantha? Ela só estava tentando levantar o ânimo da garota e acabou recebendo uma resposta sarcástica e mal-humorada.

— Quero ir para o hotel com você — anunciei.

Se solidão era o que Beatriz queria, era o que ela teria.

Sammy sorriu e Beatriz me encarou com estranhamento.

— Parece que as coisas estão mudando, não é?! — murmurou Beatriz, irritada.

Respirei fundo e levei uma das mãos ao rosto.

— Bem, acho que essa é a minha deixa para ir tomar banho! — interrompeu Samantha, pegando suas roupas e saindo do quarto.

Assim que ouvi a porta do banheiro ser fechada, percebi que aquele era o momento perfeito para conversar com Beatriz e tentar entender o que estava acontecendo.

— Bia, o que tá pegando entre nós?

A garota usou os punhos para secar as lágrimas que restavam em seu rosto.

— Nada.

— Como *nada*? — Fiz uma pausa. — Desde que chegamos a São Paulo, você tem agido de forma estranha.

— Já disse, não é nada.

— Se estiver desse jeito porque descobriu que e-eu gosto de vo-você... — gaguejei por conta da dificuldade de falar sobre o que sentia. — Você não é obrigada a gostar de mim também — expliquei enquanto apoiava as costas na parede e ajeitava a posição em que eu estava sentado, a fim de disfarçar o constrangimento que sentia.

Segundos depois de o silêncio invadir o quarto, desviei minha atenção para a janela acima da cama e fitei a paisagem urbana. Como o sol já havia desaparecido, as ruas estavam escuras e eram iluminadas apenas pelos postes de luz. Lá embaixo, carros e ônibus corriam pela avenida principal enquanto alguns pedestres mais ousados se aventuravam a sair pelo breu da noite. Enquanto observava o que acontecia fora do apartamento, comecei a pensar em como eu realmente me sentia em relação a Beatriz. Apesar de menos de dois dias terem se passado desde que tínhamos deixado nossas casas, eu havia percebido muitas coisas nas quais nunca tinha pensado antes, como, por exemplo, que eu ocupara boa parte dos últimos anos sonhando com o momento em que a Beatriz finalmente passaria a me enxergar com outros olhos, mas nunca me perguntara o que aconteceria depois. É estranho gostar de alguém desse jeito, porque você acaba criando uma ilusão que não condiz de forma nenhuma com a realidade.

— Não estou assim porque descobri que você gosta de mim! — esbravejou Beatriz, interrompendo meus devaneios.

— Não compreendo — murmurei. — É por conta do sequestro do Garoto Diferente?

A garota, que até então estava encolhida, descruzou os braços e deixou que as pernas caíssem sobre a cama.

— Não totalmente — explicou. — Quero dizer, estou muito triste com tudo que está acontecendo com ele, porém algo mais tem me incomodado.

— O que é?

— O motivo de eu ter vindo a São Paulo foi justamente para que eu pudesse encontrar meu destino; acreditei que no momento em que chegasse na cidade tudo o que sempre questionei faria sentido — explicou ela. — Mas o efeito que essa viagem me causou foi exatamente o contrário, e apenas me trouxe mais perguntas que não sou capaz de responder.

Assenti com a cabeça, pedindo que ela continuasse a dizer o que sentia.

— Acho que eu só queria deixar tudo para trás, sabe?! — confessou. — Estava tão cansada de todos que querem me controlar o tempo inteiro que precisava de um momento de paz e liberdade — contou, passando os dedos entre os cabelos.

— Com certeza! Apesar de breve, essa viagem tem sido um divisor de águas para mim — desabafei. — Nunca pensei que as coisas pudessem mudar de maneira tão rápida.

Beatriz assentiu e passou a me encarar.

— Math, eu tentei ignorar, mas acho que não será possível.

— O quê?

— Nosso beijo.

Senti a tensão esquentar meu corpo como água fervente. Sabia que era um assunto importante tanto para mim como para Beatriz e que cedo ou tarde cairíamos naquela discussão. Depois que o beijo aconteceu, tentamos falar a respeito e acabamos brigando, mas dessa vez eu estava preparado, tinha enfrentado mais coisas nos últimos dias do que geralmente costumava enfrentar. Acho que acabei calejando um pouco as minhas emoções. Aquele era o momento certo para falar sobre isso.

— Quero novamente pedir desculpas pelo que fi...

— Não peça! — Beatriz interrompeu, pegando-me de surpresa. — Eu não fiz nada que eu não queria.

Encarei minha amiga, tentando digerir o que ela havia acabado de dizer, pois suas palavras costumavam ter um grande poder sobre mim. Dizer que não fez nada que não queria significava, então, que ela também queria me beijar? Pela primeira vez desde que aconteceu, revivi o momento do beijo. O impulso inicial, meus lábios tocando os dela, Beatriz retribuindo o gesto e fugindo segundos depois.

O que percebi não era óbvio, mas também não era uma coisa tão difícil de enxergar. "Isso muda tudo!", ela havia dito após nos beijarmos. Na hora em que aquilo chegou aos meus ouvidos, pensei que ela se referia ao fato de eu sentir algo por ela, mas e se o motivo de a garota estar agindo diferente comigo fosse justamente o contrário? E se, com o beijo, ela tivesse descoberto seus sentimentos por mim?

— Você tá querendo dizer que queria me beijar?

Beatriz respirou fundo e juntou as mãos no colo. Eu podia sentir seu nervosismo de longe.

— Sim, Matheus, acho que é exatamente isso o que quero dizer.

Parecia que meu peito ia explodir, mas eu não conseguia descrever a sensação que me queimava por dentro. Depois de tanto esperar, aquele era o momento em que, nos meus sonhos, eu a agarraria e daria todo o meu amor a Beatriz. Mas a realidade era dolorosa e me puxava para baixo; ela me deixava sem saber o que fazer. No fundo da minha mente, por trás de todo o afeto, eu ouvia uma voz dizendo que aquilo não era realmente o que eu queria, e sim o que me fiz acreditar que queria durante tanto tempo. Fiquei ofendido quando Beatriz disse que eu não tinha ninguém ao meu lado além dela, porém era um pouco verdade. Eu havia me isolado por tantos anos, criando o meu próprio mundo de ilusões, que não deixei os outros cruzarem a entrada. Depois da fuga para São Paulo, a barreira foi quebrada e descobri que eu era capaz de me relacionar com outras pessoas. Meu mundo se expandiu, e a obsessão por Beatriz se tornou menor. Eu me senti horrível, um monstro por ter beijado minha melhor amiga antes de me dar conta de que o problema estava em mim, e não em nossa relação não passar apenas de uma amizade.

— Bia, e-eu não sei o que dizer. — Foi tudo o que saiu da minha boca.

— Não precisa dizer nada.

Beatriz deu um sorriso de lado, meio tristonho, e eu sorri de volta da mesma maneira. Samantha abriu a porta e entrou no quarto em uma sincronia tão certa com o momento que desconfiei que ela estivesse escutando atrás da porta e esperando que a nossa conversa acabasse para que pudesse entrar.

— Vocês dois estão bem? — Sammy perguntou. A garota ainda tinha a toalha enrolada no cabelo molhado e vestia uma camiseta com o símbolo do Homem de Ferro por baixo de um casaco xadrez.

Beatriz e eu assentimos, mas não conseguimos passar muita confiança.

— Bela camisa! — falei, quebrando o gelo da situação.

— Obrigada!

— Seria mais bonita se não fosse de um herói dessa empresa de quadrinhos — debochei.

Samantha revirou os olhos.

— Me diga, por favor, que você não se tornou um desses caras que brigam por causa de quadrinhos! — brincou, imitando a minha expressão com os olhos. — Porque se virou, não podemos mais ser amigos.

— Aposto que mesmo que eu virasse alguém assim, nossa amizade continuaria igual.

Beatriz desatou a tossir de maneira exagerada e se levantou da cama.

— Preciso ir ao banheiro — anunciou, cruzando os braços e batendo a porta.

— O que deu nela? — Samantha perguntou.

Dei de ombros.

— Não faço ideia — menti. Eu desconfiava de que aquele meu último diálogo com Samantha tivera algo a ver com a reação de Beatriz. Sempre que Sammy estava por perto, Bia se comportava de maneira esquisita. O motivo daquilo poderia ser ciúmes? Talvez.

Apesar de não sermos capazes de controlar muito bem nossas emoções, Beatriz sentir ciúmes da minha relação com Samantha não fazia muito sentido, afinal eu havia acabado de reencontrar a garota depois de anos. Apesar de ela aparentar ser uma das melhores pessoas com quem eu havia me deparado recentemente, com certeza eu jamais seria capaz de sentir algo por ela tão rápido.

Ou seria?

Encarei Samantha e observei-a com atenção enquanto ela se preparava para ir ao trabalho. Seu cabelo molhado ganhava uma tonalidade mais escura que destacava a cor de seus olhos, tão verdes e brilhantes quanto esmeraldas. Meu olhar passou pelos pôsteres de séries e quadrinhos colados nas paredes e percebi o quanto tínhamos em comum. Beatriz devia se sentir ameaçada pela presença de Sammy porque, além de ter uma personalidade parecida com a minha, foi a única outra amiga mulher que tive na vida. Acho que Bia temia por nossa amizade, e não somente por sentir certo afeto por mim.

Eu estava tão concentrado em meus pensamentos que dei um pulo quando o grito de Beatriz cortou o silêncio da casa, seguido imediatamente pelo som de algumas coisas batendo no chão.

— Ah, não! — exclamou Sammy.

Não hesitei nem por um segundo e disparei para onde o grito se originara. A primeira coisa que vi quando cheguei à sala foi Beatriz encostada em uma das paredes; os móveis à sua volta haviam sido revirados e estavam jogados no chão. Ao lado da garota estavam alguns cacos quebrados de um vaso de porcelana colorido que costumava ficar em cima da estante.

— Você está bem? — perguntei, confuso.

Beatriz assentiu. Ela não parecia estar com medo, porém com certeza estava assustada.

— O que aconteceu?

Antes que a pergunta pudesse ser respondida, o pai de Samantha surgiu diante de nós. As pupilas de Alberto estavam dilatadas e a esclera de seus olhos parecia tão vermelha quanto uma pimenta. O homem cambaleava e aparentava não ter controle total sobre o corpo. Carregava alguns pratos nas mãos e, assim que notou minha presença no cômodo, deixou tudo cair. O barulho de vidro quebrando foi tão alto que me admirei que os vizinhos do andar de baixo ainda não tivessem aparecido para verificar o que estava acontecendo.

— Eu sei o que parece, mas não precisam se assustar! — anunciou Samantha, aparecendo ao nosso lado e indo em direção ao pai.

A expressão de Alberto mudou no momento em que viu a filha. No lugar de confusão e raiva, seu rosto passou a transmitir grande arrependimento.

— E-eu não queria ter feito isso — murmurou.

— Você precisa dormir, pai.

Samantha apoiou um dos braços nas costas de Alberto e com cuidado levou-o para o quarto dele. Ela demorou um pouco para voltar, tempo suficiente para que Beatriz e eu ficássemos preocupados, mas, quando retornou, parecia que toda a energia de seu corpo havia sido sugada. Samantha era pura tristeza.

Ninguém sabia muito bem como começar a discutir sobre a situação e, devido à cena que eu tinha acabado de presenciar, não seria fácil para Sammy falar a respeito. Então, Beatriz, Samantha e eu apenas limpamos e reorganizamos a sala em silêncio.

— Ele era um homem bom — Samantha começou, mas mantendo-se cabisbaixa enquanto reunia os pratos quebrados com uma vassoura. — Digo, ainda é um homem bom.

Assenti.

— Só faz escolhas erradas ao usar os vícios para tentar aliviar a tristeza.

Compreendi o que ela tentava explicar com suas palavras confusas, e acho que Beatriz também, pois comprimiu os lábios e trocou um olhar de compreensão com Samantha. Decidi que aquela resposta era suficiente para que eu ficasse satisfeito. Não precisava saber sobre as coisas que aconteciam na vida pessoal de Samantha e seu pai, afinal, eu também não contava meus problemas para ninguém.

Quando terminamos de limpar, voltei ao quarto para pegar um casaco e ir para o hotel onde Samantha trabalhava. Beatriz seguiu meus passos e começou a fuçar em sua mochila. Quando encontrou a maquiagem que procurava, desatou a passar os produtos no rosto.

— Está se maquiando para dormir?

— Claro que não. Eu vou com vocês — Beatriz afirmou. — Você acha que depois do que aconteceu vou ser capaz de dormir sozinha com aquele doido dentro dessa casa? — debochou.

Revirei os olhos.

— Não fale assim — repreendi, levantando o olhar para ver se havia alguma chance de Samantha ter escutado o comentário de Beatriz. Para minha sorte, Sammy ainda estava na cozinha.

— Ops! — exclamou. — Fiz a piada muito cedo?

Não respondi. Esperei que a consciência dela pesasse e que ela chegasse a uma conclusão sozinha.

O movimento de clientes no hotel estava fraco naquela madrugada de quinta-feira, aparentemente as pessoas não costumavam se hospedar com muita frequência durante os dias de semana de junho. Então, logo depois de Beatriz adormecer em um dos sofás do saguão, Samantha pulou de trás do balcão, obrigou-me a entrar no elevador junto com ela e apertou o botão que nos levaria ao último andar.

— Você vai gostar do que tem lá em cima!

— Não sei não, hein?! — brinquei, arqueando as sobrancelhas.

O elevador parou, as portas se abriram e dei de cara com um extenso corredor de luz fraca que mantinha a mesma decoração *art déco* presente na entrada do hotel. Segui os passos de Samantha, e quando chegamos diante de um portão de ferro, a garota sacou um molho de chaves do bolso de seus jeans e tentou usar três chaves diferentes até finalmente conseguir abrir a fechadura.

Imediatamente, o cabelo de Samantha foi bagunçado pela rajada de vento que veio ao nosso encontro. Ela não pareceu se importar, deu de ombros e saiu para o lugar que suspeitei ser o terraço. Antes de ir para fora, fechei o zíper do casaco até o pescoço para me proteger do vento gelado.

— Uau! — exclamei quando descobri o que me esperava do lado de fora. — Isso aqui é lindo!

— É mesmo, não é?!

O terraço era sem dúvida o lugar mais alto em que já estive em toda a minha vida; era totalmente cercado por uma mureta de cerca de um metro e meio de altura e tinha um H gigante pintado no chão, que julguei ser usado para sinalizar que aquele era um lugar onde era permitido que helicópteros fizessem seus pousos em segurança.

— Eu tenho autorização pra estar aqui?

— Matheus, escuta com atenção — começou Samantha. — Comigo você pode tudo! — Então, ela ergueu os braços e começou a girar enquanto sorria.

— Você é maluca!

— Sou?

— Totalmente!

— Então tá tudo certo! — Ela se gabou. — Pessoas normais me fazem bocejar de sono.

Sorri. O vento chegava com violência aos meus ouvidos e afetava minha audição. Era difícil ouvir qualquer coisa que não estivesse perto o suficiente de mim, então mesmo que o hotel fosse localizado na avenida com o maior número de baladas de São Paulo, o barulho de nenhuma delas seria capaz de me incomodar naquela madrugada. Ainda não tinha me aproximado da mureta para apreciar a vista de verdade, mas tinha noção de que conseguiria enxergar boa parte da cidade dali de cima.

Samantha ainda estava girando com a cabeça direcionada para cima. Olhei para o mesmo céu que ela e, pela primeira vez desde que tinha voltado a São Paulo, percebi quão diferente é o céu da capital. A camada de poluição que os automóveis e as fábricas produziam afetava demais o ambiente, e o céu parecia apenas um borrão escuro cheio de nuvens negras.

— A poluição acaba com o céu daqui, né?! — lamentei.

— Ahn? — Samantha teve dificuldade para entender o que eu dizia, então se aproximou e pediu que eu repetisse o que tinha falado.

— O céu de São Paulo não tem estrelas!

Sammy franziu o cenho.

— Claro que tem! — retrucou, chacoalhando a cabeça.

— Não — reafirmei. — Olhe, ele está tão encoberto pela poluição que mal consigo ver a lua.

A garota revirou os olhos e, de um modo que eu não esperava, agarrou minha mão para me arrastar ao parapeito.

— A questão é que você não está enxergando do jeito certo — explicou, quebrando a ligação de nossas mãos e me empurrando para que eu encostasse o peito na mureta. — Nas grandes cidades, as estrelas não estão presentes no céu, mas sim ligadas à terra — explicou, apontando para os milhares de prédios e casas que nos cercavam. — Cada luz acesa que você enxerga daqui de cima pode ser considerada uma estrela e, ao mesmo tempo, uma pessoa que com certeza tem mais vida do que qualquer astro celeste presente no espaço.

— Uau! Além de leitora compulsiva você também é uma filósofa?

Samantha sorriu de lado e deu de ombros, como se estivesse se gabando.

— Só nas horas vagas — brincou. — Na maior parte do tempo, sou apenas uma estudante e uma recepcionista um pouco sonhadora.

— Desculpa aí, Supergirl — caçoei, entrando na brincadeira.

— Pode me chamar de Sammy Zor-El!

Gargalhamos, imaginando Samantha vestida com o uniforme da prima do Super-Homem. O mais bizarro era que, apesar dos olhos verdes, ela seria a personificação perfeita da personagem devido aos seus cabelos claros e traços finos.

A piada foi perdendo graça aos poucos até, enfim, ficarmos em silêncio.

— Matheus, eu queria me desculpar pelo que aconteceu hoje com o meu pai — Samantha desabafou, passando a se apoiar no parapeito. — A situação piorou muito desde que minha madrasta foi embora.

Assenti.

— Depois da morte de minha mãe, meu pai passou a fazer visitas diárias ao bar e a descontar suas tristezas e frustrações no álcool — explicou. — Quando ele conheceu minha madrasta, pensei que as coisas melhorariam, e de fato melhoraram, mas não por muito tempo — lamentou. — Pouco depois de se casar outra vez, ele voltou a beber, e a moça acabou não suportando o estilo de vida dele. Coitada, nem deveria mesmo!

— E vocês não foram atrás de ajuda profissional?

— Eu fui — afirmou, dando ênfase à palavra "eu", como se apenas ela se importasse o bastante com o pai para ser capaz de procurar ajuda. — Mas a internação em clínica de tratamento custava caro e era um dinheiro que não tínhamos na época. Foi por isso que implorei para que os donos deste hotel me deixassem trabalhar aqui por um tempo — explicou.

— Atualmente, tenho quase toda a quantia. Só preciso convencer meu pai a aceitar o tratamento.

— Sinto muito!

Não hesitei em abraçar Samantha. Segurei a garota em meus braços sem nenhuma segunda intenção, querendo apenas demonstrar que tudo acabaria bem.

— Também sinto — sussurrou ela, emocionada.

Respirei fundo e percebi que aquele era o momento certo para colocar para fora tudo o que eu havia escondido no fundo do meu peito e ignorado por tantos anos.

— Não me recordo exatamente de todos os detalhes porque eu era apenas uma criança... — comecei. — Mas, certa noite, meu irmão Guilherme pediu que a família toda se reunisse no jantar porque ele tinha algo a dizer. Lembro que meus pais estranharam aquilo no início, mas pensaram que o garoto abordaria algum assunto relacionado à faculdade ou alguma outra decisão comum na idade dele. Mas não foi o que aconteceu! Meus pais levaram um grande susto quando o Guilherme disse, com todas as letras, que estava apaixonado por um garoto — expliquei, tentando me manter calmo e não deixar que a emoção tomasse conta de mim. — Meu pai pirou! Disse que preferia que o filho fosse ladrão a ser "viado" e expulsou-o de casa na mesma hora. Minha mãe tentou convencê-lo a mudar de ideia, mas não funcionou. Lembro de vê-la em prantos, abraçada ao filho, pedindo que meu pai o perdoasse. A situação chegou a um ponto tão crítico que quando Guilherme tentou se aproximar do meu pai, dizendo para ele se acalmar, levou um soco no rosto. — As lágrimas escorreram pelo meu rosto e tive dificuldade de prosseguir com a história.

— Você não precisa continuar se não quiser — murmurou Samantha, de maneira compreensiva.

— Preciso me livrar desse peso! — afirmei, recuperando o fôlego e secando os olhos. — Aquela foi a última vez que vimos Guilherme vivo. Depois de apanhar, meu irmão saiu constrangido de casa, sem saber para onde ir. Ele tentou falar com o garoto com quem estava saindo, mas o menino se assustou ao ver que meu irmão havia apanhado e decidiu se afastar para ficar longe de problemas — contei. — Guilherme vagou pelas ruas de São Paulo até que acabou em uma balada alternativa à qual costumava ir. Ele entrou e lavou a alma, sabia que era o único lugar onde conseguia ser livre, onde podia ser ele mesmo sem ser julgado! — falei. — Mas, infelizmente, quando estava saindo da balada, foi abordado por um grupo de punks. — Fechei os olhos, segurando o choro. — Aqueles caras perceberam que meu irmão havia saído da balada gay e espancaram-no com pedras até que a última gota de vida fosse embora do corpo de Guilherme.

— Ah, meu Deus! — exclamou Samantha, com os olhos cheios d'água. — Eu não sabia!

— Quase ninguém sabe — afirmei. — Meus pais fizeram questão de que ninguém soubesse. Meu pai tinha medo de que as pessoas descobrissem que seu filho havia morrido por ser gay — ironizei, com nojo da minha própria família. — Logo depois do enterro, juntamos nossas coisas e partimos para o interior, onde ninguém jamais suspeitaria do que havia acontecido. Meu irmão foi vítima de preconceito, e seus assassinos até hoje estão livres não somente porque a polícia foi incapaz de encontrá-los, mas porque não houve pressão da minha família para que fossem identificados e presos.

— Que coisa horrível!

— Sim — concordei. — É por isso que meus pais me tratam de maneira tão restrita, pois não querem que eu cometa os mesmos "erros" de Guilherme. O pior de tudo é saber que eu era novo demais para entender o que estava acontecendo — confessei. — Eu poderia ter salvo a vida do meu irmão.

Samantha me direcionou um olhar de condolência.

— Você não deveria carregar um fardo que não te pertence — murmurou. — O que aconteceu com o Guilherme não pode ser mudado, porém você pode mudar o jeito com que encara a situação.

— O que quer dizer?

— Faça a diferença que você não pôde fazer na vida do seu irmão. — O vento balançou a franja da garota e notei que seus olhos estavam marejados. — Você gosta de quadrinhos, não gosta?

Assenti.

— A vida pode ser muito parecida com os quadrinhos, pois ambos têm alguém controlando o que acontece; no caso, você é o desenhista da sua própria história, e os traços feitos são as ações que toma para designar o rumo que sua vida seguirá. Então tenha consciência de que, a partir de agora, é você quem define o desenho que seus traços vão formar.

Comprimi os lábios e refleti sobre o conselho de Sammy. Suas palavras pesaram e, ao mesmo tempo, também me deixaram mais leve. Era um discurso de liberdade que me encorajava a seguir em frente com o que eu acreditava ser certo.

Tudo o que sempre aconteceu comigo fora consequência das escolhas de outras pessoas: a mudança para o interior, o período difícil depois da morte de Guilherme, a relação ruim com meus pais até o início da fuga para São Paulo.

Eu me sentia como uma marionete emaranhada, colocada em um palco em chamas enquanto os titereiros apenas observavam o meu esforço para desenrolar os fios que me controlavam enquanto eu tentava não ser consumido pelo fogo.

Já estava mais do que na hora de tomar as rédeas da minha própria vida.

— Você tem razão!

— Tenho? — perguntou Samantha, admiradamente confusa. — Sim, eu tenho! — concluiu, gabando-se.

Apesar de tenso, não consegui segurar o riso.

— Além de ter razão, você é um pouquinho boba também — provoquei.

— Ah, vou adicionar isso ao meu currículo, logo abaixo do campo em que afirmo ser filósofa, recepcionista e a Supergirl! — retrucou, finalmente quebrando o gelo da conversa.

Revirei os olhos, e ela desatou a gargalhar.

O vento frio tinha arrumado um jeito de penetrar os agasalhos e fazer-nos sentir como se tivéssemos virado picolés humanos no terraço do hotel. Sammy e eu chegamos à conclusão de que com certeza acabaríamos ficando resfriados caso permanecêssemos lá em cima por mais tempo.

Tremíamos bastante quando finalmente chegamos ao elevador que nos levaria de volta ao saguão. Esperamos um pouco até que o maquinário chegasse ao nosso andar e entramos rapidamente. Assim que apertei o botão do térreo, as portas se fecharam e a música "The Lady is a Tramp" começou a tocar nas caixinhas de som.

— Obrigada por compartilhar aquilo tudo comigo.

Samantha estava do outro lado do elevador, encostada em uma das paredes, e eu senti sinceridade não apenas em sua fala, mas também em seu olhar.

— Sou eu quem devo agradecer! — Sorri.

O elevador emitiu um apito e uma voz robótica e feminina informou que havíamos chegado ao nosso andar.

A primeira coisa que percebi foi que o saguão do hotel continuava exatamente igual, provavelmente nenhuma viva alma havia aparecido para se hospedar durante aquela madrugada.

Samantha caminhou em direção à sua bancada, e eu apenas a acompanhei, ainda em êxtase e um pouco emotivo por conta do que havia acontecido no terraço. Quando você desabafa sobre algo importante com um amigo, acaba criando um laço especial que dificilmente se quebrará e que torna a relação ainda mais forte nos momentos seguintes à confissão. Tudo ainda estava fresco demais para ser esquecido.

Não pude deixar de reparar que, enquanto andava, Samantha olhava desconfiada para cada canto do saguão. Concluí que ela estava analisando se as coisas por ali continuavam em ordem e certificando-se de que não levaria bronca dos chefes.

Quando passamos em frente aos sanitários, Samantha anunciou que precisava ir ao banheiro e que levaria apenas alguns segundos. Assenti e fiquei do lado de fora, esperando que ela voltasse.

Caminhei de um lado para outro, achando que daquela forma o tempo passaria mais rápido. Encarei o piso e observei o lustre da sala onde estava. Era possível ouvir os ruídos da televisão ligada ao longe. É engraçado como os humanos conseguem se distrair e se perder em seu próprio universo quando estão entediados; até o objeto mais insignificante consegue ser capaz de produzir pensamentos para preencher uma mente em branco. Foi tentando ocupar a cabeça que passei a reparar em cada parte do saguão e notei um detalhe extremamente importante e que havia deixado escapar quando as portas do elevador se abriram: Beatriz não estava mais dormindo no sofá; na verdade, eu não a via em lugar nenhum.

A confusão invadiu minha mente quando Samantha saiu do banheiro.

— Matheus, a Beatriz desapareceu!

Encarei a garota e finalmente compreendi o motivo de sua desconfiança e apreensão momentos antes. Sammy não estava preocupada em levar bronca. Ela havia notado a ausência de Beatriz e ido verificar se minha amiga estava no banheiro.

— Não, ela deve ter voltado para sua casa — afirmei, sem muita convicção do que estava falando.

— Talvez — disse Samantha. — Mas acho que você deveria dar uma olhada em algo antes...

— Do que você está falando?

Esperei uma resposta, mas Samantha ficou em silêncio. O único gesto que fez foi levantar o dedo indicador e apontar para trás de mim. Segui seu olhar e cheguei até onde estava a televisão.

Na tela, imagens dos vlogueiros sequestrados se mexiam de um lado para o outro enquanto uma repórter dizia coisas que eu não conseguia identificar. Corri para perto da TV e aumentei o volume.

A voz da repórter de cabelos negros e curtos, vestida com um terninho preto, inundou o saguão.

"É com pesar que anuncio que a triste situação dos vlogueiros sequestrados ainda parece longe de terminar!" Ela segurava alguns papéis e falava de modo hesitante, como se as informações ainda fossem recentes demais e não se soubesse muito bem como dar a notícia. "Nessa madrugada de quinta-feira, outra transmissão foi realizada pela internet, e, dessa vez, infelizmente, uma das vítimas acabou se ferindo de maneira fatal."

A repórter se prolongou nos detalhes da notícia, mas informou que a emissora havia resolvido não transmitir o vídeo por conter cenas fortes.

Na mesma hora, saquei meu celular do bolso e pressionei o botão para que o aparelho ligasse. Eu precisava saber o que havia acontecido naquela transmissão.

Quando a tela acendeu, as notificações começaram a pular. Apaguei rapidamente algumas mensagens de meus pais e ignorei as ligações perdidas.

Desisti quando percebi que as mensagens eram tantas que iam chegando na mesma frequência com que eu conseguia apagá-las. Então apenas deixei os recados de lado e acessei o canal do Garoto Diferente.

A página estava prestes a carregar quando uma última mensagem apareceu na aba de notificações. O número remetente estava salvo nos meus contatos, mas não entendi o que estava acontecendo até o momento em que apertei no ícone e a mensagem foi aberta.

Meus olhos correram pelas poucas palavras e, quando terminei de ler, meu sangue começou a correr frio nas veias e senti como se tivesse levado um soco no estômago.

Li a mensagem uma segunda vez para ter certeza de que não havia entendido errado.

> **@Beatriz diz:**
> Não fique irritado, mantenha-se calmo e em segurança, logo estarei de volta! B.

Beatriz havia fugido.

Outra vez.

capítulo onze

O céu já clareara, os pássaros cantavam e a brisa matinal invadia o saguão do hotel, avisando que o expediente de Samantha havia terminado.

— O que faço agora?

Era o que eu perguntava sem parar desde o desaparecimento de Beatriz. Isso acontecera cerca de duas horas antes do amanhecer e, desde então, eu não conseguia pensar em nenhuma outra coisa que não fosse o paradeiro da garota.

— Tenho que ir atrás dela! — exclamei, chamando a atenção de Samantha, que organizava seus pertences para ir embora.

Sammy me olhou com o canto dos olhos e torceu os lábios.

— O que foi? — perguntei, estranhando o gesto.

— É que você está contradizendo tudo o que me falou lá no terraço — explicou cuidadosamente, como se não soubesse muito bem como dizer aquelas palavras. — A questão de viver sua vida e não se deixar levar pelas escolhas dos outros, sabe?!

Aquilo era verdade. Se eu fosse atrás de Beatriz, estaria mais uma vez desenhando traços que não deveriam ser traçados por mim. Porém, o que mais eu poderia fazer? Eu precisava fazer algo. E rápido.

— Eu sei, Sammy! Mas não consigo parar de me preocupar com a Bia — expliquei enquanto desligava a televisão do saguão e via pela última vez a repórter falando sobre o sequestro.

— Matheus, por mais que esteja preocupado, lembre-se de que a própria Beatriz pediu que não fosse atrás dela. Você deveria respeitar esse pedido e simplesmente parar de pensar no assunto! — retrucou. — Continuar se preocupando com coisas que sempre o deixam nervoso é um erro! Não é como se pensar nisso a todo momento fosse magicamente resolver seu problema, porque não vai resolver e só vai deixá-lo ainda mais apreensivo.

Samantha tinha razão. Enquanto conversávamos, Beatriz podia estar a quilômetros de distância, e nada que eu fizesse naquele momento a ajudaria.

— E outra, não fazemos ideia de para onde ela fugiu! — continuou Samantha, em seu discurso que deveria me fazer superar o complexo de querer ser sempre o super-herói, mas eu percebia pelo seu tom de voz e pelas suas expressões que ela estava tão preocupada com Beatriz quanto eu.

— Mas é aí que você se engana!

— Então sabe onde ela está?

— Não necessariamente — confessei. — Mas desconfio de que a resposta esteja aqui! — Eu segurava o celular desde que visualizara a mensagem de Beatriz. — Tudo indica que a Bia resolveu fugir logo depois de assistir à transmissão durante a madrugada, então certamente aconteceu algo que a fez tomar essa decisão.

— Então o que estamos esperando para assistir ao vídeo? — Sammy indagou, eufórica.

Prontamente ativei o acesso à internet móvel e loguei no YouTube. Não foi difícil encontrar a transmissão, pois sempre que havia uma postagem nova a internet parava para acompanhar o sequestro. Então, assim que a página carregou, pude ver a miniatura do vídeo que estava procurando. A imagem era um simples fundo escuro com o dizer "Segunda transmissão".

Apertei o play e esperei que o vídeo carregasse.

Eu me surpreendi quando a imagem surgiu na tela. Dessa vez, as três vítimas estavam presentes, dividindo o mesmo espaço, sentadas no chão. Meus olhos automaticamente foram em direção ao Garoto Diferente. Sua pele estava branca como mármore e ele tinha olheiras que denunciavam seu cansaço, além de ter emagrecido alguns quilos.

Pelo menos o cara ainda está vivo. Suspirei aliviado.

O garoto franzino que fazia vídeos sobre jogos estava inquieto ao lado do Garoto Diferente; ele olhava para os lados e mordiscava as unhas, demonstrando o quanto a situação o deixava desconfortável.

— Olá, pessoal — disparou a loira no outro canto da tela com um tom não muito alegre. Eu não havia reparado antes, mas aquele vídeo havia sido postado no canal da garota, motivo suficiente para que ela fosse a primeira a falar. — Vocês já devem saber o que está rolando, não é?! — perguntou ela, de maneira retórica. Sua voz estridente falhava enquanto discursava. — O que faremos hoje será uma brincadeira parecida com a que fizemos no canal do Garoto Diferente, porém um pouco mais... — A loira fez uma pausa, fechou os olhos e respirou fundo, como se reunisse forças para terminar. — *Divertida!* — completou.

Um calafrio percorreu meu corpo. Samantha batia os dentes, nervosa, conforme a garota fazia sua apresentação.

— A brincadeira é simples, porém letal — continuou. Uma gota de suor pingou de sua testa e caiu sobre o assoalho em que estavam sentados, mas ela pareceu não notar. — As consequências podem nos afetar durante a-anos — gaguejou. — Se, é claro, escaparmos com vida.

Ao terminar, a loira tentou ao máximo controlar as emoções, mas era possível ver o quanto dizer aquelas palavras a afetavam. Seus olhos estavam vermelhos e seus lábios, curvados, como se estivesse prestes a explodir em um berreiro a qualquer instante. Os dois garotos perceberam a instabilidade da menina, e um deles estendeu a mão até uma perna da garota, tentando acalmá-la.

— Não posso continuar — confessou ela aos sussurros, embalada pelo medo.

— Calma, Ari! — disse um menino, abalado.

— Eles não podem fazer isso conosco — murmurou. — É cruel!

— *Nós temos que fazer* — interrompeu o Garoto Diferente, olhando com convicção para os amigos.

Todos ficaram em silêncio e o áudio foi cortado. Algo chamou a atenção das vítimas, pois os três olharam para trás da câmera ao mesmo tempo. A expressão contida de Ari foi por água abaixo quando a garota levou as mãos à boca e lágrimas caíram sem parar. O magricelo assentia com a cabeça, como se dissesse ter entendido o que estava acontecendo enquanto o Garoto Diferente apenas mantinha a cabeça baixa e fitava o chão.

Quando o áudio voltou, os três permaneceram em silêncio por uns cinco segundos, refletindo sobre o que havia acabado de acontecer.

— Bem, parece que podem fazer isso — murmurou Ari, tomando fôlego e enxugando as lágrimas com a barra do cardigã que vestia. — Então, neste vídeo faremos uma brincadeira chamada... — Fez uma pausa. — *Roleta-russa.*

Samantha arregalou os olhos assim que as palavras saíram da boca de Ari, e eu fiquei tão assustado com a revelação quanto ela. Aposto que se estivéssemos sendo filmados naquele momento, nossas expressões seriam de puro terror e serviriam como conteúdo para muitos anos de memes da internet.

Eu não entendia muito sobre o assunto, mas sabia que roleta-russa é um daqueles jogos fatais em que pessoas inconsequentes e completamente insanas fazem uma roda, carregam o tambor de um revólver com apenas uma bala, direcionam a arma para si e apertam o gatilho. É um jogo de azar; a pessoa que tiver a má sorte de pegar o buraco com a bala *morre.*

Mas não podia ser esse mesmo jogo que os três estavam prestes a jogar. Seria crueldade, um tipo de tortura psicológica que afetaria não somente as vítimas, mas também seus familiares, fãs e qualquer outra pessoa que estivesse assistindo.

O fato passou a ser inegável quando, segundos depois, a loira apareceu na tela segurando um revólver platinado que parecia real o suficiente para me dar calafrios. Imaginei o medo que os três deviam estar sentindo naquele momento, presos em uma situação de que não poderiam fugir. Ameaçados, coagidos e humilhados.

Ari examinou a arma e, com a ajuda do Garoto Diferente, abriu o tambor. Com cuidado, retirou a única bala presente em um buraco e mostrou-a para a câmera, aproximando-a da lente e fazendo com a mão o mesmo gesto que fazia para mostrar os produtos de maquiagem em seus tutoriais. Suas mãos tremiam tanto que pensei que os ossos da garota se desencaixariam e que ela desmontaria diante da câmera, mas a loira apenas colocou a bala de volta em um dos buracos e fechou o tambor. *O jogo tinha começado.*

— Como sou a dona do canal, vou começar — afirmou, forçando um sorriso nervoso. Ela pronunciou a frase de maneira esquisita, como se as palavras não fossem suas.

Os dedos da loira se encaixaram no gatilho, e ela levantou a arma até a altura da testa. Samantha respirava alto ao meu lado enquanto assistíamos e suas mãos suavam.

— Três... — Ari começou a contar, anunciando que iria atirar. — Dois...

Não faça isso, por favor.

Fechei os olhos.

— Um...

O clique que a arma emitiu me fez pular de susto. Abri um olho de cada vez, me preparando psicologicamente para o que quer que tivesse acontecido. Para minha felicidade, a cabeça da loira continuava intacta, o que significava que, dessa vez, a garota havia tirado a sorte grande. Ari largou o revólver no chão e envolveu suas próprias pernas com os braços. Ela respirava com dificuldade e parou de tentar segurar o choro. Se antes eu achava que ela iria desmontar de tanto tremer, naquele momento tive certeza de que, se quisesse, poderia causar um terremoto no mundo todo apenas com o movimento do corpo.

Agora era a vez do Garoto Diferente.

Pensei em Beatriz e em tudo o que ela fizera para ter a chance de conhecer aquele cara. As consequências de seus atos estavam sendo entrelaçadas nos dedos do menino enquanto ele puxava a arma para perto e repetia o mesmo movimento que a amiga havia feito.

O menino dos jogos observava aflito o que acontecia ao seu lado, mas aparentava estar mais calmo. Talvez tivesse aceitado o fato de que não havia para onde escapar, sabendo que precisava fazer aquilo para conseguir sua liberdade.

Afinal, o que os sequestradores pretendiam com aquilo? Eu achava improvável que realmente pudessem ser capazes de matar qualquer uma das três vítimas. Existiam grandes chances de que as pessoas por trás do crime estivessem querendo provar alguma teoria ou apenas tentando arrancar um pouco do dinheiro dos coitados. Mas cometer assassinato e transmitir na rede? Não fazia sentido. Eu já ouvira rumores sobre coisas assim em fóruns de nerds que adoram esse tipo de conteúdo macabro, mas eram assuntos geralmente ligados àquela tal de Deep Web. No fórum, ninguém jamais havia mencionado algo parecido com o que estava acontecendo. Por um momento, lembrei dos vídeos em que o Estado Islâmico cruelmente tortura e mata reféns para amedrontar os outros países. Seria isso o que estava acontecendo ali? Estávamos presenciando um ato de terrorismo?

— Três... — o Garoto Diferente iniciou a contagem. Ele manteve o corpo firme, assim como sua voz. Claro que o cara estava com medo, mas não deixava transparecer tanto. — Dois...

Por favor, não exploda seus miolos. Por favor!

Dessa vez, mantive os olhos bem abertos.

— Um. — Ele apertou o gatilho.

Clique.

Samantha mordeu os lábios e enterrou a cabeça em meus ombros.

Meu coração batia acelerado e as veias do meu rosto pulsavam tanto que era como se alguém estivesse dando petelecos na lateral da minha face.

O Garoto Diferente continuava vivo.

Ele manteve-se em silêncio e apenas colocou a arma no chão.

A imagem tremeu, mas voltou ao normal logo em seguida. Provavelmente um problema na conexão.

Quando o Garoto Diferente se livrou do revólver, juntou as mãos sob o rosto e colocou-se de joelhos. Estava rezando.

— Não vai acontecer nada com o terceiro — afirmei para Sammy. — Ainda restam três buracos sem bala. Acho que esse desafio foi apenas para amedrontar o público.

Eu tinha certeza disso. Novamente, não conseguia enxergar motivos para matar qualquer uma das três vítimas e, devido ao número de buracos vazios, a probabilidade de eles saírem vivos era alta. Achei que, pelo menos por enquanto, a sorte estava do lado das vítimas.

— Espero do fundo do meu coração que você esteja certo — respondeu Samantha, afundando ainda mais a cabeça em meus ombros.

Segurei o celular com firmeza e tentei não deixar o nervosismo tomar conta de mim.

Mas sabe quem não soube controlar seu próprio nervosismo? O menino dos jogos, Lucas.

Assim que tomou posse do revólver, simplesmente saiu do controle. Seus olhos estavam arregalados, e ele transpirava de maneira incomum e bufava violentamente.

— *Foda-se!* Vou fazer isso de uma vez! — E, diferentemente dos outros dois, posicionou a arma dentro da boca.

— Três... — começou ele. Os dedos encharcados de suor molhavam o cabo da arma. Ari e o Garoto Diferente assistiam à cena, paralisados de choque. A loira colocara as mãos no rosto. — Dois...

Antes que a contagem pudesse ser finalizada, os dedos de Lucas deslizaram e, sem querer, fizeram o disparo.

Falta de sorte, diriam.

Clique.

Houve um estrondo e um grande derramamento de sangue. Sangue de Lucas.

A bala estava naquele buraco.

Ele estava morto.

Havia sangue por todos os lados, inclusive espalhado nas outras duas vítimas. Fechei os olhos para não enxergar a cabeça dilacerada de Lucas. Percebi que a transmissão havia acabado quando o grito abafado de Ari foi interrompido.

Quando abri os olhos, a tela se encontrava escura, com uma única mensagem.

VOLTAREMOS EM BREVE.
OBRIGADO POR ASSISTIR!

— Acho que vou vomitar — disse Samantha, enojada, e partiu em direção ao banheiro.

Meu cérebro ainda estava processando o que tinha acabado de assistir. A imagem de Lucas apertando o gatilho e sua cabeça explodindo em mil pedaços não desaparecia da minha mente. Eu via a mesma cena em um *looping* infinito.

Era óbvio que Beatriz havia fugido depois de assistir àquilo. Eu fugiria também, se tivesse chance. O sequestro estava tomando caminhos inimagináveis. Lucas era apenas um jovem inocente que falava sobre jogos na internet e fora brutalmente assassinado. Tudo estava tão errado. Até quando a violência continuaria daquele jeito? Não pude deixar de pensar em meu irmão jogado, sem vida, no meio da rua.

Quando retornou ao saguão, Sammy estava pálida.

— Você está bem? — perguntei.

— Só preciso de um pouco de ar fresco — respondeu, passando as mãos entre os cabelos. — Não foi fácil assistir ao vídeo.

Assenti.

Deixamos o hotel logo que a outra recepcionista chegou para substituir Samantha. Apesar de cedo, as ruas da região da avenida Paulista estavam movimentadas. Nas calçadas, todo tipo de gente caminhava apressadamente, desviando uma da outra. O céu estava escuro e nuvens negras pairavam sobre nós, alertando que uma grande tempestade estava por vir.

— Quer tomar café da manhã antes de ir para minha casa? — perguntou Samantha. — Você está branco de fome.

Ri. Eu realmente queria comer, mas com certeza não estava abalado por esse motivo, e Samantha sabia muito bem disso. Ela estava apenas tentando quebrar o gelo, como sempre fazia.

— Pode ser!

Paramos em uma das milhares de lojas de uma famosa franquia de café; havia uma loja daquelas a cada esquina da avenida Paulista. Sério, eu não fazia a menor ideia de por que os paulistanos gostavam tanto assim de café.

Assim que passamos pela porta, um sino tocou acima de nós, anunciando nossa entrada. O lugar era todo decorado com tonalidades de marrom e verde, o que passava uma sensação de aconchego e calmaria. Era como se estivéssemos em uma casinha de madeira. *Casinha de madeira.* Lembrei do cenário dos vídeos do sequestro e estremeci. Afastei o pensamento e peguei o cardápio para decidir o que comer.

— Vinte reais por um café com leite? Só pode ser brincadeira — sussurrei para Samantha, incrédulo.

— Pois é. Também acho que é um roubo — murmurou ela. — Mas eles não parecem se incomodar com isso porque tem gente que realmente paga sem se preocupar com o preço — finalizou, apontando com os olhos para uma mesa cheia de *hipsters* que tiravam *selfies* e exibiam seus copos personalizados com o logo da franquia.

— *Malditos hipsters* — brinquei.

Quando chegou nossa vez de fazer o pedido, escolhi o café mais barato do cardápio e, mesmo assim, me senti desconfortável. Samantha pediu um cappuccino com canela e baunilha. Eu nem sabia que era possível misturar tanta coisa em um café.

O atendente sorriu, simpático, e escreveu nossos nomes nos copinhos de papel. No momento em que enfiei a mão no bolso para retirar a carteira e pagar o que tinha comprado, gelei. Eu havia entregue todo meu dinheiro para Beatriz no ônibus para São Paulo, então não tinha nem um centavo comigo.

— Isso é vergonhoso, mas acho que preciso cancelar meu pedido — confessei ao atendente.

Samantha me encarou, confusa.

— Meu dinheiro está com a Bia... — comecei a explicar, sem jeito.

Mas não foi necessário que eu terminasse de contar a situação toda porque, sem hesitar, Samantha tirou uma nota de cinquenta reais do bolso e entregou para o atendente.

— Não precisa cancelar o pedido. Eu pago!

O atendente deu de ombros, pegou a nota e devolveu o troco de Samantha.

Pegamos os copos e saímos.

— Você não precisava ter feito isso. Obrigado, Sammy!

Ela sorriu e me encarou.

— Do que você está falando? — perguntou. — É o que amigos fazem, certo?!

Era oficial. Samantha era a pessoa mais gentil do universo! E não apenas porque ela tinha acabado de pagar meu café (que, por sinal, estava delicioso), mas sim porque a garota irradiava uma energia muito boa, que me trazia paz e certa sensação de segurança.

Nós nos sentamos em um dos murinhos do vão do MASP, o Museu de Arte de São Paulo, para terminar nossos cafés. Encarei os desconhecidos à minha volta e senti uma pontada de pena. Sentados a poucos metros de mim, estavam alguns mendigos conversando sobre algo que eu não consegui entender. Observei com atenção e percebi que junto a eles estava uma criancinha que devia ter menos de seis anos. Ela encarava atentamente toda vez que Samantha e eu dávamos goles em nossos cafés.

Desde pequeno, sempre tive essa mania de querer ajudar as pessoas. Não era algo que eu planejava, simplesmente acontecia! Minha mãe costumava dizer que eu tinha uma alma boa e que deveria fazer parte do grupo social da igreja que ela frequentava, mas nunca dei ouvidos a isso.

Sorri para a criança. A menininha então se afastou do casal que parecia ser seus pais e caminhou em minha direção. Ela tinha olhinhos escuros e seu cabelo era um emaranhado de fios. Me senti bem quando percebi que suas roupinhas estavam limpas; era sinal de que estava sendo bem cuidada.

— Você quer um pouco de café? — perguntei quando ela chegou perto e ficou apenas me encarando, sem dizer nada.

A menininha assentiu com a cabeça, e eu entreguei o copo a ela. Olhei para Samantha e procurei em seu rosto algum sinal de que ela havia encarado a situação da maneira errada, como se eu estivesse sendo ingrato por dar para alguém o que ela havia comprado para mim, mas não encontrei. Ela apenas sorria para a criança. Samantha estava sempre sorrindo.

Quando o copo ficou vazio, a menininha o entregou de volta e, sem que eu esperasse, me envolveu em um abraço. Logo depois, o casal chamou sua atenção, e ela voltou para perto deles.

Enquanto a criança se afastava, notei o quanto ela me fazia lembrar de Felícia. Um desespero inundou meu peito. Eu sentia sua falta, mas, até aquele momento, estava tão desnorteado com os acontecimentos que mal tinha parado para pensar em minha irmã mais nova. Será que ela sentia minha falta também? Pensei em meus pais. Com certeza eles estavam preocupados comigo. Já fazia dias desde que eu havia desaparecido sem deixar pistas do meu paradeiro. Mesmo ainda estando muito magoado com meu pai, era impossível imaginar sua reação ao meu desaparecimento e continuar inabalável. Droga, tudo estava começando a me afetar!

— Tenho que encontrar Beatriz e voltar para casa! — anunciei, ainda segurando o copo e fitando o chão.

— Ah, Math... — Samantha suspirou, pendendo a cabeça para o lado. — Sabe que não posso te impedir, né?! Os traços são seus.

— Sim — afirmei.

Não havia como não seguir em frente. Quando topei participar daquela jornada maluca com Beatriz, sabia que existiam riscos e que teria que lidar com as consequências. A busca por Beatriz era apenas mais uma dessas consequências; eu não iria fazer outra escolha, estaria apenas finalizando algo que comecei quando entrei no ônibus com destino a São Paulo.

— Mas preciso solucionar o problema antes de prosseguir.

Samantha permaneceu em silêncio.

— Você está certo — disse ela finalmente. — Mas não vou deixar que você se enfie em um problema sozinho. Vamos pedir a ajuda da polícia para conseguir encontrar Beatriz.

Ela tinha razão. Era o que eu deveria fazer.

A hora de voltar para casa estava chegando.

— Estou aqui para registrar um desaparecimento! — anunciei.

O policial do outro lado da mesa me fitou com curiosidade enquanto eu tentava não deixar transparecer preocupação e medo.

A delegacia não estava muito cheia naquele dia, talvez a criminalidade estivesse baixa ou os policiais já tivessem resolvido boa parte do que tinham para resolver. Então, para minha sorte, não demorou muito até que o policial de meia-idade decidisse que estava disponível para ouvir o que eu tinha a dizer.

— Você parece meio novo para estar aqui sozinho... — retrucou o policial. Sua voz era rouca e carregada de desconfiança.

— Não estou sozinho! Minha amiga está sentada logo ali — corrigi, apontando para onde Sammy havia decidido ficar enquanto eu resolvia a situação. A garota nem reparou que a observávamos. Estava concentrada demais em seu celular.

O policial coçou a cabeça com os dedos.

— Quero dizer, novo demais para vir aqui sem seus pais.

Droga.

— Eles estão trabalhando, mas logo me encontrarei com eles.

Esperei que a desculpa rapidamente inventada colasse. O que eu estava pensando? Mentir para policiais era arriscado. Será que o que tinha acabado de fazer era crime? Pesquisaria mais tarde.

— Qual é seu grau de parentesco com o desaparecido? — perguntou.

— N-na verdade, nenhum — gaguejei. — Ela é apenas uma amiga.

Antes que ele pudesse me interromper, comecei a tagarelar sobre o que havia acontecido.

— Ela desapareceu no meio desta madrugada, e, como está sozinha, acho que pode acabar entrando em alguma enrascada. Ela não mora aqui na cidade, o que torna o sumiço pior ainda!

— Olhe, filho, vou ser honesto com você — começou. — Acho melhor você voltar para casa e esperar sua amiga aparecer.

— Mas o senhor não está entendendo a gravidade da situação! — interrompi. — Acho que tem a ver com o sequestro dos vlogueiros!

A cara do policial se fechou no momento em que citei o crime.

— Por que pensa isso?

Por que pensava aquilo? Simplesmente porque Beatriz, a minha amiga desaparecida, havia arquitetado todo um plano maluco para fugirmos de nossos pais e virmos até aqui para ela tentar conhecer um desses malditos vlogueiros. Eu mencionei que no caminho roubamos uma loja de conveniência e pegamos carona com um maníaco? Não? Ah, são coisas tão banais que acabei esquecendo!

Eu queria muito despejar a verdade na mesa e contar tudo para aquele policial, mas não podia. Antes mesmo que terminasse de narrar a história, alguém já estaria ligando para os meus pais, e eu acabaria inutilmente trancado em meu quarto ouvindo sermões pelo resto da vida.

— Porque ela é muito fã de um dos caras que desapareceram e pensou que poderia salvá-lo — expliquei, ocultando boa parte do que havia acontecido. Eu me arrependi de ter escolhido as palavras erradas, pois a frase soou infantil e sem fundamento.

O policial deu uma gargalhada irônica, suspirou e levantou da cadeira. Samantha tinha parado de mexer em seu celular e prestava atenção na conversa.

— Sabe quantas garotinhas já relataram o desaparecimento desses vlogueiros durante os últimos dois dias?

Neguei com a cabeça.

— Quinze — disse ele, erguendo as sobrancelhas. — Apenas nesta delegacia.

— Mas minha amiga...

— Tenho certeza de que ela aparecerá em algumas horas — ele interrompeu, colocando a palma da mão em minhas costas e indicando que eu deveria levantar.

— O senhor não entende! — insisti enquanto o policial me guiava em direção à saída da delegacia. — Você não pode ignorar o que eu disse e simplesmente me expulsar desse jeito! — esbravejei. Não era possível que o policial não entendesse a gravidade da situação. Mesmo que fizesse poucas horas desde que Beatriz havia desaparecido, eu tinha toda a certeza de que ela estava correndo perigo e jamais recorreria às autoridades em caso contrário.

— Entendo sim — retrucou. — Volte aqui com os pais da menina e nós conversaremos a respeito.

— Você está sendo injusto! — acusei, me desvencilhando grosseiramente das mãos do policial e interrompendo a caminhada.

— Cuidado com o jeito como fala comigo, garoto!

— Já estamos de saída — anunciou Samantha, aparecendo ao meu lado e me puxando pelo braço em direção à saída.

— O que estava pensando? — ela murmurou assim que chegamos à calçada. — Você está a fim de ser preso ou o quê? Se eu não tivesse interrompido, você teria um acesso de raiva e acabaria dividindo cela com os sequestradores dos vlogueiros.

Ela tinha razão. Eu precisava me controlar. Mas era tão difícil não reagir daquele jeito diante de tudo a que eu havia sido exposto! Eu queria ir atrás de Beatriz. Não importava para onde ela tinha fugido, eu precisava encontrá-la!

— Matheus, você precisa tirar um cochilo pra esfriar a cabeça!

— Preciso.

Dormi por mais tempo do que meu corpo precisava para descansar. Percebi isso porque, logo que acordei, meus olhos pesavam e eu sentia o rosto inchado. Torci para que não tivesse pego um resfriado.

Encarei o colchão vazio e desarrumado ao lado do meu antes de levantar. Era muito estranho não ter Beatriz ali; apesar das desavenças dos últimos dias, ela continuava sendo a pessoa mais próxima de mim. Limpei a garganta, peguei os óculos que estavam sobre a estante de livros, coloquei-os e saí do quarto.

Não esbarrei com o senhor Alberto nem com Samantha ao andar pela casa e descobri que eu era a única pessoa presente. O relógio na parede da sala dizia que já passava das cinco da tarde. Deduzi que Sammy tinha ido para a aula e que seu pai continuava no trabalho.

Apesar de estar com fome, não me atrevi a mexer nos armários da cozinha, pois não tinha intimidade suficiente com os donos da casa para fazer aquele tipo de coisa. Aliás, nunca havia feito isso na casa de ninguém. Lembrei das barras de cereal que Beatriz me fizera roubar na loja de conveniência antes de chegarmos a São Paulo, voltei para o quarto e procurei-as na mochila. Para minha sorte, elas ainda estavam lá, intactas.

Apesar de me sentir mal por ter roubado, fiquei feliz por ter o que comer.

Saquei o celular e coloquei o alimento na boca enquanto procurava a última transmissão do sequestro para assisti-la novamente. Não que fosse algo legal de assistir comendo, mas, sabe como é, eu estava com muita fome!

Meus dedos vacilaram ao dar play no vídeo, porque dessa vez eu sabia muito bem o que me esperava nos minutos seguintes. Desejei que a memória da morte de Lucas não tivesse sido armazenada em minha cabeça, pois seria muito mais fácil encarar o vídeo se eu tivesse esquecido. Deve ser por isso que estamos nesse mundo sem saber como vamos terminar. Acho que se soubéssemos exatamente o fim de nossos caminhos, nós nos torturaríamos tentando evitar o sofrimento inevitável. Se você permite que sua insegurança perceba que quer esquecer ou parar de pensar em algo, sua mente trará a imagem do que o atormenta cada vez que você fechar os olhos. Naquele momento, o que ia e voltava na minha mente era a parte em que Lucas apertava o gatilho.

Só fui perceber que havia devorado as três barras de cereal quando o vídeo terminou e o quarto ficou em silêncio. Como eu havia programado para repetir o vídeo automaticamente, esperei alguns segundos até que ele recomeçasse. Mas não foi o que aconteceu. A tela continuou escura.

— Que estranho — murmurei.

Selecionei a opção de recarregar a página e, para meu espanto, descobri que o vídeo não estava mais no site. Tentei sair da página e entrar novamente no endereço algumas vezes até que desisti e aceitei que não seria possível acessar aquele conteúdo. Mas por quê?

Loguei na minha conta do Twitter, que, por sinal, eu não atualizava havia dias, e fui descendo pela *timeline*. Como eu não seguia muita gente nessa rede social, os posts logo terminaram e não encontrei a informação que procurava. Abri a opção de pesquisa e digitei "vídeo do sequestro".

Aparentemente, aquele era um dos assuntos mais falados do dia, e a cada segundo uma nova postagem surgia na tela do celular. Tentei ler o que estavam escrevendo, mas era difícil acompanhar o ritmo em que as mensagens corriam. Elas desapareciam no meio de outras milhares antes mesmo que eu fosse capaz de terminar de ler. Aleatoriamente, passei a clicar nas postagens para que seu conteúdo expandisse e a aba parasse de ser atualizada automaticamente. Fiz isso algumas vezes até conseguir ter ideia do que estava acontecendo. Não era nada oficial, mas muitos diziam que a polícia havia conseguido fazer com que o site retirasse o vídeo do ar e impedido os sequestradores de criar novas transmissões. Algumas pessoas arriscavam dizer que as autoridades logo chegariam à origem do sinal e identificariam a localização do cativeiro. A situação era séria e as devidas atitudes estavam sendo tomadas. Pelo menos ainda havia esperança de salvar os vlogueiros. Se ao menos Beatriz tivesse esperado...

Por que ela tinha que fugir?

Tentei afastar a preocupação com minha amiga por um momento, mas não consegui. Quanto mais evitava pensar nela, mais imaginava onde Beatriz poderia estar, se estava em segurança e se tinha chegado a algum lugar.

Sem querer, esbarrei o dedo na tela e abri uma postagem que não tinha lido antes.

@NotaHater:

Acho que os sequestradores deveriam ter investido um pouco mais nos microfones. Não sei o que me impactou mais: o garoto dando um tiro na cabeça ou os ruídos estranhos no fundo do vídeo.

Ruídos? Eu não havia escutado ruído nenhum na transmissão. Será que não prestara atenção suficiente ou o cara estava apenas querendo dar uma de palhaço e tirar proveito da tragédia para ganhar popularidade na rede social? Era impossível ter certeza, uma vez que o vídeo não estava mais disponível.

Perguntei ao autor da postagem que tipo de ruído ele havia escutado. A resposta veio quase automaticamente.

> **@NotaHater:**
> Sei lá, cara. Só sei que eram bem esquisitos!
> Cê usou o fone pra ouvir? Pq acho que dá para ouvir melhor assim.

Ele poderia ter sido um pouco mais claro, não?! Apenas dizer que os ruídos eram esquisitos não me ajudaria a encontrar as informações necessárias para saber onde Beatriz estava.

Desisti de ler as postagens e joguei o celular na cama de Samantha. Puxei a mochila que estava em um canto do quarto e procurei algo com que eu pudesse me distrair, afinal, se continuasse no celular acabaria enchendo minha cabeça de teorias sem fundamento e enlouquecendo. Encontrei o livro *Crime e castigo*, que o professor havia passado como leitura para a turma antes de fugirmos para São Paulo. Não lembrava de ter colocado o livro dentro da mala, mas, levando em consideração o estado emocional em que eu me encontrava na madrugada em que arrumei a mochila, não me surpreenderia nem se encontrasse o Sherlock ali dentro também.

Abri o livro e corri os olhos pelas frases. Nunca gostei de ler porque não era capaz de me concentrar e aproveitar completamente a experiência. A leitura simplesmente não fluía, e as letras voavam do papel, puxando minha atenção para longe. Mas dessa vez algo aconteceu de maneira diferente. Talvez eu estivesse diferente. A história me absorveu, e eu e mal percebia quando meus dedos se movimentavam para virar as páginas. O mundo que me cercava desapareceu e encontrei-me naquele universo de tinta e papel. Foi então que descobri que era muito mais fácil ler sobre os problemas de alguém fictício do que encarar os meus próprios problemas.

Não sei dizer por quanto tempo li, mas parei apenas no momento em que ouvi meu nome ser chamado.

Era Samantha. Ela havia retornado do colégio e queria saber se eu estava bem.

Assenti, sem me preocupar se ela notaria que eu estava mentindo.

Obviamente, ela notou, mas também não se preocupou em me obrigar a dizer a verdade.

Eu ainda estava descobrindo, mas achava que minha relação com Samantha seria sempre daquele jeito. Nenhum dos dois faria nada que pudesse deixar o outro incomodado.

— Então, finalmente se rendeu aos prazeres da leitura? — ela perguntou, sorrindo de lado e usando as mãos para tirar os fios claros de seu cabelo da frente dos olhos.

Memorizei a página em que havia parado, fechei o livro e joguei-o para Samantha. Ela o agarrou no ar com facilidade.

— Uau! — exclamou, observando a capa. — Está lendo literatura russa...

— É para a escola — justifiquei. — Não vá pensando que sou inteligente.

Samantha me lançou um olhar irônico.

— Não pensaria isso nem em um milhão de anos!

Sorri.

Samantha se agachou e sentou ao meu lado no colchão desarrumado.

— Combina com você! — ela afirmou, inclinando a cabeça. — Deveria fazer isso sempre.

— O quê? — perguntei. — Ler?

— Não, sorrir.

Sorri novamente. Ela sorriu também.

— Então, o que fez durante a tarde além de comer barras de cereal? — Sammy perguntou, observando as embalagens vazias ao meu lado.

— Além de ler, assisti à transmissão do sequestro.

Ela levantou uma das sobrancelhas e torceu os lábios.

— Pra tentar encontrar alguma pista sobre a Bia.

— E encontrou?

— Não... — Abaixei a cabeça. — O vídeo foi removido antes que eu pudesse encontrar qualquer coisa!

Samantha se colocou em pé, pegou meu celular que estava na cama e rapidamente estava de volta ao meu lado, estendendo as mãos para que eu pegasse o aparelho.

— O quê?

— Digite a senha de desbloqueio, por favor!

Peguei o celular da mão de Sammy, digitei o ano do meu nascimento e devolvi o aparelho para ela.

A garota estreitou os olhos e passou a deslizar os dedos na tela. Quando terminou, virou o celular para que eu pudesse ver o que ela havia feito. De alguma forma, Samantha havia conseguido recuperar a segunda transmissão do sequestro.

— Como você fez isso? — perguntei, confuso.

— Na verdade foi bem fácil — começou. — O vídeo ficou salvo em cachê na primeira vez que você o assistiu, então só precisei usar a ferramenta de restaurar o conteúdo e *voilà*, estava de volta!

— Samantha, você é minha heroína! — exclamei, puxando a mochila para perto de mim e procurando meus fones.

Quando os encontrei, conectei o plug e encaixei os fones no ouvido. Sammy apenas me observou.

Aumentei o áudio até o máximo e coloquei o vídeo para rodar.

Nos primeiros minutos, não fui capaz de ouvir nada além das vozes e da respiração pesada dos vlogueiros. A transmissão estava chegando na pior parte, e eu estava prestes a desistir.

Foi então que ouvi o ruído.

No começo, era baixo, quase imperceptível, como alguém que sussurra seu nome enquanto você dorme. Parecia chiado de televisão velha, um daqueles ruídos que se ouve quando o sinal não chega até a antena e a TV não é capaz de transmitir o que deveria ser transmitido. Porém, segundos antes de Lucas apertar o gatilho, o ruído aumentava. Acho que eu não tinha percebido antes porque estava aterrorizado com o que estava acontecendo diante dos meus olhos e não conseguia prestar atenção nos outros elementos do vídeo.

Fechei os olhos e diminuí a frequência da minha respiração. Me concentrei. Reconheci o barulho.

Estremeci.

— Eu sei onde Beatriz está!

— Como? — Samantha perguntou, espantada. — Onde?

— Ouça — falei, tirando os fones e entregando-os para Sammy.

A garota colocou-os nos ouvidos, e eu voltei o vídeo para a parte em que o ruído começava.

— Tá ouvindo?

— Sim, mas...

— Presta atenção!

Ela abaixou a cabeça e concentrou-se no que estava ouvindo. Samantha franziu o cenho no mesmo momento em que eu havia reconhecido o ruído e voltou o olhar para mim.

— Matheus, isso parece... — começou ela, mas teve dificuldade para terminar de falar. — Crianças chorando!

— Não são crianças! — afirmei. — São sapos.

Eu sabia exatamente onde esses sapos estavam.

Beatriz também sabia.

Por isso ela fugiu.

capítulo doze

Geralmente o que vem de dentro é capaz de nos destruir com facilidade. Enquanto eu olhava a paisagem correr pela janela e esperava enxergar para onde estava indo, tentava não pensar demais nas coisas que me afligiam. Pensamentos são tóxicos, vírus criados para se espalhar por nossa mente e abalar todo o sistema que demorou para ser programado.

— Precisamos repassar o plano! — Samantha exclamou, tirando-me daquele transe.

Ela não parava de repetir aquilo desde que havíamos saído de São Paulo. Sim, Samantha havia decidido ir comigo na missão de encontrar Beatriz e levá-la para casa. De primeira, achei que ela estivesse tirando sarro quando disse que iria me acompanhar por conta daquela coisa toda de "siga seus traços, e não os traços dos outros", mas, quando percebi que Sammy falava sério, afirmei que eu deveria ir sozinho. Mas não adiantou muito, pois a garota era teimosa e tinha personalidade forte. Ninguém seria capaz de fazê-la mudar de ideia.

Então cedi, mesmo sabendo que seria arriscado.

Depois disso, expliquei para Samantha que o ruído que havíamos ouvido na transmissão supostamente vinha dos sapos que cantavam no Lago das Lágrimas. Eu não tinha certeza se o que ouvimos se originava realmente daquele lugar ou se era apenas coincidência, mas eu sabia que Beatriz devia ter chegado àquela mesma conclusão e ido correndo para o lago, a fim de tentar achar o Garoto Diferente.

— Você é maluco! — disse Samantha.

— Sou. Pessoas normais me fazem bocejar de sono! — respondi, imitando-a.

Naquela mesma noite, Sammy comprou, pela internet, duas passagens de ônibus para minha cidade e disse ao pai que iria passar o dia seguinte me apresentando São Paulo. Ela mentiu para o pai para me ajudar a salvar Beatriz, e eu sabia o que aquele ato significava para ela.

O plano consistia em me manter atento à paisagem para tentar reconhecer a localização do hotel, porque não tinha ideia do nome da cidadezinha. Depois disso, Samantha pediria para o motorista nos deixar na beira da estrada e, de algum jeito, encontraríamos a trilha para o Lago das Lágrimas. Isso não deveria ser tão difícil, uma vez que Beatriz havia limpado a placa que indicava o caminho alguns dias antes. Para finalizar o plano, encontraríamos Beatriz e iríamos embora. Fim, todos felizes e em segurança!

— Precisamos repassar o plano — repetiu Samantha, me encarando.

— Sammy, já repassamos o plano tantas vezes que acho que sou capaz de escrever uma redação inteira sobre ele!

— Eu sei. Só estou tentando puxar um papo — disse. — Você parece tão preocupado... Precisa relaxar!

Olhei para Samantha e sorri de maneira amigável. Ela usava o mesmo casaco xadrez do dia anterior e seus cabelos estavam presos em um coque.

— Obrigado por ter vindo. Não sei se realmente conseguiria lidar com a pressão sozinho.

Ela assentiu e voltamos a ficar em silêncio. É difícil manter uma conversa paralela quando se tem muitas coisas passando pela mente. Parece que nada do que sai da sua boca tem valor e as palavras só vão voltar a ser válidas quando o que o incomoda e preocupa for resolvido.

Avistar o hotel foi muito mais fácil do que eu esperava. Tudo o que eu enxergava era mato e, então, lá estava ele ao longe. Tão caído e capenga como me lembrava.

— É aquele hotel!!! — exclamei, eufórico. Levantei do assento, agarrando minha mochila e a bolsa de Beatriz, que estavam no bagageiro. Samantha pulou de seu lugar tão rápido quanto eu e atravessou o corredor às pressas até a cabine do motorista. Pouco depois, desembarcamos do ônibus de viagem com um motorista irritado atrás de nós.

— O que você disse para ele?

— Que estava dormindo, não percebi que deveria ter descido na cidade anterior e precisava descer naquele momento — explicou Samantha.

— Boa!

Como já estávamos longe do hotel, levamos cerca de quinze minutos para voltar até lá. Fiquei feliz por não ser um dia ensolarado. O inverno havia acabado de começar, mas o sol ainda insistia em nos esquentar mesmo fora da época de calor. Eu trajava uma fina jaqueta jeans preta, que na realidade não seria útil para me proteger do frio, mas cumpria seu papel ao não deixar que o vento gelado beijasse minha pele. Ajeitei os óculos com as mãos e caminhei até a entrada do hotel.

No instante em que adentrei o lugar, tive um *déjà vu*. Era como se eu estivesse de volta para avisar às drag queens que ficaria aguardando junto à van e Beatriz estivesse me esperando do lado de fora.

Minha atenção logo se voltou para a moça de cabelos ruivos no balcão de atendimento. Lembrei que seu nome era Alícia. Ela pareceu se lembrar de mim também.

— Que surpresa! — exclamou, franzindo o cenho. — Quando eu disse para voltar, jamais imaginaria que seria tão cedo. Sabe, é o que dizemos para todos os clientes no momento em que vão embora!

— Pois é, nem eu esperava voltar tão cedo...

Alícia pareceu confusa, mas não fez perguntas. Acho que parte do seu trabalho era não se intrometer nos assuntos pessoais dos clientes. Mas estávamos no hotel porque precisávamos da ajuda dela, então, cedo ou tarde, as perguntas da atendente seriam respondidas sem que ela precisasse fazê-las.

— Eu me chamo Samantha — disse minha amiga, apresentando-se e apertando a mão de Alícia. Sammy olhava para os cantos do saguão, observando cada detalhe do velho lugar. — Você tem um belo hotel.

Eu não soube dizer se ela estava genuinamente elogiando o local ou se era apenas seu jeito de conquistar a confiança da atendente.

— Obrigada!

— Sammy entende bastante de hotéis. Ela trabalha em um.

Não sei por que falei aquilo. Como havia dito, costumo falar coisas idiotas quando estou nervoso. Alícia me encarou como se não soubesse muito bem como lidar com aquela informação, então apenas sorriu e balançou a cabeça.

— Hmm... legal!

— Então, estamos aqui porque procuramos alguém e queríamos saber se você tem alguma informação sobre essa pessoa — disse Samantha, me salvando do momento constrangedor.

— Ficarei feliz em ajudá-los — afirmou a atendente, juntando as mãos.

Peguei meu celular e procurei a foto que eu havia tirado de Beatriz, aquela que ela usava em suas redes sociais.

— Estamos procurando por essa menina — afirmei, posicionando o celular à frente da atendente para que ela pudesse enxergar direito.

Alícia estreitou os olhos e comprimiu os lábios. Esperei impaciente enquanto ela encarava a tela do celular.

— Sim, com certeza! — exclamou, finalmente.

— O quê? — Samantha e eu indagamos ao mesmo tempo.

— Ela se hospedou aqui na noite passada — explicou Alícia, distanciando-se de nós e passando a mexer nas fichas que estavam em cima do balcão. — Pagou a diária em dinheiro e não mostrou documentos. Disse que tinha sido assaltada na estrada. Geralmente não permito que façam *check-in* sem documentos, mas já era tarde e eu não conseguiria deixá-la na rua.

— Ela ainda está aqui? — perguntei, indo em direção às escadas. Estava pronto para subir e encontrar Beatriz em um dos quartos.

— Saiu assim que acordou, logo cedo. Desapareceu tão rápido que não consegui nem oferecer o café da manhã para ela — comentou Alícia, colocando as fichas de volta no lugar. Quando ajeitou as coisas, encarou-nos novamente. — Ela fez algo de errado? Roubou alguma coisa de vocês?

— Bem, não roubou nada meu... — disparou Samantha, maliciosamente.

— Não, ela não fez nada de errado! — consertei, tentando disfarçar o constrangimento. O pior é que Samantha tinha razão. Beatriz havia levado um pedaço de mim quando fugiu. — Só precisamos encontrá-la antes de voltarmos pra casa.

— Bem, boa sorte então!

— Obrigado — agradeci. — Acho que é isso... Mande lembranças para seu pai!

Alícia sorriu, e eu dei meia-volta em direção à saída.

Só fui perceber que Samantha não estava ao meu lado quando virei para contar a ela sobre como havia sido minha conversa com o pai de Alícia na primeira vez que estive no hotel. Nesse momento, notei que estava caminhando sozinho.

Voltei e fiquei confuso ao ver Samantha conversando com Alícia. Quando perceberam que estavam sendo observadas, terminaram a conversa com um abraço e minha amiga correu até onde eu estava.

— Ela te contou mais alguma coisa? — perguntei, confuso.

— Não, não... — respondeu, desprendendo o coque e deixando os cabelos escorrerem por seus ombros. — Só estava agradecendo à moça pela ajuda!

— Ah, tudo bem então! — Dei de ombros. Tinha esquecido que Samantha era simpática e genuína com todos que conhecia. Estava na cara que ela não faria como eu e sairia sem agradecer devidamente a ajuda que Alícia nos deu.

— Então, podemos ir?

Assenti.

Como tínhamos passado boa parte do dia no ônibus para chegar até a cidade, o céu já se encontrava parcialmente escuro quando avistamos a placa que indicava o caminho para o Lago das Lágrimas.

Um arrepio subiu por meu corpo quando vi que no começo da trilha havia uma pegada na lama molhada. Eu podia sentir Beatriz por perto.

Logo que entramos na trilha, me arrependi de não ter deixado as mochilas no hotel. Era difícil caminhar entre folhas e galhos com todo aquele peso nas costas. Samantha se ofereceu para carregar a mochila de Beatriz, o que facilitou as coisas, mas mesmo assim ainda era difícil se movimentar.

Eu não sabia muito bem para onde estávamos indo e mal conseguia enxergar onde pisava, porque as árvores imensas acima de nós tapavam a fraca luz que vinha da lua. Então, decidi usar o flash do celular como lanterna para iluminar o caminho.

— Os insetos vão nos comer vivos! — reclamou Samantha.

Ela tinha razão. A luz do celular estava atraindo todo o tipo de bicho que voava por ali. Tentei espantar os insetos com a mão livre, mas era impossível. Depois de um tempo, acabei me acostumando tanto com o zumbido como com o farfalhar das folhas. Apesar do clima agradável, o suor escorria por minha testa. Puxei as mangas da jaqueta e dobrei-as, deixando os antebraços à mostra na expectativa de, assim, sentir menos calor. Não funcionou; eu não estava suando por esse motivo.

Aos poucos, conforme nos aproximávamos do lago, fui conseguindo ouvir o barulho dos sapos. Deduzi que Samantha havia escutado também, pois ela diminuiu a distância entre nós. Assim que atingimos o fim da trilha, inspecionei o lugar. As águas do lago ganhavam um tom acinzentado durante a noite, como se a superfície fosse coberta por uma lona de cor escura. Em sua margem, era possível enxergar os anfíbios pulando de um lado para o outro enquanto coaxavam sua estranha melodia. Desviei o olhar à procura de alguma pista que me levasse direto a Beatriz, mas era difícil enxergar qualquer coisa, mesmo usando a luz que vinha do celular. Direcionar o flash do aparelho em todas as direções me fez sentir como se eu estivesse em um daqueles filmes de terror em que os protagonistas filmam as aparições como se fosse algo normal a se fazer em vez de fugir. O pensamento fez com que eu ficasse rígido e em alerta. Samantha estava logo atrás de mim e também carregava seu celular em uma das mãos e olhava atentamente para cada canto do lago. Quando nos demos por satisfeitos e chegamos à conclusão de que estávamos seguros,

Sammy se aproximou da borda do lago, tomando cuidado para não cair na água.

— Pra quem faz esses barulhos chatos, até que eles são bem bonitinhos — murmurou Samantha, apontando para um sapo que a observava com os olhos esbugalhados.

— Seriam mais se estivessem calados — brinquei, caminhando e olhando o anfíbio mais de perto.

— Se não fizessem barulho, não teríamos ideia do destino da Bia — afirmou Samantha. — Então acho que você deve algo aos nossos amiguinhos.

Revirei os olhos.

— Infelizmente você tem razão — falei, sorrindo.

Era difícil ouvir qualquer outra coisa que não fosse o choro dos sapos, mas, enquanto conversávamos, algo à minha direita me chamou atenção. Podia jurar que havia visto as folhas das moitas se movendo de maneira suspeita.

— Você viu isso? — perguntei a Samantha, caminhando em direção a ela e me afastando das moitas.

— Vi — murmurou, colocando-se em pé. — Pode ter sido o vento.

— Talvez tenha sido mesmo — afirmei, ainda que sem muita convicção.

Era melhor que fizéssemos o que tínhamos que fazer e fôssemos embora dali. Beatriz não devia estar muito longe; se ela havia passado pelo lago, provavelmente estava em uma das trilhas que nos cercavam. O problema é que já havia anoitecido e a noite não era o meu período favorito para andar na floresta.

— Vamos dar uma volta por entre as trilhas da mata e ver se encontramos algo!

— Acho que é o que nos resta fazer — falei, aflito.

Alguns minutos depois, estávamos mata adentro. A bateria do celular de Sammy havia acabado, então o que nos mantinha iluminados eram os raios de luz que saíam do meu aparelho, que também não estava muito longe de ter o mesmo destino. O cheiro de grama molhada preencheu meu nariz, e eu tinha dificuldade de caminhar porque a cada passo que dava nesse novo caminho meus sapatos atolavam na lama. Sempre julguei personagens de filmes por andarem sozinhos em lugares inesperados no meio da noite, mas nunca tinha parado para pensar que em situações extremas acabamos não tendo a chance de pensar muito bem sobre o que estamos fazendo. Eu realmente achava que encontraria Beatriz em algum lugar daquela floresta, então por que não continuar procurando por ela?

— Quer que eu segure o celular? — perguntou Sammy. — Você está tremendo.

Notei que o que ela falou era verdade; minha mão se agitava e a luz tremeluzia. Comprimi os lábios e entreguei o celular a ela. Passei as mangas da jaqueta na testa e limpei o suor que escorria.

— Você tem certeza de que não quer esperar até amanhecer para procurar por ela? — Samantha segurou meu ombro. — Talvez ela até tenha voltado para o hotel e esteja tomando um banho quente enquanto estamos aqui.

— Vamos terminar essa trilha e então voltamos.

— Tá certo, Math!

Samantha se colocou à minha frente e passou a me guiar pela escuridão. Para que não me perdesse, segurei firme na mochila que estava nas costas de minha amiga. Era improvável que acontecesse algo conosco em lugares como aquela floresta nos dias de hoje. As ruas de São Paulo provavelmente eram muito mais perigosas do que os espaços entre aquelas árvores, mas o que me amedrontava era o ar pesado que a floresta carregava, como se a cada passo dado algo estivesse à minha espreita. Acho que todo o tempo que passei assistindo a séries de TV americanas me ajudou a criar a paranoia. Eu estava bem convencido de que o medo era criação da minha cabeça quando comecei a ouvir folhas sendo amassadas atrás de mim.

Crec.

Samantha virou a cabeça para trás quando percebeu o que estava acontecendo.

— Acha que é algum animal? — perguntou, aos sussurros.

— Espero que sim. Mas, de qualquer maneira, deveríamos apressar o passo.

Samantha assentiu e voltamos à caminhada. O problema foi que, quanto mais rápido andávamos, mais o barulho parecia nos acompanhar. Meu coração começou a pular no peito, batendo tão alto quanto um tambor de escola de samba. Se o que nos perseguia era um animal, devia ser grande, porque seus passos faziam tanto barulho quanto os de Sammy e os meus. Tentei olhar por cima dos ombros a fim de ver o que estava atrás de mim, mas era impossível. Tudo o que eu via era breu. Torci para que estivéssemos perto do fim da trilha, na entrada do lago. Pelo menos lá não me sentiria em perigo. Na floresta, era como se eu estivesse em um labirinto e uma bola gigante me acompanhasse, pronta para me esmagar a qualquer deslize que eu cometesse. Porém, o deslize não veio de mim. Enquanto corríamos, Samantha acabou esbarrando em um galho no meio do caminho e deixando o celular cair, fazendo com que a luz que nos guiava se apagasse.

— Droga! — praguejei. Sammy também falou alguns palavrões.

Samantha colocou-se de joelhos e começou a tatear a terra à procura do aparelho. Fiz o mesmo. Minhas mãos ficaram completamente sujas de lama no momento em que entraram em contato com o chão. Passei as palmas na superfície, procurando o celular, mas não o encontrei.

Os passos estavam cada vez mais perto de nós.

Crec, crec.

Comecei a sentir a veia do meu pescoço pulsando de modo acelerado.

— Sammy, precisamos continuar correndo — afirmei, encontrando a garota no escuro.

— Mas seu celular...

— Não importa, o animal está cada vez mais perto! — interrompi.

Levantei e bati as mãos na calça, tentando limpar a sujeira. Sammy continuou agachada.

— Vamos, levante — pedi, sussurrando.

— Calma, acho que estou vendo o celular! — afirmou. Segundos depois, a tela do aparelho se acendeu nas mãos de Samantha. — Achei!

— Graças a Deus! — agradeci, aliviado.

Sammy levantou e voltamos a correr. Minhas pernas tremiam, e eu não fazia a menor ideia de para onde estávamos indo. Estreitei os olhos para enxergar o caminho e percebi que a alguns metros de nós a mata acabava, dando lugar a uma clareira. O lugar era um pouco mais iluminado do que a floresta, o que me possibilitou finalmente enxergar além de Samantha e eu.

— Acho que estou vendo algo ali na frente! — exclamei, apontando na direção em que estávamos indo.

— Também estou, mas não consigo ver tudo.

Antes de chegarmos ao fim da mata, um forte fedor penetrou minhas narinas, substituindo o cheiro de folhas e terra molhada. Eu não costumava sentir aquele cheiro, mas cheguei à conclusão de que devia ser carniça. Torci o nariz, e Samantha me direcionou o olhar, verificando se eu também estava sentindo. Mesmo assim, não paramos de nos movimentar. Minhas pernas pareciam que iriam ceder a qualquer momento, e eu não sabia por quanto tempo ainda aguentaria. À minha frente, Sammy não estava muito melhor. Ela se encontrava ofegante e gotas de suor escorriam por sua face.

Estamos quase lá, pensei. *Vamos conseguir!*

Quando finalmente deixamos a floresta e tive uma visão da clareira, parei de correr. Os passos que nos acompanhavam foram diminuindo porque já não havia motivos para continuar tentando nos alcançar. Já havia nos alcançado. Mal percebi o que tinha acontecido. Fiquei paralisado com o que estava diante dos meus olhos.

Alguns metros à minha frente, quase no fim da clareira, havia um pequeno chalé de madeira. O choque da descoberta fez meu estômago revirar.

Samantha notou que eu tinha parado de correr e foi diminuindo os passos enquanto tentava ver o que prendia minha atenção. Quando se deu conta do que estava diante dela, ficou de queixo caído.

Nós dois nos mantivemos imóveis, sem trocar uma única palavra. O lugar só não ficou totalmente silencioso, porque ainda éramos capazes de ouvir os sapos coaxando não muito longe dali, o que me fez pensar que a clareira ficava escondida nos arredores do lago, por isso eu não tinha visto o chalé na outra vez que estive na floresta. Sammy, então, virou-se em minha direção para dizer algo, mas se conteve. A garota ficou quieta porque havia visto algo atrás de mim. A lembrança de que estávamos sendo perseguidos me atingiu. Virei o rosto rapidamente para descobrir o que havia às minhas costas.

Eu estava errado: não era um animal. Enxerguei a silhueta de uma pessoa se desvencilhando dos galhos à sua volta.

— Esse só pode ser o cativeiro! — afirmou Beatriz em voz alta, saindo da mata e encarando o chalé no fim da clareira. — Aliás, o que vocês estão fazendo aqui?

Beatriz nos encarava como se fôssemos uma visita inesperada batendo na porta da casa dela em uma manhã de sábado. Não fui capaz de responder na hora. Minha cabeça girava com os acontecimentos dos últimos minutos.

— Viemos procurar você?! — Samantha se aproximou de mim, tomando o rumo da conversa.

Beatriz revirou os olhos.

— Mas fui bem clara quando disse que não queria que viessem atrás de mim! — esbravejou. Apesar de parecer limpa, ela estava com a mesma roupa que usava no dia em que sumiu. — Bem, mas já que estão aqui, vejo que ao menos fizeram algo útil. — Ela deu de ombros, caminhando na direção de Samantha.

Observei Beatriz pedir que Sammy a entregasse a mochila que carregava. Quando a garota a entregou, Beatriz posicionou a mochila no chão, deslizou o zíper, retirou um casaco e vestiu-o.

— Vocês não têm noção de como eu estava morrendo de frio! — confessou, dando de ombros enquanto fechava a mochila e colocava-a nas costas.

— Onde você esteve esse tempo todo? — indaguei, ignorando o que ela havia falado. Não era minha intenção que a frase saísse com um tom irritado, mas saiu. Talvez eu estivesse irritado. Será que deveria estar?

Beatriz me encarou, olhou para os lados e apontou para o lugar de onde havia saído.

— Vamos conversar onde ninguém poderá nos ver.

Caminhamos novamente para dentro da mata, mas não nos distanciamos muito da entrada da clareira, apenas o suficiente para que alguém que saísse do chalé não conseguisse nos ver.

— Antes de tudo, quero pedir desculpa por tê-lo deixado em São Paulo totalmente sem dinheiro — começou Beatriz quando paramos em meio aos troncos das árvores. — Eu o arrastei para essa confusão toda, e quando me dei conta do que estava acontecendo era tarde demais e precisei fugir sozinha para terminar o que havia começado.

— Você poderia ao menos ter me contado para onde estava indo — afirmei, em tom sério. — Para que eu não ficasse preocupado.

Beatriz inclinou o rosto e levantou uma das sobrancelhas enquanto me encarava.

— Math, nós sabemos que você se preocuparia mesmo que eu viesse acompanhada do Exército brasileiro.

Ela tinha razão.

— Sammy, quero pedir desculpa por ter sido uma vaca com você desde o momento em que a conheci. — Beatriz se desculpou, virando o rosto para Samantha. — As coisas estiveram confusas para mim nesses últimos dias, e eu odiei pensar que o Matheus pudesse me trocar por você. Sei que foi infantil, mas o Math é uma pessoa muito especial e não pude suportar a ideia de perdê-lo depois de tudo o que ele fez por mim — confessou, abaixando a cabeça quando disse meu nome.

— Tá tudo bem — Samantha respondeu, sem saber muito bem o que dizer.

Aquela situação estava estranha demais. Dois dias atrás, Beatriz respondia grosseiramente qualquer um que se direcionava a ela, e, então, depois de sumir e reaparecer, estava tendo um surto de juízo e sentimentalismo?

— Bia, o que tá acontecendo com você? — perguntei, confuso. — Por que está dizendo essas coisas? Digo, por que está fazendo isso nesse momento tenso?

Nós três deveríamos ir correndo para o hotel, ligar para a polícia e denunciar o suposto cativeiro. Não fazia sentido ter aquela discussão ali, no meio da mata.

— Simples. É o meu destino!

— O quê? — Franzi o cenho. Samantha também parecia não estar entendendo muita coisa.

— Math, pensa! — pediu Beatriz, gesticulando com as mãos. — Por que o universo nos levaria exatamente àquele hotel e ao Lago das Lágrimas se não fosse pra nos fazer reconhecer o lugar do cativeiro alguns dias depois? O meu destino é salvar o Garoto Diferente!

Fiquei em silêncio. O que saía da boca da minha amiga era uma loucura total, mas a realidade era que eu também não conseguia enxergar outra explicação para o que havia acontecido. As probabilidades de existir um motivo concreto que tivesse nos levado exatamente àquele local eram minúsculas. Beatriz sempre fora muito ligada à ideia de que se encontrar com seu destino, então para ela era muito mais fácil aceitar que aquela era a verdade absoluta.

— Tá, beleza! — comecei. — O destino pode ter nos trazido aqui, mas precisamos voltar para o hotel, ligar para a polícia e avisar que descobrimos o cativeiro.

Beatriz chacoalhou a cabeça negativamente.

— Não temos tempo! — exclamou. — Está quase no horário em que os sequestradores geralmente fazem uma nova transmissão, e o Garoto Diferente pode estar correndo perigo de vida neste exato momento. Você viu o que aconteceu com o menino do último vídeo... — Sua voz enfraqueceu ao mencionar Lucas.

— Eu sei, mas estamos falando de enfrentar criminosos de verdade! É perigoso!

Samantha colocou-se entre nós e decidiu intrometer-se na conversa.

— Concordo com o Matheus... Acho que você não tem ideia do que está fazendo — ela disse.

Beatriz nos encarou, abaixou a cabeça e passou uma das mãos pelos cabelos encaracolados.

— Eu vou entrar no chalé e salvar o Garoto Diferente. — Beatriz fez uma pausa. — Vocês podem voltar para o hotel e ligar para a polícia de lá. Ir acompanhada nunca esteve nos meus planos!

A garota queria o quê? Que Samantha e eu simplesmente a deixássemos invadir o chalé sozinha e colocar sua vida em risco? Isso jamais aconteceria. Não deixaria minha amiga para trás. Fugimos juntos para São Paulo e deveríamos voltar juntos para nossas casas, para nossos problemas. Se ela ia salvar o Garoto Diferente, então faríamos isso juntos.

capítulo treze

Nós nos arrastamos por dentro da mata até a parte de trás do chalé, onde não havia janelas. Isso não fazia grande diferença, uma vez que as outras janelas haviam sido cobertas com tecidos para que não fosse possível enxergar através delas. Em todo caso, pensei que, se tomássemos cuidado durante a aproximação, as chances de sermos pegos seriam menores.

Ao chegar aos fundos do chalé, reparei em uma grande picape prateada estacionada estrategicamente perto das árvores, para que não pudesse ser vista por quem estivesse apenas de passagem. Levei um susto ao pensar na possibilidade de haver alguém dentro do carro, então sinalizei para que Beatriz e Samantha parassem e ficassem em silêncio. Tirei a mochila das costas e joguei-a no chão. Caminhei de joelhos até o automóvel e cautelosamente inspecionei seu interior pelos vidros.

Não havia ninguém lá dentro. *Ufa!* Soltei o ar que segurava e respirei fundo. O fedor de carniça ainda estava presente no ambiente e o cheiro era tão intenso que puxei a gola da camiseta por cima do rosto, cobrindo o nariz e a boca. Notei que o odor parecia mais forte ali, o que estranhei, porque havia pensado que o cheiro vinha de dentro da floresta, onde era mais lógico encontrar um animal morto. Segui os rastros do cheiro no ar, e meu olhar pairou sobre a caçamba da picape. Supus que os sequestradores haviam matado algum bicho e jogado-o nos fundos do carro. Me aproximei, dei uma boa olhada na superfície da caçamba e deduzi que minhas suposições estavam corretas, pois dei de cara com alguma coisa morta e coberta por mantas. Soube que estava morta porque, além do cheiro, moscas voavam ao seu redor. Fiquei tentado a dar uma espiada por baixo das mantas para descobrir que tipo de animal era, mas não precisei agir de tal maneira. Assim que dei a volta na caçamba e olhei com atenção, notei que uma pequena parte estava descoberta. Foi quando vi uma das mãos sem vida. Mãos humanas.

Minha mente trouxe de volta a lembrança de Lucas, o garoto que fora assassinado pelos sequestradores. Me afastei rapidamente do carro, tropeçando em meus próprios pés e produzindo um estrondo quando fui de encontro ao chão. Meu estômago revirava, e eu sentia repulsa por aquele fedor. Era o cheiro de um ser humano morto o que eu havia sentido aquele tempo todo. Estava em meu nariz, em minha boca. Dentro de mim.

Beatriz e Samantha me viram cair e quase saíram da mata para me ajudar, mas logo levantei e arrastei-me de volta para perto delas.

— O que foi? Você está bem? — perguntaram elas, aos sussurros.

Balancei a cabeça negativamente.

— Corpo. Do Lucas. — Foram as únicas palavras que consegui falar enquanto respirava enojado.

As duas não precisaram de muita explicação para entender o que eu havia visto e trocaram olhares assustados diante da revelação.

— QUEM ESTÁ AÍ?

A voz masculina nos atingiu de maneira inesperada.

Ficamos em silêncio. Eu mal conseguia ouvir nossas respirações. Porém, não tinha certeza nem de que estava respirando naquele momento.

— TEM ALGUÉM AÍ? — repetiu o homem, firme, finalmente contornando o chalé e entrando em nosso campo de visão.

Para nossa sorte, ele não parecia ter a menor ideia de nossa localização e apenas jogava as palavras ao vento esperando que tivesse resposta. O homem era alto e pálido e vestia um moletom escuro com um capuz que cobria sua cabeça. Mesmo encapuzado, dava para notar que ele não tinha cabelo. Com certeza aquele era um dos sequestradores.

Me perguntei quantos deles estariam dentro do lugar mantendo os vlogueiros como reféns. Dois? Três? Quatro sequestradores?

Olhei para a lateral do chalé esperando que um grupo de homens armados aparecesse para nos procurar, mas ninguém veio. O sequestrador careca apenas olhou vagamente desconfiado para os lados e então fez seu caminho de volta.

Sammy suspirou.

— Essa foi por pouco!

Beatriz tirou a mochila das costas e colocou-a no chão, ao lado da minha, evitando ao máximo fazer barulho.

— Achei que seria nosso fim — sussurrei, finalmente recobrando o juízo.

— Ainda não — afirmou Beatriz, olhando fixamente para o chalé. — Precisamos encontrar um jeito de distrair as pessoas que estão lá dentro para conseguirmos entrar e resgatar os vlogueiros.

Assenti.

— Mas como? — perguntei.

Beatriz torceu os lábios, pensativa. Esperei que ela desse a resposta, mas não foi o que ela fez. Eu podia ver em sua expressão que estava tão atordoada e com medo quanto eu.

— Eu cuido da distração! — afirmou Sammy, passando as mãos pela cabeça e puxando os cabelos para trás. — Eu os distraio enquanto vocês entram no chalé e salvam os vlogueiros. Depois fugimos pela mesma trilha que usamos.

— Tem certeza? — indaguei, encarando-a.

— Sim.

Então estava decidido!

Novamente, éramos apenas Beatriz e eu.

Analisei mentalmente o plano e cheguei à conclusão de que aquela era a maneira mais sensata de executar o resgate, pois era mesmo melhor que Samantha permanecesse do lado de fora. Caso algo desse errado, ela conseguiria fugir com facilidade e não correria muitos riscos, uma vez que faria a distração e voltaria a se esconder na mata.

— Como pretende chamar a atenção dos sequestradores? — Beatriz perguntou.

— Ainda vou descobrir — disse Samantha. — Vocês saberão quando eu conseguir distraí-los, então fiquem preparados para entrar no chalé.

Assentimos.

Como não tínhamos muito tempo, tudo aconteceu rápido demais! Quando vi, Beatriz e eu já estávamos partindo para o outro lado da mata, mais próximo da entrada do chalé.

Samantha abraçou Beatriz rapidamente e me deu um beijo na bochecha.

— Tomem cuidado! — falou, encarando-nos. — Estou esperando vocês aqui fora.

— Você também, se cuida! — falei, olhando no fundo de seus olhos verdes.

Antes de dar as costas e caminhar, Sammy sorriu de lado, e eu retribuí o gesto. Senti um aperto no coração por ter que deixá-la para trás.

Vamos nos encontrar novamente!, forcei-me a pensar para não deixar as emoções me dominarem de maneira tão forte.

Beatriz puxou meu braço, entrelaçou sua mão na minha e começou a caminhar. Fiz o mesmo.

Já do outro lado da mata, ajoelhamos e observamos a entrada do chalé. As janelas continuavam cobertas, nem imaginávamos o que encontraríamos lá dentro. A ideia de entrar naquele lugar e dar de cara com um batalhão de sequestradores me deu frio na barriga.

— Estou com medo — confessou Beatriz.

— Eu também.

Esperamos durante algum tempo pela distração de Samantha. Foram minutos que, para mim, passaram como se fossem anos. Era aterrorizante ter que controlar minha mente para não surtar com a situação, mas, de certa maneira, eu havia aprimorado a técnica de não pensar demais sobre as coisas nos últimos dias. Pensar demais nos impede de agir.

Enquanto Beatriz apertava minha mão, e eu sentia a veia de seu pulso palpitar, observei com o canto dos olhos Samantha emergir de dentro da mata do outro lado. Apesar da escuridão à nossa volta, fui capaz de enxergar que a garota havia enrolado uma de minhas camisetas que estava na mochila em suas mãos e caminhava em direção ao carro. Sammy parou diante do automóvel e olhou para os lados, verificando se alguém a observava. Quando se certificou de que estava sozinha, passou a agir. A garota pegou uma pedra no chão, ergueu o punho no ar e jogou-a contra uma das janelas do carro. O choque produziu um barulho alto, mas não foi forte o suficiente para quebrar a janela. Beatriz respirou fundo ao meu lado, o que me forçou a desviar o olhar de Samantha, voltar a atenção para o chalé e ver o exato momento em que a porta foi aberta. Meus pelos se arrepiaram.

Sammy permanecia parada em frente ao carro enquanto a silhueta do homem encapuzado se esgueirava pela porta. Levei os dedos aos lábios com o intuito de assoviar e avisar minha amiga de que o homem estava indo em sua direção, mas Beatriz colocou a mão sobre minha boca, impedindo que eu fizesse o que estava pensando em fazer.

— Se você fizer isso, estamos mortos — ela cochichou, com os olhos arregalados.

Suas palavras não tiveram efeito em mim, não dessa vez. Eu estava preocupado com Sammy e não deixaria que ela fosse pega. Sem hesitar, quebrei um dos galhos da moita em que estávamos escondidos e joguei na direção do homem. Beatriz me puxou para o chão com violência, e eu mordi a língua. Senti o gosto de sangue se espalhar pela minha boca.

O ato havia sido arriscado, mas funcionara. Tanto Samantha como o homem encapuzado perceberam a movimentação do galho, o que fez com que o sequestrador parasse por alguns segundos para refletir de onde aquilo tinha saído e com que Sammy notasse que estava prestes a ser flagrada. Porém, como consequência, o sequestrador passou a caminhar na direção em que Beatriz e eu estávamos, e não tínhamos como fugir. Ali, tremendo na grama gelada, esperei que o homem me encontrasse. Seria meu fim? Aparentemente, não!

O careca encapuzado deu um pulo quando ouviu um segundo estrondo, seguido do barulho de vidro sendo quebrado. Então, saiu correndo em direção ao carro. Aquela era a distração, nossa única chance!

Beatriz rapidamente colocou-se em pé e me ajudou a levantar. Saímos de trás do mato, correndo como jamais tínhamos corrido antes, e atravessamos o curto espaço que nos separava do chalé. Antes de entrar, torci para que Samantha tivesse conseguido escapar.

Girei a maçaneta e entrei no chalé.

Como esperado, o lugar não era muito grande, então logo que passei pela porta pude enxergar todos os cantos. A primeira coisa que percebi foi que não havia divisões. A segunda foi o grande aquário de vidro que os sequestradores haviam usado para torturar o Garoto Diferente na primeira transmissão bem ali no meio da sala. A terceira foram os móveis velhos e empoeirados iluminados apenas por um abajur de luz amarela colocado no chão. A quarta foi que não tinha mais ninguém ali além de Beatriz e eu.

— Onde eles estão? — perguntou Beatriz, assustada, olhando para todos os lados com espanto.

— N-não sei — balbuciei.

Com medo de que o sequestrador voltasse, corri até um velho sofá encostado na parede de madeira e arrastei-o até a porta. Desejei que aquilo nos concedesse mais tempo.

— Olhe para todos esses equipamentos! — exclamou minha amiga, apontando para os tripés e computadores espalhados pelo piso. — Isso é loucura!

— Total — afirmei, arregalando os olhos. — Bia, temos que agir rápido! O cara pode voltar a qualquer momento!

— Eu sei — disse ela, saindo do transe e passando a correr pelo espaço à procura de alguma pista. A garota parou diante de uma pequena mesa de centro e apontou para os três copos que estavam em cima dela. — Math, os copos estão com água pela metade.

— O que isso tem a ver? — indaguei, me aproximando dos computadores e ligando a tela de um deles. O que não foi algo muito inteligente. Era óbvio que os aparelhos pediriam senhas de acesso.

— As pessoas não costumam parar de beber antes que o copo esteja vazio — explicou Beatriz.

Então percebi o que ela queria dizer. Havia três pessoas bebendo naqueles copos pouco antes de entrarmos e foram obrigadas a sair às pressas antes mesmo de ter a chance de terminar de beber.

— Mas estávamos do lado de fora e não vimos ninguém sair do chalé antes do homem encapuzado — falei, confuso.

— E se não saíram?

A pergunta pairou no ar. Se o chalé não tinha divisórias, para onde os vlogueiros podiam ter ido se não tinham saído pela porta de entrada?

Observei o cômodo com atenção, analisando cada um dos poucos móveis que estavam no lugar. O sofá e a mesinha de centro cheios de pó, a velha televisão totalmente coberta de poeira e até o tapete sob nossos pés. Reparei que o tapete era a única coisa ali que não combinava com o resto do ambiente, pois, apesar de parecer velho, não estava todo empoeirado. Como se tivesse sido colocado depois de todos os outros móveis.

— Só pode ser isso! — exclamei, agachando e segurando as bordas do tapete.

— O que está fazendo? — indagou Beatriz.

— Ajude-me a tirar esse negócio daqui!

Beatriz hesitou em um primeiro momento, estranhando o pedido, mas logo depois estava ao meu lado fazendo o que eu havia falado. Quando levantamos uma parte do tapete, demos de cara com um alçapão. A portinha no chão não era muito grande, mas era larga o suficiente para que uma pessoa pudesse passar. Beatriz e eu trocamos olhares de espanto.

— O que faremos? — perguntei.

Sem dizer uma palavra, Beatriz enfiou os dedos no vão da madeira e levantou o alçapão. O interior do espaço abaixo de nós estava parcialmente escuro, o que nos impossibilitou de ver qualquer coisa logo de cara.

— Garoto Diferente? — Beatriz chamou.

Não houve resposta.

— Math, vou entrar e procurar. Ele pode estar amarrado ou algo assim!

Franzi o cenho.

— Não vá. Precisamos ir embora! Já passamos tempo demais aqui dentro e não fazemos ideia do que você irá encontrar lá embaixo, é arriscado! — repreendi, segurando o braço da minha amiga. — Imagina se o sequestrador volta e você está nesse buraco?

— Você tem razão — falou, se colocando de pé e tirando minha mão de seu braço. — Vamos embora antes que ele volte.

Comprimi os lábios, assenti e levantei. Era difícil aceitar que a missão havia sido em vão, mas ao menos sairíamos em segurança. Poderíamos ligar para a polícia a caminho do hotel, depois que encontrássemos Samantha, e contar o que tínhamos visto. Não demoraria muito até que eles chegassem e entrassem no buraco para descobrir o que havia ali dentro.

Eu estava parado diante da porta, preparando-me para empurrar o sofá, quando vi com o canto dos olhos Beatriz desaparecer dentro do alçapão.

Ela me enganou. Disse que iria embora apenas para que eu saísse de perto e ela tivesse a chance de se enfiar naquele maldito buraco. Não pensei duas vezes. Corri até o alçapão e joguei-me na escuridão.

Uma vez ali dentro, pisquei rapidamente para que meus olhos se acostumassem com a fraca iluminação. O espaço era pequeno, bem menor do que o chalé acima, e as paredes não estavam cobertas por cimento ou madeira, e sim por um amontoado de terra, como se o esconderijo tivesse sido feito às pressas. Não havia um único móvel lá embaixo, então minha atenção foi atraída pela única coisa que havia para olhar: três silhuetas paradas à minha frente.

— Quem são vocês? — perguntou uma das pessoas, com uma voz fina e estridente. Estreitei os olhos e enxerguei o rosto desconfiado de Ari, uma das vítimas do sequestro.

— Viemos resgatar vocês! — retrucou Beatriz prontamente, antes de virar o rosto e passar a encarar o Garoto Diferente com admiração.

O garoto se encontrava ao lado de Ari e estava tão magro e pálido quanto eu havia reparado nas últimas transmissões. Suas roupas eram as mesmas. Ele vestia uma camisa xadrez de flanela azul, com gola desabotoada, e uma calça jeans escura.

— Se quisermos fugir, temos que fazer isso agora — interrompi aterrorizado pelo medo de ser pego em flagrante pelo sequestrador.

Os dois vlogueiros me olharam com atenção e pareceram entender o que eu queria dizer. Diversas coisas estavam em jogo, inclusive nossas vidas. Vislumbrei uma breve troca de expressões entre Ari e o Garoto Diferente, que julguei significar hesitação.

— Vocês podem confiar em nós — afirmei, deixando claro que estávamos ali para ajudar os dois.

— Não apenas podem como devem! — completou Beatriz.

Ari mordeu os lábios, mas assentiu. A garota estava tão apreensiva quanto eu. Sem hesitar, dei meia-volta e comecei a subir a pequena escada que me levaria de volta ao chalé. Beatriz vinha logo atrás de mim, seguida pelos vlogueiros. Não havia tempo para conversas. Poderíamos entender toda a situação uma vez que estivéssemos bem longe daquele lugar.

Antes de sair totalmente do buraco, inspecionei o chalé para ver se o homem encapuzado havia voltado, mas notei que o sofá continuava encostado na porta, o que era sinal de que ninguém tinha passado por ali depois de Beatriz e eu. Sem vacilar, pulei para fora do alçapão e ajudei minha amiga a sair; a garota colocou-se em pé e passou a auxiliar quem continuava saindo do subsolo. Em vez de apenas observar, decidi agilizar as coisas e mover o sofá empoeirado de volta para sua posição original, o que tornaria o processo de fuga mais rápido. Então dei as costas para as pessoas e passei a empurrar o sofá. Quando o móvel estava longe das extremidades da porta, olhei de relance por cima dos ombros e notei que todos haviam passado pelo alçapão.

Beatriz correu para o meu lado enquanto eu colocava uma das mãos na maçaneta, mas acabei não abrindo a porta porque notei que os vlogueiros continuavam parados nos fundos do chalé. Será que estavam tão amedrontados com a situação que mal conseguiam se mover? Beatriz também estranhou a falta de movimentação dos dois.

— Gente, andem mais rápido! — pediu minha amiga, gesticulando para que os vlogueiros fizessem o mesmo caminho que nós, mas a tentativa não funcionou.

Ari tentou dar alguns passos, mas o Garoto Diferente estendeu os braços, bloqueando o caminho da menina.

— O que foi? — perguntou Beatriz. — Já dissemos que podem confiar em nós!

Ariana comprimiu os lábios enquanto observei o Garoto Diferente franzir o cenho e abrir um sorriso de lado.

— Acho que você não entendeu — disse ele, em um tom estranhamente explicativo. — Vocês é que não deveriam confiar em nós!

— O-o que cê tá dizendo? — balbuciou Beatriz, tão confusa quanto eu. — Alê, você está bem?

O garoto abaixou a cabeça e coçou as sobrancelhas com uma das mãos enquanto posicionava a outra na cintura, parecendo ajeitar algo que estava sob a camisa.

Do que ele está falando?, perguntei-me, tentando me convencer de que havia interpretado a frase da maneira errada.

— Deixa de bobeira! — continuou minha amiga, chacoalhando a cabeça e voltando sua atenção para mim. — Matheus, abra essa porta, vamos embora!

Obedecendo à ordem, girei a maçaneta.

— Na verdade, nenhum de nós sairá daqui!

— Como assim? — perguntei segundos antes de virar e perceber que o Garoto Diferente tinha uma arma em suas mãos e apontava-a para mim.

— Simples. Se vocês moverem um músculo, irei atirar!

— Vocês são idiotas? — retruquei. — Querem continuar sendo reféns de um sequestro?

Dessa vez, Beatriz permaneceu em silêncio e não tentou apressar a situação. A confusão parecia ter dominado seu corpo. Ela alternava entre encarar o assoalho de madeira e o resto do ambiente. A vlogueira que estava apreensiva desde o momento em que a encontramos chamou minha atenção quando, tremendo, aproximou-se do Garoto Diferente.

— Alê, isso não fazia parte dos nossos planos — resmungou baixinho, mas pude ouvir a frase com clareza mesmo do outro lado do chalé.

— Agora faz! — esbravejou ele, chacoalhando o revólver e mal virando o rosto para responder. Seu olhar estava fixo em minha mão, que continuava apoiada na maçaneta.

— Novamente esse tipo de comportamento? — indagou Ariana, dizendo aquilo mais para si do que para qualquer outra pessoa ali presente. As lágrimas brotaram no canto de seus olhos e sua respiração passou a ser profunda, porém pausada, como se estivesse abusando do autocontrole para não chorar. — Não posso acreditar que concordei com tudo isso.

— *Novamente?* — repetiu o Garoto Diferente, irritado. — Você sabe muito bem que o que aconteceu com o Lucas foi culpa dele! — continuou, finalmente virando o rosto para conversar com a vlogueira.

Aproveitei o momento de distração para tentar me comunicar com Beatriz, mas era impossível porque eu deveria me manter calado e também porque não conseguiria chamar a atenção da garota com o olhar, pois ela continuava cabisbaixa. Sem saber o que fazer, acabei pigarreando baixinho, esperando que aquilo fosse o suficiente para que Beatriz me notasse. Funcionou, mas também fez com que o Garoto Diferente percebesse o que eu estava tentando fazer.

— Então, você se acha muito esperto, não é?! — zombou, dando um ou dois passos em minha direção. A proximidade fez com que eu notasse as gotas de suor escorrendo por sua testa, as narinas dilatadas e os tremeliques que ele dava quando se movia. O cara estava fora de si. O que quer que tivessem feito com ele durante o sequestro o afetara de maneira intensa.

— Não estou entendendo mais nada! — exclamei, tentando pacificar a tensão que se instalava no ambiente.

A arma permanecia apontada para mim, e eu não tinha ideia se conseguiria lidar com aquela pressão por muito mais tempo. Senti a madeira da maçaneta pesando na palma da minha mão. Eu poderia muito bem abrir aquela porta e sair correndo. Respirei fundo e mal pensei nas consequências que a ação poderia causar. Comecei a girar a maçaneta aos poucos.

— Matheus, não faça isso! — ordenou Beatriz, notando o que eu estava prestes a fazer.

— Ele estava tentando abrir a porta? — perguntou o Garoto Diferente, com uma das sobrancelhas levantadas. O modo como ele pronunciava as frases me lembrou o jeito com que o Coringa, de *Batman*, conversava com suas vítimas. O cara estava insano e psicologicamente abalado.

— Por que não? — retruquei a Beatriz. Por quais motivos ela me impedia de tentar sair dali?

— Porque ele realmente irá atirar em você! — explicou, olhando para mim e depois para os vlogueiros. — E-eu acho que nunca houve um sequestro.

— Parece que as mulheres são realmente mais inteligentes que os homens, não é mesmo?! — zombou o Garoto Diferente. — Ela está certa, isso nunca foi um sequestro. Ao menos, não um sequestro real.

— Como não? — indaguei, incrédulo. — Nós vimos Lucas explodir a cabeça por conta dos sequestradores.

Ariana começou a chorar, cobrindo a face com as mãos.

— Foi um acidente! O Alex nos manipulou a participar de seu plano dizendo que essa coisa toda de sequestro nos daria uma grande visibilidade na mídia. Jamais imaginei que esse plano idiota fosse tomar a proporção que tomou! O Lucas não queria mais levar a farsa adiante, então, sem que eu ou ele soubéssemos, o Alex colocou munição de verdade no revólver usado no vídeo da roleta-russa. Era tudo atuação, até que um de nós acabou morrendo por culpa dele! — confessou Ari, aos prantos, apontando para o Garoto Diferente.

O vlogueiro deu de ombros e revirou os olhos, como se desprezasse os sentimentos da garota.

— Blá-blá-blá. Já entendemos! — caçoou o Garoto Diferente. — De todo modo, o Lucas nunca foi útil pra nós. Acho que de tanto jogar videogames, seus neurônios acabaram sendo queimados — desprezou. — Enfim, é por isso que vocês dois não podem nos salvar. Porque não precisamos ser salvos! Uma hora ou outra, a polícia vai chegar, encontrar Ariana e eu no subsolo e prender o meu agente, achando que ele é o real sequestrador. Seremos tão famosos quanto a Beyoncé!

O que eu ouvia era uma loucura, um plano totalmente cheio de falhas que estava dando certo justamente por todos os motivos pelos quais deveria dar errado. Ninguém nunca havia parado para pensar em como a exposição na internet estava afetando as pessoas e nem até onde elas iriam para conseguir tal notoriedade. Era inacreditável para mim, um cara que sempre gostou de estar nas sombras do anonimato, que a busca pela fama pudesse subir à cabeça de alguém daquele jeito.

— Só não entendo uma coisa — confessou Beatriz, levantando a cabeça e encarando os vlogueiros. — Como é que aquele garoto inteligente e sensível dos vídeos se tornou esse monstro?

O Garoto Diferente pareceu intrigado com a pergunta. Por um momento, pensei que ele fosse dar uma resposta. O cara distanciou os lábios, mas os fechou logo em seguida. Não disse nada. Talvez nem ele mesmo soubesse mais o que estava fazendo nem como havia chegado àquele estado. Alguns pensamentos são capazes de consumir com tanta intensidade que você acaba virando algo que nunca planejou ser, e, quando enxerga o que está acontecendo, já é tarde demais.

Beatriz estava visivelmente frustrada, seus olhos se encontravam sem vida e a pele estava pálida. E pensar que alguns dias antes ela tinha certeza de que o Garoto Diferente daria um rumo para sua vida. Descobrir que tudo não havia passado de uma farsa devia doer mais do que qualquer soco no estômago.

— Oh, tadinha! Você é minha fã? — indagou o Garoto Diferente, fingindo pena ao perceber a expressão de Beatriz. — Vai ser triste vê-la morrer! — Nesse momento, o garoto moveu o braço e mirou o revólver na direção de Beatriz.

Senti um arrepio subir por minha espinha. Apesar de já não ser mais o alvo, passei a temer ainda mais a situação. Se algo acontecesse a Beatriz, eu ficaria tão impactado quanto fiquei durante a época da perda de Guilherme. Eu não podia deixar aquilo acontecer! Meu coração batia acelerado dentro do peito, minhas mãos tremiam e eu sabia que estava prestes a me desligar totalmente da realidade.

Sem nem perceber, tirei Beatriz da mira, puxando-a para trás de mim. A garota cambaleou, mas felizmente não caiu no chão. Sem hesitar, movi a mão que estava na maçaneta e abri a porta, esperando que a garota fugisse e que me deixasse ali para enfrentar o vlogueiro. O vento gelado da madrugada bateu com força contra o meu rosto. Ao contrário do que tinha ameaçado, o Garoto Diferente não fez o disparo; suas mãos apenas acompanharam meus movimentos. Será que aquilo também fazia parte da sua encenação? Olhei para Beatriz e notei que ela se mantinha parada, com o olhar fixo na escuridão da noite, sem ir em direção à porta.

Por que ela não está fugindo?

A resposta veio quando reparei que Beatriz mantinha os olhos fixos no homem encapuzado, que se aproximava do chalé. Mas ele não estava sozinho. Foi por esse motivo que Beatriz não fugiu, porque se ela saísse, além de me deixar para trás, também estaria abandonando Samantha, que caminhava ao lado do homem encapuzado, presa pelos braços fortes do inimigo.

— Veja só, parece que alguém chegou atrasado para a reunião! — exclamou o Garoto Diferente.

A busca por nossos próprios destinos tinha nos levado até ali para sermos as vítimas reais daquela tragédia. No meio dessa jornada com propósito duvidoso, acabamos arrastando Samantha conosco para o desconhecido, e ali estava ela, caminhando em minha direção com o corpo cheio de hematomas e um olhar vazio. Pobre Samantha, que trabalhara por meses em um hotel para conseguir bancar o tratamento do pai alcoólatra e que nos abrigou em sua casa no momento em que mais precisávamos. Pobre Samantha, que me ajudou a tirar o fardo da morte de Guilherme de minhas costas e a me libertar para o mundo. Pobre Samantha, que mesmo naquele momento parecia querer dizer que estava tudo bem e que o fato de ser refém não era minha culpa. Pobre Samantha, que não merecia passar por aquilo.

— Encontrei a loirinha na floresta logo depois de ela ter quebrado o vidro da minha caminhonete — exclamou o homem encapuzado. Quando chegou na entrada do chalé, empurrou grosseiramente Samantha na direção de Beatriz. As duas caíram com o impacto.

— Covarde! — gritei para o homem, tão alto que senti minha garganta arranhar. O encapuzado deu alguns passos e ficou tão próximo de mim que as lentes dos meus óculos embaçaram com o ar que saía de suas narinas.

— Você deveria manter essa boca fechada, moleque! — ameaçou, pegando-me de surpresa e cuspindo em minha cara.

Mesmo enojado com o ato, não expressei desgosto. Não podia deixar que aquele homem soubesse que me atingira, apesar de ter atingido.

Ouvi a gargalhada do Garoto Diferente ressoar no chalé.

— Então, qual dos três vai morrer primeiro? — ele perguntou como se estivesse se divertindo. Eu podia jurar que o oxigênio que eu carregava dentro de mim estava se transformando em fogo, porque meu organismo queimava e eu me sentia tão quente por dentro que conseguiria explodir o universo apenas com o calor da minha raiva.

— Você está blefando, né?! — perguntou Ariana, confusa, colocando-se entre o Garoto Diferente e eu. — Alê, você não quer mesmo matar esses adolescentes!

Ele piscou algumas vezes e mordeu os lábios, repensando suas ações. Observei que o homem encapuzado estava bloqueando a porta e praguejei mentalmente. Percebi também que Beatriz e Samantha se encaravam em silêncio, mas que se comunicavam pelo olhar. Eu não sabia o que era, mas tinha certeza de que as duas tramavam alguma coisa. Quando Samantha percebeu que eu a encarava, cerrou os punhos e movimentou o olhar na direção do homem encapuzado. Não sabia quais eram suas intenções por trás do gesto, mas entendi que ela queria que eu desse um soco no homem.

— Ah, acho que quero sim — zombou o Garoto Diferente, finalmente respondendo a pergunta de Ariana. — Você sabe o que vai acontecer se deixarmos eles irem embora! Irão nos denunciar para a polícia e vamos ver o sol nascer quadrado pelo resto da vida — disse. — Além disso, preciso do dinheiro da fama para que meus pais parem de me pressionar.

Aproveitei que o vlogueiro estava distraído demais proclamando suas frases insanas para dar meia-volta e trocar olhares com Samantha e Beatriz, como se verificasse que aquele era o momento certo para fazer o que eu tinha que fazer. Elas assentiram. Sem hesitar, reuni toda a força que me restava e chutei o homem encapuzado bem no meio das pernas. O ataque não era esperado, então ele urrou de dor enquanto me olhava com uma expressão confusa e irritada. Voltei a atenção para onde minhas amigas estavam segundos antes, mas elas já não se encontravam mais lá. As duas haviam disparado para perto do único abajur que iluminava o lugar e, com um só golpe, quebraram o objeto. A escuridão engoliu o chalé.

Eu não conseguia enxergar nada e era guiado apenas pelos meus ouvidos. Escutei o Garoto Diferente xingando minhas amigas de vários palavrões pesados e dizendo que acabaria conosco quando colocasse as mãos em nós. Sempre tive medo do escuro e nunca achei que fosse agradecer por não conseguir enxergar nada à minha volta, mas naquele momento estava grato por não haver luz. Do mesmo modo como eu não era capaz de distinguir um palmo à minha frente, as pessoas que queriam me fazer mal também não conseguiam me ver. Eu estava invisível!

Senti alguém apertar minha mão e me guiar pela escuridão até a saída.

— Sou eu — sussurrou.

Era Sammy.

Conforme meus olhos se acostumavam à falta de luz, as coisas que estavam próximas ficavam visíveis. Estreitei os olhos e percebi que Beatriz acompanhava Sammy, que nos guiava para a saída.

Saímos do chalé e corremos em direção à clareira.

Conseguimos! A comemoração ecoava em minha mente.

Apesar de ouvir os passos e as ameaças do vlogueiro e do homem encapuzado atrás de mim, eu não me arriscava a olhar para trás e ver o quão perto estavam. Eu precisava apenas continuar correndo.

Quando começamos a nos aproximar da floresta, pensei ter ouvido o som de sirenes. Minhas amigas também escutaram, porque notei que sorriram ao trocar olhares comigo.

— Eu pedi a Alícia para chamar a polícia antes de deixarmos o hotel e avisei para onde estávamos indo — gritou Samantha, com a voz falhada enquanto ela corria e tentava explicar o que estava acontecendo.

Então Sammy não estava agradecendo a Alícia quando ficou para trás antes de deixarmos o hotel. Ela sabia que Beatriz seria consumida pelo orgulho e não permitiria que eu enfiasse a polícia na história, então apenas fez as coisas do jeito que julgava certo.

Alguns metros antes de entrarmos na trilha, notei que os xingamentos haviam parado, mas que os passos atrás de mim estavam cada vez mais próximos. Mal tive a chance de desviar quando o homem encapuzado deu um chute em minhas pernas, fazendo com que eu perdesse o equilíbrio e caísse na grama com violência. Tentei evitar me machucar, colocando as mãos no rosto para impedir o impacto, mas não adiantou e bati a cabeça contra o chão. O ar se esvaiu de meus pulmões e senti uma rajada de dor que veio com força total.

— Continuem correndo! — falei para Samantha e Beatriz. Na verdade, não faço a menor ideia se consegui completar a frase. Observei as duas se afastando pouco antes de começar a receber chutes na cara. Fechei os olhos para não ter que ver a expressão de prazer do homem encapuzado cada vez que seus pés acertavam meu rosto. Senti meus óculos quebrando e a dor me consumindo. Nada mais fazia sentido.

Meu mundo foi dominado por uma dor imensa que eu jamais imaginei que sentiria, porém permaneci calado. Talvez se eu fingisse que era forte e aguentasse apanhar por mais alguns minutos, ele perdesse tempo comigo e deixasse minhas amigas escaparem. Não tentei me defender e apenas desejei que o sacrifício valesse a pena. Aquele era meu último traço para que os desenhos de Beatriz e Samantha continuassem a ser feitos, para que suas vidas fossem salvas.

Com os olhos fechados e sentindo meu corpo entrando em colapso, tudo em que eu consegui pensar foi se Guilherme também tinha sentido aquela mesma dor momentos antes de morrer. A lembrança de meu irmão me forçou a pensar em meus pais e em Felícia e senti um aperto no coração. A dor física não era nada se comparada àquela.

Os chutes pararam quando houve uma explosão não muito longe de mim.

Estremeci.

Era som de tiro.

Eu havia esquecido que o Garoto Diferente também estava correndo atrás de nós e carregava um revólver consigo.

Abri os olhos com dificuldade e só consegui enxergar com apenas um deles, pois o outro doía demais. Encarei a figura do homem encapuzado acima de mim, mas ele não olhava na minha direção, fitando algo a poucos metros de nós.

— Todo mundo parado e com as mãos para o alto! — gritou alguém. Notei a luz vermelha e azul refletindo nas árvores. Era a polícia, graças a Deus tinham chegado!

Observei o homem encapuzado erguer as duas mãos sobre a cabeça e virei o rosto para ver se conseguia enxergar o que havia acontecido com o Garoto Diferente. Não demorei muito para encontrá-lo parado a menos de cinco metros de distância de mim. Eu o avistei no momento em que ele deixou o revólver cair e se colocou de joelhos. Mesmo no escuro, pude ver que estava aterrorizado; seus braços finos tremiam e ele se desculpava repetidamente.

— Não era minha intenção! — ele gritava para a polícia.

Foi então que notei a presença de Beatriz, agachada um pouco mais à frente. A garota chorava desesperadamente e tinha o corpo coberto por sangue, porém não era ela quem estava ferida. O sangue vinha da menina de cabelos loiros e olhos verdes deitada nos braços de Beatriz.

A angústia me consumiu de maneira extrema e só fui perceber que estava chorando quando as lágrimas escorreram até meus lábios. Tentei me levantar e me aproximar das duas, mas a dor me puxou para baixo e minhas pernas falharam. Eu não deixaria que aquilo me impedisse, então fui me arrastando com dificuldade. Ouvi a polícia gritando para que me afastasse, mas não obedeci. O soluço de Beatriz ecoava em meus ouvidos e quebrava meu coração em pedaços.

— Vai ficar tudo bem, Sammy, apenas fique comigo! — ela dizia aos prantos para a amiga em seus braços.

Ver Samantha ensanguentada me fez querer voltar no tempo e impedi-la de me acompanhar naquela busca ou talvez voltar até alguns segundos antes de a arma ser disparada.

Estendi os braços para chegar até as garotas, mas não fui capaz de continuar. Toda a força tinha desaparecido e encontrei-me numa cena patética em que balançava os braços tentando me reerguer, mas não conseguia.

Samantha percebeu a movimentação e olhou em minha direção, deixando a cabeça cair para o lado. Mesmo com a dor em seus olhos era possível enxergar a pureza de sua alma.

Pobre Samantha...

— Não é culpa sua! — Sammy exclamou com dificuldade. Era difícil ouvir o que ela falava por conta da distância, mas eu lia as palavras em seus lábios. — Diga ao meu pai que o amo. Ele é meu último traço.

— Você vai dizer isso para seu pai! — choramingou Beatriz, percebendo o que Samantha estava querendo dizer para mim.

Sammy continuou me encarando e forçou um sorriso. Tentei sorrir de volta, querendo dizer que tudo ficaria bem, mas então percebi que sua expressão havia congelado. Ela parara de piscar e seu sorriso diminuía cada vez mais.

Samantha já não estava ali.

Deixei que toda a dor e a tristeza me consumissem. Gritei como se o universo pudesse me ouvir e fosse capaz de mudar o que havia acontecido. Mas era impossível, já estava feito.

A última coisa que vi antes de desmaiar foi a polícia se aproximando de nós.

No escuro da minha mente inconsciente, observei Guilherme e Samantha caminhando na mesma direção.

epílogo

O ônibus estava estacionado na rodoviária havia mais de dez minutos e todos os passageiros que antes esperavam, já haviam embarcado. Senti a alça das malas apertando minhas mãos, era o peso de uma vida. Quero dizer, eu tinha tentado colocar todas as coisas que significavam algo para mim dentro daquelas malas antes de sair do meu quarto porque sabia que estava indo embora para nunca mais voltar. Apesar de ser exatamente o que eu sempre quis, era estranho deixar tudo para trás. Passamos tanto tempo arquitetando nossas ideias e ficamos perdidos quando elas realmente se concretizam.

Olhei para minha mãe, que estava parada ao meu lado, e afaguei o cabelo de Felícia, sentada no banco, observando-me partir. Minha mãe tirou um lenço da bolsa e enxugou as lágrimas em seu rosto. Ela não parava de chorar desde que eu havia contado que iria morar em São Paulo com meus avós. No início, ela não gostou da ideia e disse que, depois do que acontecera seis meses antes, eu estava sendo louco de achar que ela me deixaria morar em outra cidade. Mas acabei convencendo-a de que precisava me distanciar de tudo para que fosse capaz de seguir em frente e garanti que a decisão fora aconselhada pela psicóloga que eu havia passado a frequentar.

Uns dias depois, minha mãe concordou.

— Não sei como serão as coisas lá em casa sem você — ela começou, sem se importar com as malas e me puxando para um abraço.

— Também vou sentir sua falta! — confessei, retribuindo o gesto de maneira desajeitada. — Mas você sabe que sempre pode me visitar em São Paulo.

— E irei! — finalizou, fazendo uma longa pausa para respirar fundo.

Eu imaginava o quanto seria difícil para minha mãe não ter seu filho por perto, mas era impossível continuar vivendo naquela casa. Mesmo frequentando a psicóloga duas vezes por semana e tentando manter pensamentos positivos, aquele ambiente me destruía aos poucos. Isso porque seis meses antes, quando voltei para casa depois da morte de Samantha, meu pai decidira que eu não merecia mais ser tratado como seu filho. De uma hora para outra, ele me apagou completamente de sua vida. Claro que assim que a polícia me deixou na porta de casa, todo detonado e ferido, ele pareceu preocupado e disposto a colocar tudo de lado para que pudéssemos viver como antes. Mas esse era o ponto: eu não era o mesmo de antes e também não queria viver a mesma vida medíocre de antes. Quando tive capacidade de dizer aquilo em voz alta, meu pai ficou tão furioso que tive medo de que ele me expulsasse de casa da mesma maneira que havia feito com meu irmão, mas o homem simplesmente cerrou os punhos e foi para outro cômodo. Desde então, vivíamos na mesma casa, mas não trocávamos uma palavra sequer.

Eu sabia que minha mãe tinha vontade de se divorciar dele, mas ela continuava descendo cada vez mais fundo no buraco em que aquela relação se transformara. Eu tinha certeza de que em uma hora ou outra ela e Felícia iriam passar a morar comigo na capital.

Ajeitei os óculos e caminhei com dificuldade em direção ao ônibus. As sessões de fisioterapia haviam me ajudado a recuperar o movimento normal das pernas depois dos ferimentos que eu havia sofrido, mas os médicos disseram que só o tempo me ajudaria a voltar completamente ao normal. Seis meses depois, eu ainda esperava que isso acontecesse.

Entreguei as malas ao motorista e observei-o ajeitá-las no porta-malas. Quando ele terminou, entregou-me uma ficha para que eu recuperasse as bagagens quando a viagem terminasse. Agradeci e subi no ônibus.

Não tive dificuldade para encontrar meu assento, era um dos primeiros da fileira do meio. Eu havia escolhido aquele lugar estrategicamente porque ficava perto das tomadas, assim passaria a viagem tranquilo desenhando na minha mesa digitalizadora. Meses antes, depois de retornar para casa e me recuperar, os professores da minha escola aplicaram alguns testes e disseram que eu estava apto a me formar, mesmo sem ter assistido a metade das aulas do último ano do ensino médio, mas eu não acreditava que isso era verdade. Como a história da tragédia que enfrentei se espalhou por todo o país, as pessoas acabavam se comovendo com a minha situação. Não era muito legal perceber que sentiam pena de mim, porém eu também não queria ter que enfrentar mais um ano naquela escola com todas as pessoas que me conheciam antes me tratando de maneira diferente. Então, em vez de voltar à escola, fiquei em casa. Nessa época, ganhei a mesa digitalizadora e passei a me dedicar aos desenhos, coisa que sempre tive vontade de fazer, mas que reprimia por medo do que meu pai iria pensar. Esses últimos meses foram importantes para que eu entendesse o que queria fazer da minha vida. Não que eu tivesse resolvido tudo, mas me desliguei do passado e comecei a organizar as coisas do meu presente e do meu futuro. Ivo e Fernanda iam à minha casa na maioria das tardes, inclusive foram eles que me deram a mesa digitalizadora e me encorajaram a perseguir o sonho de ser ilustrador. Era legal ter os dois ao meu lado, porque quando Beatriz me avisou que iria morar no exterior com os pais pensei que ficaria sozinho, mas não fiquei.

Tirei o celular do bolso e encarei o aparelho. A imagem que eu havia escolhido como bloqueio de tela era uma montagem da fotografia que eu, Beatriz, Ivo e Fernanda tiramos no dia da fogueira junto com uma foto de Samantha. A imagem me arrancou um sorriso do rosto. Eu carregava cada uma daquelas pessoas em meu coração, especialmente Sammy.

As primeiras semanas depois da morte de minha amiga foram as mais dolorosas. Parecia que já não existia mais alegria no mundo e que tudo o que eu sempre teria à minha volta seria a escuridão. Eu continuava vivo, mas a vida não continuava em mim.

Certas pessoas subestimam o que sentimos baseando nossos sentimentos em questões que colocam para si mesmas; criam um padrão inexistente e só consideram válido aquilo que se encaixa em suas tabelas imaginárias, porque é muito mais fácil julgar um sentimento do que tentar entendê-lo. Posso ter passado poucos dias com Samantha, mas levarei para a vida as coisas que ela me ensinou. Cada segundo, cada risada e cada palavra dita estão dentro de mim, formando a pessoa que sou. Serei eternamente grato a Sammy por me ensinar que são somente meus atos que definem meu futuro.

Eu sou a única pessoa que vive minha vida.

Ouvi o motor sendo ligado, acenei para minha mãe e minha irmã pela janela e observei a paisagem mudar enquanto o ônibus saía da rodoviária.

Lembrei da última vez que havia deixado a cidadezinha para trás, com Beatriz, e senti uma leve pontada no peito ao pensar em tudo o que tinha acontecido depois daquilo, mas logo afastei o pensamento, porque as memórias já não me afetavam de maneira negativa. Eu carregava cada traço da minha história e revisitava os momentos felizes em minha mente. Afinal, nada daquela tristeza importava mais.

agradecimentos

Em abril de 2015, após várias semanas pesquisando e me preparando, decidi que iria realmente começar a trabalhar nesta história. Mesmo sem ter certeza se um dia conseguiria publicar, sabia que gostaria de tornar reais os personagens que, até então, viviam apenas em minha mente.

Alguns meses depois, um e-mail apareceu na minha caixa de entrada com a pergunta que mudaria minha vida: "Você já pensou em escrever um livro?".

Na hora saí pulando pela casa e no mesmo dia já organizei tudo o que tinha preparado para apresentar a história que eu estava criando. Um pouco ansioso? Talvez muito.

Dito isso, quero agradecer ao Felipe Brandão, meu editor, que acreditou na jornada de Matheus e Beatriz desde o começo. Serei eternamente grato a você por ter enviado aquele primeiro email e ajudado a realizar este sonho de publicar um livro.

Também tenho que agradecer a toda a equipe da Editora Planeta, que trabalhou ao meu lado por muito tempo preparando, revisando e cuidando para que o resultado final fosse ainda melhor que o esperado.

Não posso deixar de agradecer a meus pais, Sandro e Adriana, que sempre estiveram ao meu lado e me incentivaram a ir atrás dos meus sonhos. Os dois são os pais mais incríveis, engraçados e cheios de vida que alguém pode querer. Sério, sou muito grato por tudo o que fizeram por mim.

Agradeço a minha irmã, Gabriela, que foi a primeira pessoa a ouvir esta história e teve de aguentar as inúmeras vezes que invadi seu quarto durante a noite apenas para ler um capítulo novo que tinha acabado de escrever e que precisava da opinião de alguém.

Agradeço ao restante da minha família – avós, avôs, tios e tias, que sempre me presenteavam com livros e alimentavam minha vontade de ler.

Agradeço também meus amigos – Ana Paula Modesto, Igor Soares, Luiz Eduardo e Vitor Vaz, que me ouviram falar sobre *Traços* durante mais de um ano, todas as vezes que saíamos juntos.

Por fim, obrigado a todas as pessoas que me acompanham desde o começo no *Perdido nos Livros*. É incrível ter vocês ao meu lado por tanto tempo e sou infinitamente grato por acreditarem que eu era capaz de fazer coisas que nem eu mesmo sabia, vocês se tornaram meus amigos. Quero um dia ter a chance de abraçar cada um que já clicou no botãozinho "se inscrever" e que se interessou pelo que eu tinha para falar. Espero que tenham gostado deste livro, ele foi feito para vocês!

Este livro foi composto em Adobe Garamond Pro e impresso pela Intergraf
para a Editora Planeta do Brasil em setembro de 2016.